蛹之生

小野 著

遠流出版公司

作家的心靈是一片和諧的淨土，
其中一切是非黑白、矛盾混沌，均經歷無數次的清濾。

（小野在三十年前抄在大學時代寫作剪貼簿封面的句子，語出查理・蒙塔特）

【互相扶持的家庭】

小野全家人出遊時合影，戴帽子的人是小野的弟弟近人，寫詩和歌詞，也出書。

小野家的五個姊妹兄弟，小野在家是老三。

【互相扶持的家庭】

小野的大姊出國留學，她知道父母將有經濟負擔，於是建議小野考上公費的師大生物系為目標，小野果然完成了大姊的期待。

小野的爸爸常常替一些公家單位畫壁畫，小野是爸爸得力的助手。

【黎明前的黑暗】

這是小野高中黑暗時代所拍攝的學生照片，是個感時憂國的熱血、憤怒青年。

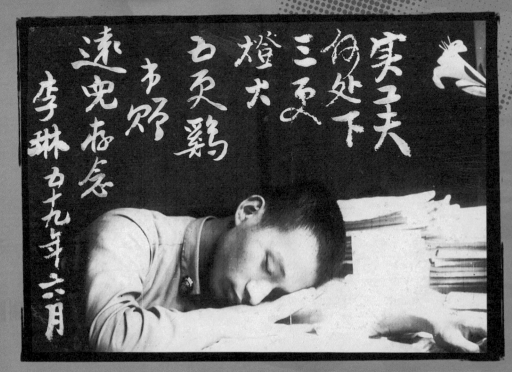

高中聯考失利後，爸爸對小野的期許更加殷切，這是聯考前夕小野累得睡著了，爸爸偷偷拍下了照片，並且在上面題了字勉勵兒子。

【告別黑暗，振翅高飛】

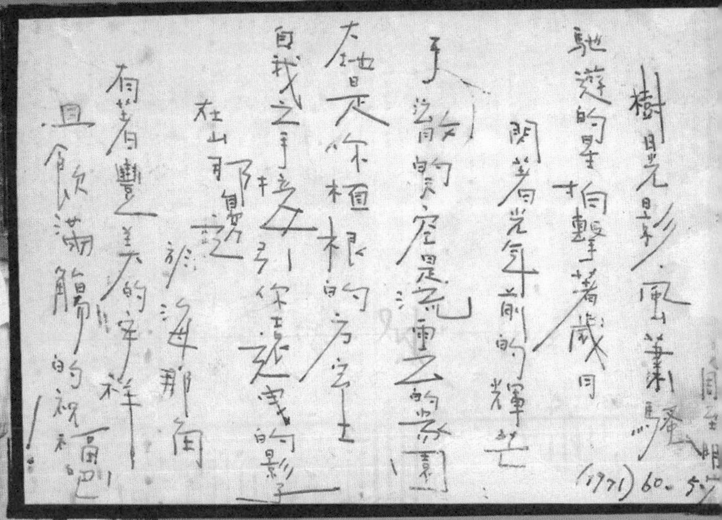
樹晃光影．風蕭騷
馳遊的星拍擊著歲月
閃著光年前的輝芒
予韻的寰是氣渾之的蒙園
太初是你植根的方土
自我之手接引你遠逝的影子
在山那邊 於海那角
有著豐美的安祥
且飲滿觴的祝福吧！
同窗 明
(1971) 60.5.

剛考上大學的小野喜歡戴一頂白色西部牛仔帽，他站在一個墳墓前向過去的黑暗告別。小野的同學小黑（在〈光棍船〉中有描寫）是個詩人，他在小野這張照片的後面寫了一首新詩。生物系的學生，卻充滿文藝氣息。

這是當年師大生物系上課和做實驗兩用的克難教室。照片中的同學們都已經是國際知名的科學家了。

小野在大學時代自編自導自演搞笑版的「慈禧太后傳」，他演太監李蓮英。

【告別黑暗，振翅高飛】

那是一個充滿戰鬥氣息的年代，小野報名參加了救國團辦的澎湖戰鬥營。

小野和同學在師大操場合影。小野擅長運動，高中是長跑選手，大學喜愛打籃球，所以小說中常會出現籃球的描述。

大學時代小野和同學很喜歡去有河流的附近露營，過一種野外的生活。

小野大一的同班同學相約去屈尺的濛濛谷郊遊，用沙子堆了一個沙雕人。他還是戴著那頂白色西部牛仔帽。

大一時，同學們相約到植物園玩，那是小野家附近的地盤。

【新鮮人的新鮮生活】

新竹客家同學家。

小野剛上大學的第一個暑假，去一個位於新竹的客家同學家中玩耍，同學家中世代務農。

【新鮮人的新鮮生活】

大一時同班同學郊遊時相聚聊天。

大一去成功嶺接受寒訓回來在同學家舉行歡迎榮歸的party。

大一去新竹找兩位住在新竹的女生，在山林間合影留念。

【消失的鷺鷥潭】

這是快畢業前同學相約去鷺鷥潭渡假，和屋主人合影留念。
當鷺鷥潭因為水庫的興建而消失後，這張照片也成了他們對
逝去的美麗青春最後的回眸。

由鷺鷥潭回家，在等車的時候大家
都知道就要互相說珍重再見了。

【畢業前後】

這是師大圖書館原來的樣子，據說在裡面用功讀書，被屋簷底下的燕子糞滴在頭上，就會出人頭地。

畢業旅行，日月潭。

畢業旅行，盧山温泉。

【畢業前後】

這是師大的校門口，快要畢業了，同學們四處合影留念。

畢業典禮後，同學們和助教們在校門口合影。

《蛹之生》出版後的民國六十六年，小野一口氣得了三個文學獎，當時被媒體寫成「三冠王」，他說他有一種替不得志的爸爸復仇的快感。現在回想覺得很幼稚。

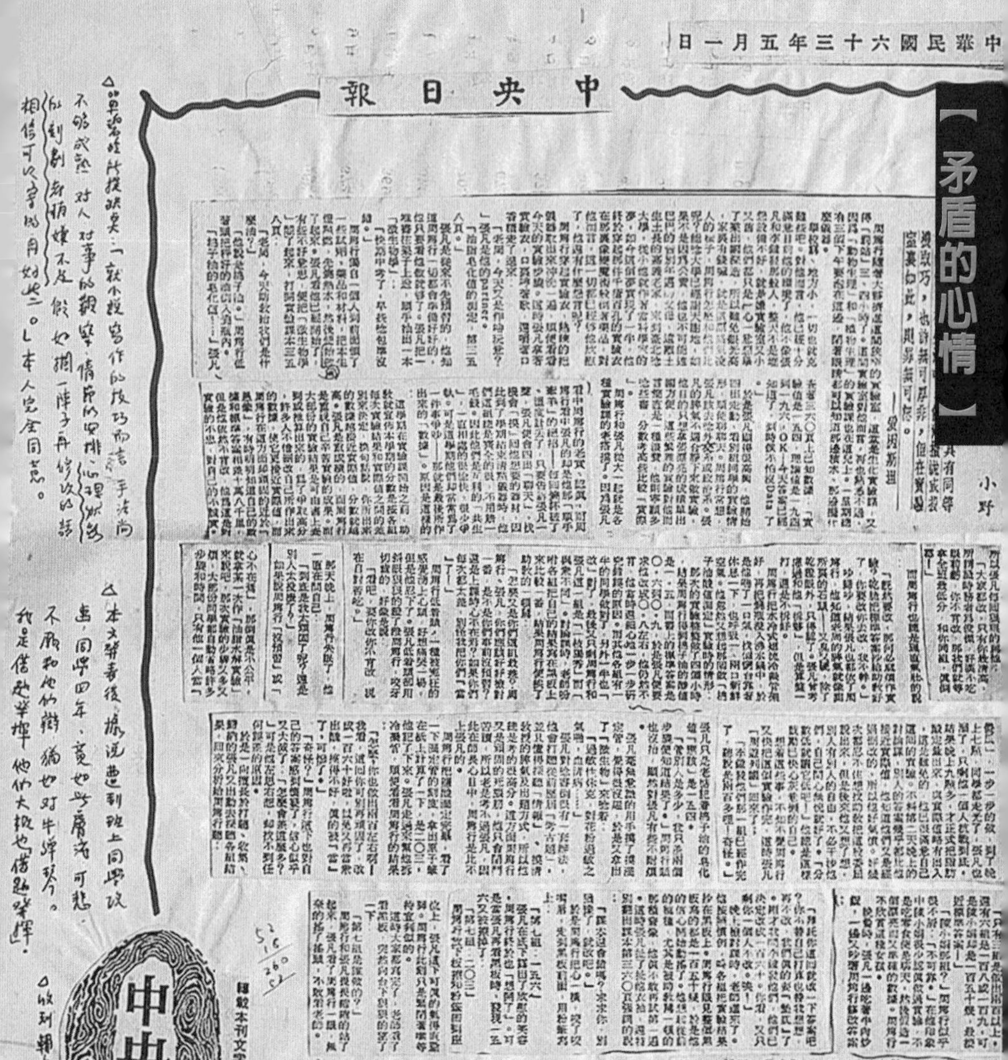

小野在〈財迷〉這篇文章中提到自己從全家人一夜之間失去了可以居住的宿舍之後，才驚覺到自己應該要想法子賺錢，於是決定兼三個家教、寫文章、參加各種徵文。他會在文章發表後的剪貼簿上記錄稿費收入，並且加一個「俗」字。因為爸爸灌輸他金錢是俗物。另外，他也喜歡在剪貼簿上記下讀者來信的討論內容。還有就是當時中央日報副刊的主編夏鐵肩先生和王端小姐的意見，他也會記在剪貼簿上。

【矛盾的心情】

——作家的心靈是一片和諧的淨土，其中一切是非黑白，矛盾混沌，均經歷無數次的清濾——
（查理·萊恪特）
生命的成長，是一連串的喜悅，也是一連串的痛苦，我將在喜悅中哭泣，痛苦中微笑。

這是小野在大學時代發表文章的剪貼簿。在用小野為筆名之前，還用過「天牛」、「湯新」。「湯新」便是嘲諷自己很「貪心」的意思。他年輕時很喜歡寫一些自勉的句子，像「作家的心靈像一片和諧的淨土……」。

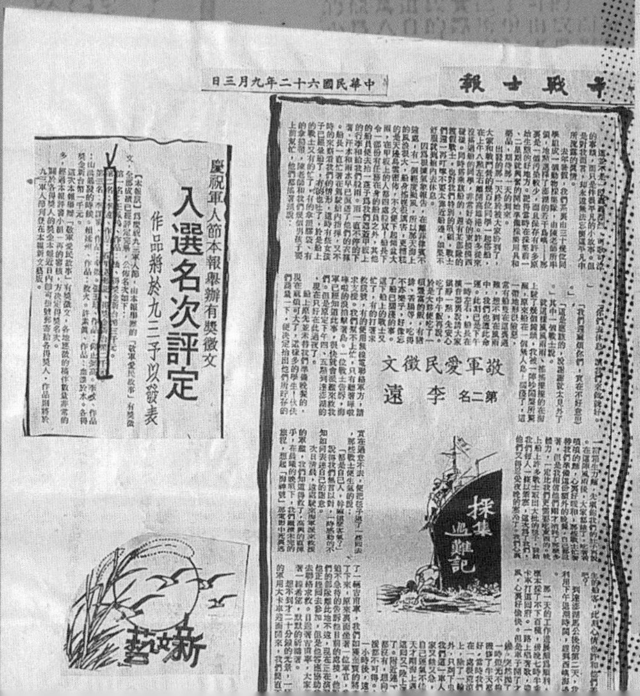
青年戰士報
中華民國六十二年九月三日
慶祝軍人節本報舉辦有獎徵文
入選名次評定
作品將於九三予以發表
敬軍愛民徵文
第二名 李遠
採集逃難記
新藝

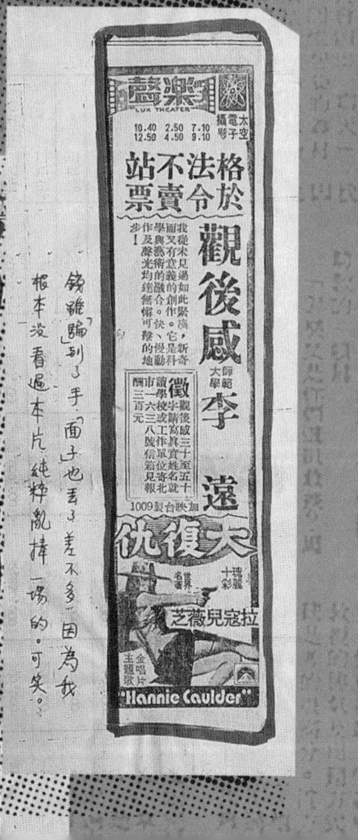
樂聲
LUX THEATER
格於法令 不賣站票
觀後感
師範大學 李遠
大復仇
拉寇兒薇芝
"Hannie Caulder"
錦雞「騙」到了手「面子」也丟了差不多，因為我根本沒看過本片，純粹亂捧一場的。可笑。

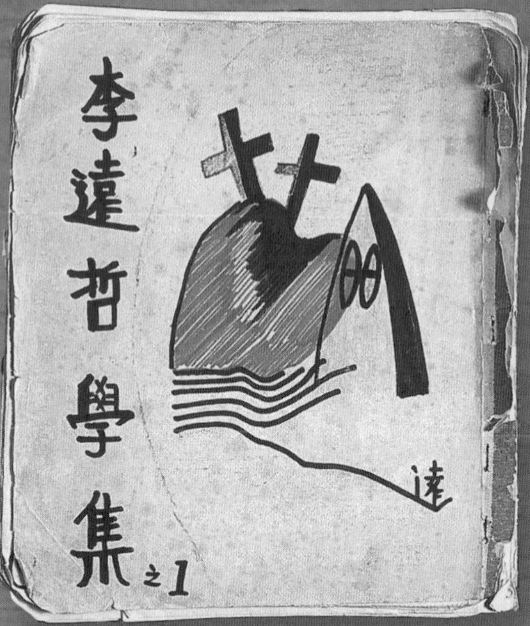
李遠哲學集
之1
遠

剛剛考上師大生物系的小野為了響應班上同學建立圖書館互相借書的計畫，他乾脆把自己高中時代寫的週記捐出來，書名叫「李遠哲學集」。他的本名是「李遠」，可是這本書卻成了「李遠哲一學集」，好像是研究李遠哲的書。由此可見他是天生愛秀、愛表現的人，難怪終於成為了作家。

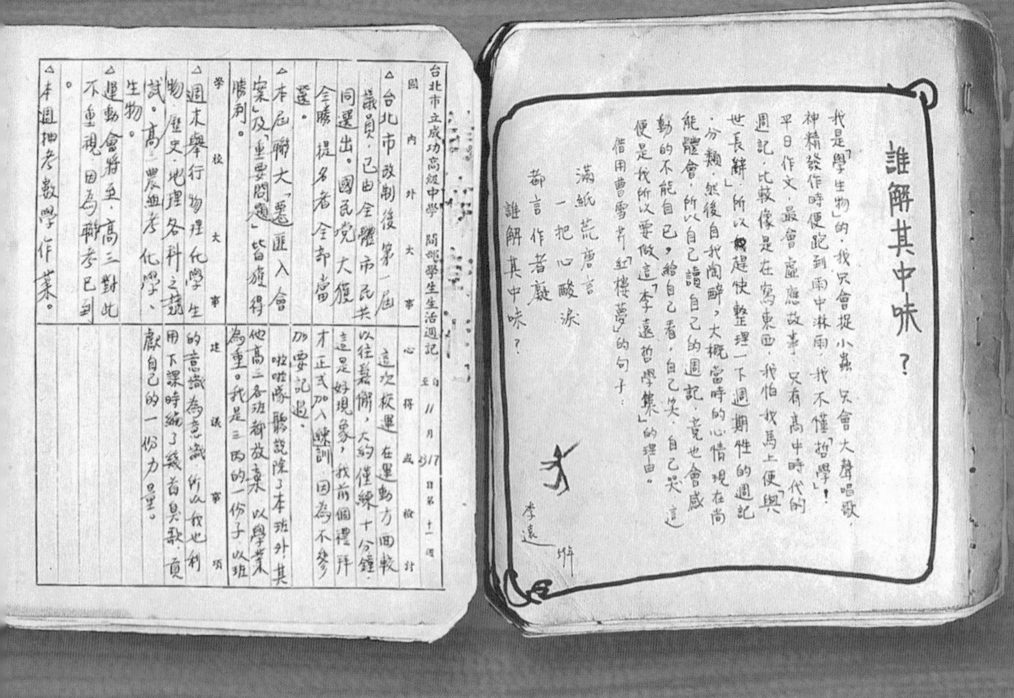
誰解其中味？
我是「學生物」的，我只會捉小蟲，只會大聲唱歌，神精發作時便跑到雨中淋雨，我不懂「哲學」！平日作文，最會虛應故事，只有高中時代的週記，比較像是在寫東西，我怕我馬上便「與世長辭」，所以趕快整理一下週期性的週記，分類，然後自我陶醉，大概當時的心情現在尚能體會，所以自己讀自己的週記，竟也會感動的不能自己，給自己看，自己笑，自己哭，這便是我所以要做這「李遠哲學集」的理由。
借用曹雪芹「紅樓夢」的句子：
滿紙荒唐言
一把心酸淚
都言作者癡
誰解其中味？
李遠

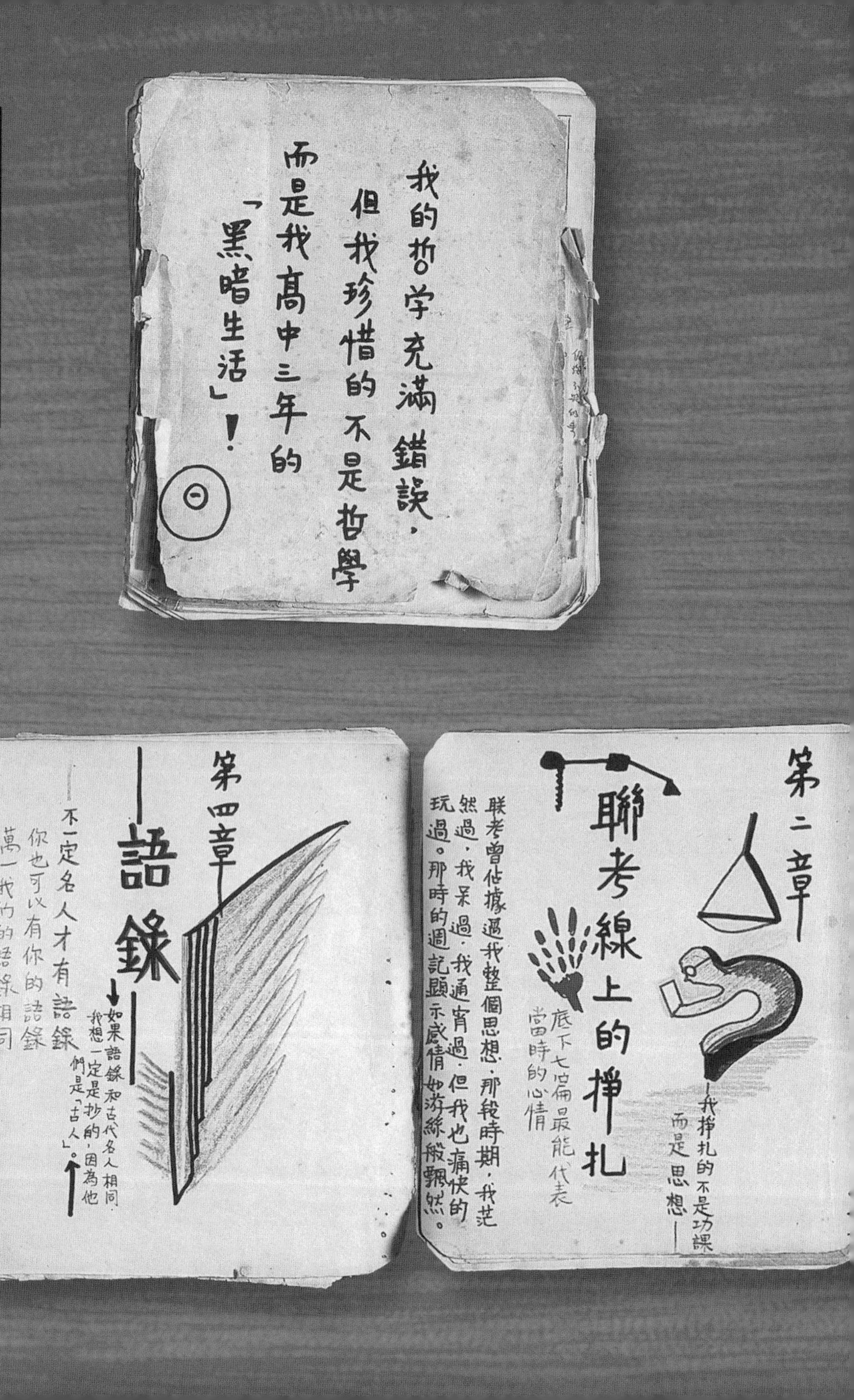
我的哲学充滿錯誤，
但我珍惜的不是哲學
而是我高中三年的
「黑暗生活」！
㊀
第四章
語錄
不一定名人才有語錄
你也可以有你的語錄
萬一我們的語錄相同
我猜我們腦袋構造有一部份相同
如果語錄和古代名人相同，我想一定是抄的，因為他們是「古人」。
第二章
聯考線上的掙扎
我掙扎的不是功課
而是思想
底下七篇最能代表
當時的心情
联考曾佔據過我整個思想，那段時期，我茫然過，我呆過，我通宵過，但我也痛快的玩過。那時的週記顯示感情如游絲般飄然。

在找不到出版社願意出版這本《蛹之生》前，小野的爸爸為兒子自製成書，並且題字。

三十年來《蛹之生》改版過三次，換過四個封面。

【《蛹之生》三十年】

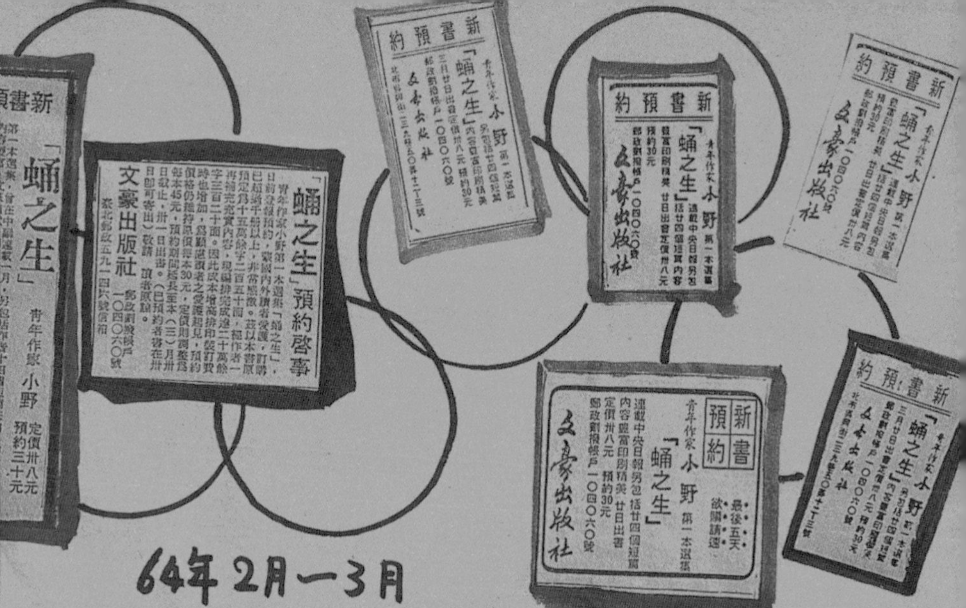

三十年前書籍銷售的方式就是在報紙的文化副刊版刊登郵政劃撥廣告，讀者去郵局填劃撥單購買，《蛹之生》就是用這種方式快速的成了當時最暢銷的書，全台各地出現盜版書。

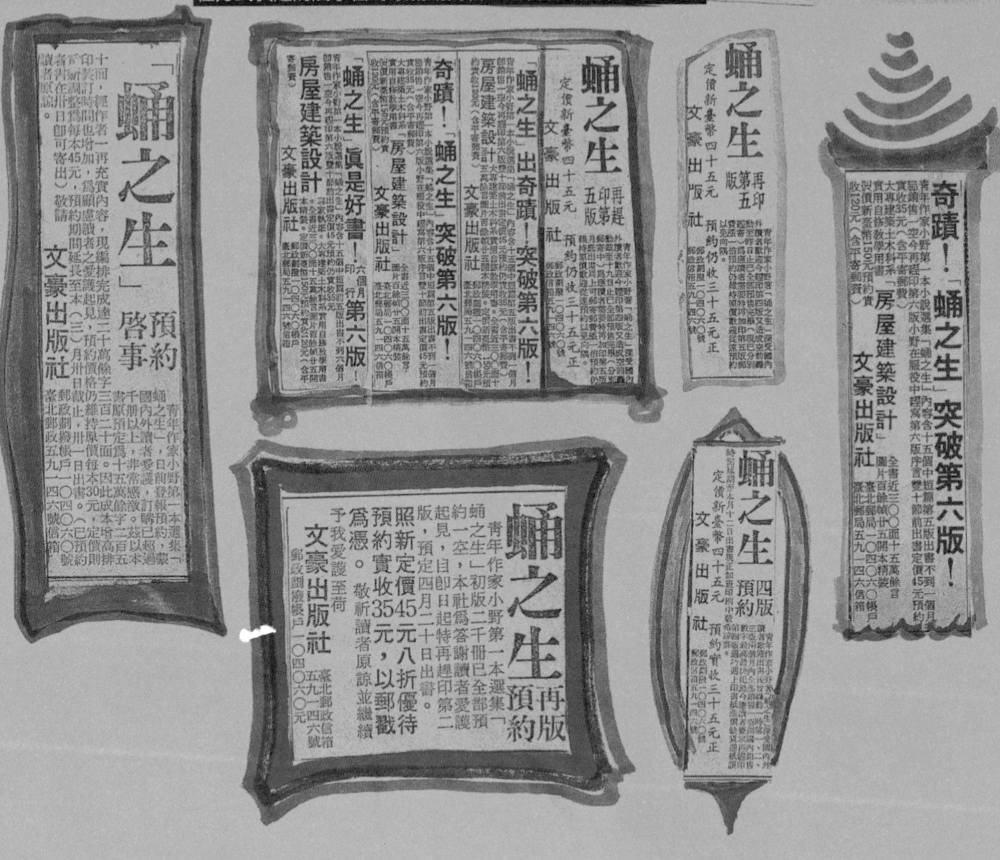

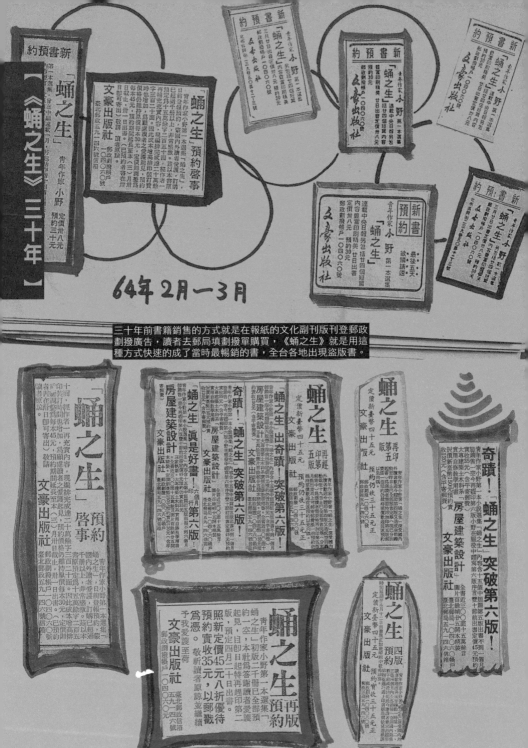

目錄

封面的故事

【《蛹之生》三十年紀念版序】

三十年就這樣飛過去了，對我而言整個時代像是繞了一個很大的一圈，彷彿又回到最初的那個起點上。回頭看三十年前的社會和當時年輕人，會覺得很蠢，卻很純。可是三十年後的社會經過了驚天動地的改變後，卻還是覺得很蠢，可惜的是，已經不純了。

三十年後再回頭看自己的第一本書《蛹之生》，我想這樣介紹它：「這是一本描寫那個很蠢卻很純的時代大學生尋找自我和愛情的小說集。」如果要用更現代的語彙來形容的話，那就是「純愛・熱血・勵志」。其中有很多篇小說都很適合改編成目前最流行的純愛風偶像劇，不過劇中的男女主角除了談情說愛之外，還喜歡談科學、哲學和國家大事。

《蛹之生》重新改版發行過三次，也換過四次不同的封面，如果要回顧這三十年整個時代的改變，或許可以從封面的改變說起。

大人翻臉的時候（文豪版）

就像很多小人物一夕之間莫名其妙的發了一樣，《蛹之生》也有一個很曲折的小故事。在那個像現在一樣不景氣的年代，我捧著自己發表過的十五萬字的小說去找一些出版社探尋是否有出版的可能，千篇一律的回答都是：「現在連很有名的作家的書都賣不掉，像你這樣的新人就更沒機會了。」當時只有一個人相信我的書很有機會，就是當時還在中央日報社當編輯的陳先生，他常常把讀者的信轉給我，常常有人打電話問他何時出書的消息。於是我又試著把一封封的讀者來信貼在一大本剪貼簿上，等願意出版的人。

我的大學同學們還想為我成立一個募款專案，大家湊一湊，自己來出版。後來是一位比我低一屆的生物系同學張雲騰因為印系刊的關係認識一家製版印刷公司，因為太久沒出書快要被吊銷出版執照，正想找一本小書來應付一下，於是我機會便來了。這家只出過幾本書的小公司有一個氣派的名字：「文豪」。為了慶祝第一次出書，我請爸爸題字，並且拜託爸爸的莫逆之交畫家陳庭詩先生為這本書免費提供一幅畫當封面，因為他們是影響我童年最多的兩個大人。陳伯伯果然很慷慨的送了我一幅畫當成是封面，那是他的《日與夜》系列之一。可是謝老闆為了節省成本，用套色的方式處理這幅畫，原本深沉的暗紅色被套成鮮橘色，原本版畫上的自然拓印也被他動手點了很多黑點。為了達成出書的願望，我只得忍氣吞聲的接受，對陳伯伯的善意感到十分無奈和內咎。

《蛹之生》出版後洛陽紙貴，短短的時間加印了無數次，全台各地紛紛出現盜版書。高興之餘我建議謝老闆成立文豪小說獎，回饋文壇，卻忘了建議謝老闆重新還給畫家作品原本的面貌。後來陳伯伯寫了一封很長的信辱罵爸爸沒有監督自己的孩子，使他的作品蒙羞。爸爸被老朋友羞辱，回信怪他為什麼要和小孩子計較，也不同情時下年輕人的處境艱困。兩個莫逆之交的老朋友為了我的書封面，竟然翻臉宣布正式絕交。

老闆決定換個封面，他找來了他的畫家朋友李中堅也畫了一個非常鮮豔的圓當封面，後來這本書繼續暢銷著，十三年之間陸續印了五十三刷。讀者買到的大多是這個鮮豔的封面。原本那個蒙羞的封面就在人間漸漸蒸發了。

這十三年間我的人生轉變很大，結婚、生子、出國、改行當電影公務員，和文學漸行漸遠。也就在這段期間，台灣的出版業如雨後春筍般蓬勃，書的連鎖店誕生，也開始有了暢銷排行榜。新起的作家在新的行銷策略和包裝下拍沙龍照，被當成偶像明星。《蛹之生》依舊以不變應萬變的姿態，用原來樸素的模樣被放在書店角落。

當一顆蛹死了（小說館）

十三年後，《蛹之生》和我的其他小說、散文找到了新的家「小說館」，這是遠流出版公司新的系列。新的封面設計者陳栩椿給了《蛹之生》一個很灰暗的外貌，黑黑的天空藍藍的地面，只有書名是用紅黃綠橘組成。我很納悶為什麼？不過我也沒多問，也許有它的道理吧。一直到最近才發現，他可能是讀到了《蛹之生》裡馮青青的那幅畫《蛹之死》後得到的靈感。

為了讓自己的書適應新的時代，不要太厚嚇走讀者，於是和當時的主編陳雨航討論，他建議減少五篇，於是我就決定拿掉〈家教這一行〉、〈財迷〉、〈陳嫂的煩惱〉、〈大義滅親記〉和〈笛・沙鷗〉，同時寫了一篇「用今日的我來批判昨天的我」的序：〈事情並不是這樣的〉。在序中提到有一個曾經把《蛹之生》當成聖經讀的留學生在成為企業家之後的某一天，來我的辦公室找我，他想告訴我他的幻滅和成長。他覺得我是一個熱情又單純的人，只是被那個很愚蠢的時代給欺騙了。我安慰他說不用擔心，人總是會長大的，我知道自己未來的道路。我拒絕和當時的流行妥協，選擇了誠實面對讀者，也不再放那張比本人英俊的照片。我對所有的包裝和行銷感到不耐煩，希望讀者能因為愛這本書的本身而購買。

果然在重出《蛹之生》之後，我也告別了原本上下班的電影公務員生涯，回歸家庭過著半隱居的生活。我的心情正像那個新的封面，黑黑的天，藍藍的地，只有內心深處偶爾有點繽紛。

那是一個大動盪時代的開端。我安靜的陪著孩子畫童話，陪著他們慢慢長大，也寫了不少關於親子相處的書，我不想被時代的浪潮衝擊倒地，我只想躲遠一點。我看著電視上佔領

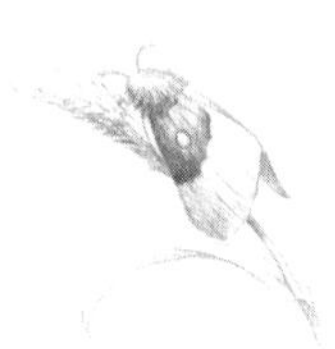

中正紀念堂的大學生們唱著歌，聽著外面遊行隊伍的吶喊。忽然聽到一個在廣場的學生領袖對著記者說，有一本書深深的影響了她，那本書叫做「蛹之生」。

我看著學生領袖那張清純的臉和充滿希望的眼神，有一種說不出的安慰。我覺得自己的書至少還給了下一代熱情和理想，我默默期待著我們下一代會有一個更好的未來。

受傷的童話（風格館）

時代就像一個快速墜落的自由落體，吵吵鬧鬧的又過了八年，《蛹之生》在又印了二十二刷之後有了新的故事。那時候遠流來了一個充滿戰鬥力的主管楊淑慧，她決定換一個新的封面，重新包裝。內容沒變，還是少五篇，但是字體變大，書變厚，並且放回一張仰望天空的照片，放在一個新推出的「風格館」系列中。這次的封面設計者是一個童話繪本作家陳璐茜，她給了這本書一種童話夢幻的感覺。或許是想重新給這本書一個新的定位，編輯和企劃們討論出一個這樣的文案：

「如果你膩煩了村上春樹筆下的新宿街道、一塵不染的廚房、知更鳥巢雞尾酒、羊男、或是寂寞哀傷的性交。願不願意，回頭重新細細品嘗小野？小野的青春哀歌，小野受傷的童話，小野筆下的台北，那些我們身邊，更孤獨、更自虐、更徬徨畸零的人心。」

我的書怎麼會和村上春樹有聯想呢？真是天才啊。當時我真的笑了起來。不過就像每一次換上的新封面一樣，我都不會有太多的意見，何況這次的封面終於有了一隻蝴蝶，至少和「蛹」有點關係了。

不過或許是更年輕的讀者們習慣了我寫的那些輕鬆的親子散文和青少年小說，這本古老的《蛹之生》就真的變成了一個受傷的童話了。

回歸本來的樣子（綠蠹魚）

就在我以為古老的、受了傷的童話早已經被遺忘的時候，卻又在許多場合聽到別人提起這本書中的故事，而且那些場合多少都有些戲劇性。像幾年前我又重回電視公司上班時，規定要參加公司舉辦每個月一次的名人演講會。有一回台上的教授說著一些關於公司經營的道理，忽然提到《蛹之生》裡的一篇小說〈遺傳〉，他說有一個年輕人一直看輕自己，覺得自己的遺傳基因不好，由於他提到了我的名字，就有同事告訴他說，你說的那個作家現在就在台下。教授笑了起來，略略尷尬的說那就請作者把故事說下去吧。我搖搖手說：「喔，我也忘了呢。」

後來又在一次搭捷運時聽到一個媽媽對她的孩子提起〈周的眼淚〉，說那個故事是關於誠實，她開始講著故事，後來發現了我就站在她的後面，當她覺得我有些「面熟」時我就下車了。當車子開動時，她還一直望著我，我向她微笑揮手。

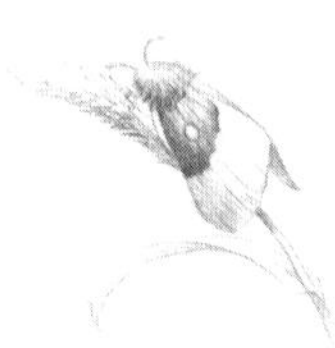

還有一個年輕的男老師告訴我說，他的成長受到《蛹之生》的影響很大，所以他已經建議學校，要求每個學生在畢業前一定要看過《蛹之生》。他提到《蛹之生》裡的文章時，說的竟然是我早已經刪掉的那一篇〈笛．沙鷗〉。「還有一篇是說很想賺錢的財迷，也很有趣。」他說的那一篇也是後來被我刪掉的。原來他讀到的是十七年以前的舊版本，可是他的話卻深深感動了我。我望著這個有些害羞的老師，想著或許我們都是同類吧。於是我默默的告訴自己，就為了他說的話，希望有一天可以把刪掉的五篇文章再補回去。

如果可以有這樣一天。我期待著，但是不敢主動要求出版社。

可是我終於等到了這一天。那天下午，我的電子信箱裡躺著一封陌生的編輯曾淑正的信，說她們決定要重新出版《蛹之生》，並且放在一個新的書系「綠蠹魚」中，並且詢問我是否願意重寫一個新的序，因為上一篇序是十七年前的。

我掩飾著內心的狂喜，就像三十年前的新人終於得到一次出版的機會的心情，我假裝很不在意的，淡淡的回信說，我「很願意」重新寫一篇序，也希望把刪掉的五篇文章再放回去。然後我又說了一個三十年前的封面故事，故事中的三個大人早已不在人間。我提醒淑正說，《蛹之生》正好「三十週年」，就像遠流出版公司一樣，然後，我希望紀念版的封面能換回三十年前的那一幅畫，還它一個本來的面貌。

一切都在我的期待下進行著。我把陳庭詩先生的那幅畫《日與夜》從頂樓抬了下來，那一天遠流出版公司來了很多人，把小小的客廳擠得滿滿的像在辦喜事。攝影師和他的助理花了一個上午的時間拍照。我坐在那一幅曾經讓兩個莫逆之交翻臉的畫旁，靜靜的想著自己曾經被他們愛護的幸運。

三十年，繞了一大圈，我終於「主動的」讓我的第一本書回到當時自己所希望的樣子。雖然聽起來只是一個並不算奢侈的願望，竟然花了三十年。

我想把這本紀念版的《蛹之生》獻給曾經為這幅畫翻臉的兩個大人，爸爸和陳庭詩先生（不過後來他們很快又像小孩般的合好如初了），也藉此機會感謝這三十年來幫著我出版、設計、行銷、包裝的朋友們，還有很多很多的讀者。

還有，感謝這回遇到的一流校對，竟然找出了這本書三十年來都沒被發現的錯字。一切都是天意吧。

蛹之生

家教這一行

真沒想到，我也有走進「家教中心」的一天。

那天下午實驗課才上了一半，看看腕錶已五點過二分，正是學校對面巷子那家「吃角子老虎」開始營業的時間，於是將剩下的一切託付給老謝，自己脫下實驗衣奔下樓去，出了校門，老遠望著那塊大招牌，歪歪斜斜扭動著「家教中心」四個大字。猛抬頭，待價而沽的人可真不少啊，起碼二十來個人，圍擁著那扇破舊的日式房子的窄門。有些人首當其衝的塞在門口「等待果陀」，有些女孩則遠遠地站在角落，怯生生地像是怕遇見熟人似的，其中也有強作泰然狀的，看來還是掩不住內心異樣的情懷。

想起前幾天大姊從美國來信提到：美國大學生是如何半工半讀自食其力，憑著自己一雙手賺錢，頗有頂天立地的氣概！所以對這種生活方式，我開始嚮往不已。更何況伸手向父母討錢的滋味也不大好受，所以想了又想，還是決定找個工作賺點錢。想不出更好的辦法，終於也走上當家教這條路。還好，我是讀師大的。

一會兒，一輛大型摩托車駛來，掀起一陣塵土，終於神氣活現的停在窄門口，那個戴太陽眼鏡的傢伙，想必就是頗富盛名的「吃角子老虎」了?他一向以「吃重稅」著稱，據說還是某大學畢業的。他的駕臨，引起不小的騷動，大家一擁而上，喊叫聲滲黏在夏季濕熱的空氣裡，使我想起難民潮爭奪救濟麵包的鏡頭，難道這就是「大學生」？一股莫名的難受，使我有離開此地的衝動。但是一想到自己預定的理想生活方式，還是尾隨大夥進到那間窄屋去。窄狹的房子，除了一張桌子，及桌上的電話，便只有汗流浹背的學生，及嘈雜而又憤怒的喊叫聲：

「老闆，退錢！老闆，退錢！」

「老闆，你欺人太甚，你騙人，退錢！」

「老闆，再不退錢，我就不客氣了！」

想必是那老闆對這些吶喊已經習以為常，他手持一大把卡片，邊揩汗邊陪著笑臉：

「大家靜一下，該退的錢我少不了你們，不要這麼兇巴巴的，再喊也沒有用，不要衝動，慢慢來。現在我先把剛接到的家教唸一遍：初三英數二次六百，高二數學三次八百，高一英文二次……。」

「我教，老闆，我教！」

「不，讓我來教，老闆！」

此刻，這些叫喊像是一把鋒利的錐子深深的刺進我的心臟！這種氣氛、這種場合、這種交易，我實在受不了。我轉身便走，外面的陽光已不再如此咄咄逼人，我大踏步邁回學校。

回到實驗室，大夥都已收攤了，老謝正刷洗著試管：

「怎麼樣？接成了嗎？」

「別提了，大學生的自尊心在那種鬼地方，已經被捏得粉碎，我不想幹了。」我怨氣未消的說。

「哈哈，得了，別自命清高了，本來就是這麼回事，賺錢嘛！受些窩囊氣算不了什麼？不過我倒有辦法對付那隻吸血蟲！」他說著將試管收回抽屜，和我邊走邊談其經驗：「我每次在那兒接成家教後，便將家教中心抽佣金剝削我們的事實，老老實實的告訴家長，請他們幫個小忙，打電話給他，說推薦來的某人我不要，第二天我便理直氣壯的去討回預付的佣金，這叫做黑吃黑，嘿嘿，這可是屢試不爽哩！」

事隔數日，一次上生化課時，老謝從背後遞了一張字條過來：「小李：有一家教在金門街，初三，二次六百。事成之後，只要牛肉麵大碗加蹄花就好，祝你成功。」

下課後，我按地址找到了這棟公寓，按鈴前，不覺地拉拉衣角，摸摸頭髮，想起《真善美》裡的茱莉安德魯斯初當家庭老師的情景，多少有些興奮。開門是位高大的中年男子，我說明來意後，他便領我進入屋裡。

屋子裡顯得有些凌亂，茶几上方掛著一幅色彩很耀眼而又調和的油畫，那該是屬於印象派的作品，彷彿法國莫內的手筆。書桌上擺了些雜誌和小說，文稿信件像牆似的堆砌起來，桌面上幾乎沒有一點空隙。那中年人收拾著沙發上的報紙，招呼我坐下，我們談了些聯考及升學競爭的老問題，他說無論花多少代價，他的兒子一定得順利考上明星高中，否則恐怕接不上他的棒子。一切談妥之後，他忽然有些猶豫的問我：

「請問你現在是那個學校？什麼系？」

「師大生物系。」

「噢，很好，不過……你有沒有帶學生證來？」他似笑非笑的問我。

這一下子我差點從椅子上彈了起來，有一種被冤枉和侮辱的感覺。

「先生，你看我不像師大的？」我用發抖的指頭，指著自己鼻子說。

「哈哈，這是那兒的話，我只不過是想證實一下罷了。你臉上又沒有師大兩個字……」他連忙解釋的說。

「好，別說了！學生證我恰巧有帶，」我掏出學生證給他看，「不過，你這樣做，對我來說分明是一種傷害，我不想教了，再見。」說完我站起來便走，讓他一個人呆在沙發旁，不知道他當時的表情，是詫異呢？還是尷尬？因為我奪門而去沒有回頭。

次日，不出我所料，老謝狠狠的訓了我一頓，他說我有一種士大夫的臭架子、酸腐氣，這一輩子也甭想再當家教了。我也不服氣的和他爭論：

「一個大學生最起碼的尊嚴總該保有吧?更何況，我們是師大的呢，將來要當老師哩。」

「我不和你吵，反正賺別人錢就得受些氣，你販賣自己的知識，說穿了，和販賣商品也差不了多少。以後你的事，恕我不管就是。」他對我失望透頂，氣急敗壞的走了。

這件事在我們忙著期中考的日子裡漸漸淡忘了。考完後的某一天，老謝手拿一張小條子，興高采烈的喊住我：

「小子，算你命好，又有一個很棒的機會，四個高二女孩要找家教，待遇很高，怎麼樣，這一次可是東南亞電影兩場囉?」

我拍拍他肩膀，感激的說：

「真虧你的幫忙，先謝了。這一次保證接成，因為我決心把『自尊心』擺在家裡不帶去。師大又怎樣?對不對?」

下著牛毛細雨，這一次我可是懷著失業者求職的心情，有點低聲下氣的。我停在一家有紅門及大院子的平房門口，來開門的好像是一個傭人，我隨著他走入寬廣的大院子，牆邊遍植杜鵑和油加利樹，左邊車房是輛康美特冷暖轎車，我忍不住多看了一眼，心想：有一天也買他一輛來「過過癮」。想著想著便來到了大廳，粉紅色的地氈，豪華的吊燈，我只在電影上看見過。那一架愛伯特鋼琴擦得比我皮鞋還亮十倍。一眼看見牆上有幅老梅寒雀圖，是一幅工筆勾勒填彩的古畫，酒櫃上擺的是米羅的維納斯全身像，真是中西合璧，拼湊得富麗堂皇。和我想像中非常接近的男女主人都出現了，他們殷切的招待我，又是果汁，又是水果，使我又很快的恢復了往日的那份自負，我感覺不出我是一個求職者。男主人告訴我他有一個寶貝女兒，聰明有餘，就是靜不下心來唸書，整天忙著應酬，想到她明年就要聯考了，所以找了三個同學作陪，希望找一位負責的老師來補習補習，至於錢嘛，他揚了揚手：

「我是不在乎錢多少，只要你老師教得好，我一定不會虧待你的。」

「其實，錢是小意思，」老毛病又犯了，我也揚了揚手：「您不要誤會，我並不缺錢用，我也不必養家，當家教，是為了磨練自己，換個生活方式，放心好了，我會是一個好老師。因為我是師大的。」

「哈哈哈，說得好，我一向欣賞有信心的年輕人，好，那就萬事拜託了，師大的。」

交談後，我有一種千里駒遇伯樂的快樂，三步併二步的飛奔回家。

上課的第一天，比我想像的更戲劇化。

還沒跨進書房，一首輕柔的曲子傳了出來，那是雷康尼合唱團的「Speak Softly Love」——電影《教父》的主題曲。這首曲子應該細細的品嚐，不該用那麼大的音量！當她們發現我的到來時，唱針已經轉到下一首：「Hurting Each Other」，我先向她們打招呼，可是氣氛僵得很，八隻眼睛同時上下打量著我，那種眼光不像是害羞的女孩看一個大男生時所應有的。好在出門前，媽提醒我把皮鞋擦了兩下。我也利用這機會，把她們看個清楚，這四位女

生都很早熟，而且非常時髦，那一身打扮，連我們班上那位號稱「時髦夫人」的小吳都不敢穿著的呢。其中一個高個子首先發言，一臉不屑狀：

「首先，我代表我們四個人歡迎你，其次，我自我介紹，敝姓韓，你不妨叫我韓韓，第三，我們這些女孩平常隨便慣了，你心理得先有準備，如果有所冒犯，還請多多包涵。」

這一番話倒蠻直接的，出自一個高中女生之口，不禁使我大嘆「長江後浪推前浪」。正想也來幾句直接的話應對她們，另外一個穿大紅熱褲的女孩插著手也說話了：

「對於聯考這玩意兒，我們受夠了，反正總得有人考不上。我老頭你也見過，他說明年考不上就算了，反正是女孩子。有的是時間。」

「那是你父親安慰你的話，」我開始忍不住了：「吃喝玩樂對年輕人來講其實是最容易的。每當我看到街上那些遊手好閒的嬉痞型青年人，好像時代、社會欠了他們什麼似的。羅素曾說掌握他一生的力量有三個：情愛，求知，和對人類苦難無可忍受的關懷；我們能不能挑比較難的事來做做？」

她們似懂非懂的互相扮著鬼臉，其中一個頭髮中分的女孩，甩了甩她那短髮：

「也許你說得對，不過，師大的，你是否覺得你頭髮短了些，還有褲管也可以再寬一點，這樣一來會比較帥些。喔，對了，你會跳企鵝舞嗎？教一教我們好嗎？」她擺著手作企鵝狀。我並未被她那滑稽的動作逗笑，繼續訓話：

「短頭髮比較好洗，我沒時間處理頭髮，因為我都在思考，我很忙。我的腿短，不適合喇叭褲。跳舞當然會，可是我不常跳，因為不是頂重要的事。我真奇怪，為什麼你們不能談一些比較重要的事呢？」

「譬如呢？」很不以為然的，四個女生異口同聲的。

「譬如談點空氣污染啦，穩定物價啦，這一切都是發生在我們周圍的事。不要老是在頭髮、褲管、舞會上打轉，那是很可悲的事，就拿我們師大來說，有些人整天埋首課本，為一張漂亮的成績單而賣命，但是你也可以看到長髮及肩的、大褲管的、整天跳舞瘋狂的，每個人都可以選擇自己生活的方式，反正畢了業都可以當老師。只是好、壞的差別而已。我也曾蓄髮，我也曾一整天泡在圖書館沒出來，但是除了這些外，我知道還有許多事我們應該去做，這是一個師大學生的價值問題。其實，高中生也是一樣的。」

當我離開那書房時，還是那一首：「Speak Softly Love」，音量比原來小了些。

「喂，師大的，為什麼《教父》要禁演？」韓韓從屋子裡向外大聲的叫著。

「喂，師大的，下次教你跳舞。」大紅熱褲笑著說。

「喂，師大的，你很狂呀。」這次是頭髮中分的。

我知道，這次過關了。

（民國六十二年七月十六日，首度用「小野」爲筆名發表於《中央日報》副刊。爲紀念版發行，做部分修改。）

財迷

晚餐桌上，爸和媽又在談論隔壁的胡伯伯。

「老胡也真是的，每天班不上，就往證券交易行跑，把自己的工作丟給別人。」爸夾了塊肉往口裡塞。

「錢賺夠了又捨不得花，營養不良弄出一身病來，那麼多錢留給兒子等於害了兒子。」媽附和著。

「可是人家卻買了兩幢房子呢。」我不以為然的頂了一句。

「話是不錯，可是他除了錢以外，其他的事情一概不知道，不懂生活情趣，房子再多又如何呢？」爸爸又夾了一塊肉。

從小我受父母的感染很深，家裡常是高朋滿座。爸爸活得像個古代人，除了上班，假日總是琴、棋、書、畫，和媽兩人真是夫唱婦隨，其樂融融。他們分頭賺來的錢有三分之一用在應酬捐贈上了，好像怕身上有太多的錢會發出銅臭味似的。在這種環境之下，我對錢也很沒概念。大姊拿了經濟碩士，卻連口袋裡裝了多少錢也搞不清楚。我們一家人也就這麼安安樂樂，糊糊塗塗的過著快樂的日子。

好景不常。有一天，萬大計畫要拆除我們住了二十年的鐵皮屋宿舍，這突如其來的晴天霹靂，我們變得沒地方棲身了。那時候才想到，如果我們有一筆存款，至少可以買幢房子安定下來。但是，錢在那裡呢？那一刻才覺得也許是胡伯伯對了。爸爸和媽媽四處看招貼，準備暫時租間房子再說。全家人也因此籠罩上一層陰影。那陣子，爸心臟病發作，到處找不到合適的房子，回到家裡氣喘如牛，脾氣變得很暴躁。從前那種和平、安樂的日子早就不屬於我們了。我時刻在想，要是有錢就好了。處在那種陰沉的日子裡，我變了，我發現只有金錢能換回往日的快樂，只有金錢才能掃除這陰影，於是我開始崇拜金錢。我認為金錢是萬能的，心甘情願去當金錢的奴隸，一切行為、思想都有了一百八十度的轉變。

那天，煩得很，遇上了阿明，就一股腦的向他傾洩。

「阿明，我決定不再繼續深造了，畢了業就去做生意，賺很多很多的錢。」我像下了很大的決心似的。

「為什麼呢？」阿明摸摸鼻子表示不同意：「人活著是為了興趣和理想，錢夠用就可以，你當初是多麼醉心於生物啊，你不該放棄當科學家的夢。」

「不錯，我喜歡生物，熱愛著大自然。但是有一天清晨，我在校園裡遇到了孫老師，他研究所畢了業，可是穿的是破毛衣，騎的是格拉格拉響的破車子，每天只知道做實驗，這難

道就是他努力的代價？我簡直涼了半截，那給我的豈止是刻骨銘心的難受而已？我發誓自己千萬不要走上那條『高處不勝寒』的路。」我激動的說著。

「可是，也許他生活的很快樂呢？你以為那些家財萬貫的富商大賈能夠擁有這種快樂嗎？你不該這麼輕易的向環境妥協而拋棄了自己的理想。」阿明企圖說服我。

「反正，我是徹底覺悟了，有錢能使鬼推磨，沒錢一切都免談。」我覺得阿明仍陶醉於自己的象牙塔之中，而我自己才真正體會了「人生」，踏入實際的生活了。

於是那年暑假，我把從前擬好的讀書計畫表撕得粉碎，丟進字紙簍內，開始了「賺錢生涯」。

早晨起床，翻開報紙，找尋賺錢良機。首先我接下了一家暴發戶的三個小兒子的家教，和這些目無尊長的小鬼窮磨時間，當初打死我也不幹的，現在看在錢的份上，忍氣吞聲的幹了！有一天在報上看到了一項慶祝某某節日的徵文比賽，獎金很高，但是題目很不適合我的身分。可是見錢眼開，便坐在家裡捏造了一個動人的故事，加些八股的句子，厚著臉皮、昧著良心的把文章投郵了。後來又在一份刊物上看到了類似的比賽，反正一不做二不休，強迫自己再擠出一篇來，投出第二個希望。然後我又找到一份翻譯工作，講好一千字一百元，從那時起我像學了「修辭學」似的，故意把一個英文形容詞，翻譯出五、六個類似的形容詞來。因為是按字計酬的，我就早晚馬不停蹄的翻，早上翻、晚上翻，連家教時也帶去翻，任憑小鬼去鬧翻了天也不管。我滿腦子裝的不是英文單字，而是一張張百元大鈔，每翻完一萬字，心想又賺了一千元，於是越翻越起勁，越翻人越瘦。

收穫的季節到來。作夢也沒想到，那篇「動人的故事」竟感動了評審委員，獲選為第二名，我高興的跳了起來，報紙被撕成了兩段。為那筆獎金而歡呼，也為自己的聰明沾沾自喜。

緊接著而來的是另一份刊物的徵文也發表，我又入選前三名，掛號信寄來通知我去領獎。這些錦上添花的事，使我那陣子忙著去領獎——不，該說是領獎金。記得，當主席在台上說著那千篇一律的讚美辭，我不時的用手去捏那沉甸甸的信封，當鎂光燈在眼前一閃時，我正閉著眼作自己的發財夢。

隨著帳簿上數目字的增加，我的膽子也越來越大。有一天腦筋竟動到「阿彌陀佛」的頭上了。那是報上的一個啟事，是申請佛學獎金的，除了成績單外，還要一篇論文。對佛學我一竅不通，可是為了那筆錢和自己已建立的信心，我找了隔壁唸經的阿婆借了幾本書，又向唸中文系的妹妹借了幾本討論佛學的書，開始埋首苦讀三天，媽媽很奇怪，她一向勸我信佛我都不聽，怎麼這回自動了起來。

「咦，真難得你『回頭是岸』了啊，這些天看你被財迷了心竅，整天魂不守舍的，唸些佛也許讓你看破些，想開些。」

我笑了，心想：爸媽怎麼還是看不開呢？到底是誰才真的「看破」了呢？

三天後，我洋洋灑灑的五千字論文寫好了，又是通宵熬夜的結果。我之所以這麼積極，那要感謝錢給了我最大的驅動力。

論文寄出後，真是筋疲力竭了。好像吹脹了一個很大很大的氣球，當氣吹飽了，裡面什麼也沒有了，一種空虛感像蛇般爬上心房。不久，收到阿明遠自彰化的一張明信片：

……據聞吾兄近日生財有道，所謂賺錢之道無他，但學吾兄即可，日來靜極思動，請惠賜吾兄賺錢術一本，以消此炎炎夏日如何？

謹祝「賺」安

我心想阿明一向只重生活情趣，視金錢如糞土，怎麼也靜極思動了呢，於是信手回了他一封信：

阿明吾弟：

賺錢之道無他，快！狠！準！切記，切記。

二個月的暑假過了。洋裝書都厚厚的蓋了一層灰，看著這些心愛的書被自己打入冷宮，有些內疚，但是看到那本快被自己摸爛的帳簿，卻又頗為欣慰。同學相遇在系館，彼此問候時都免不了談談收穫，用功的羅問我生化唸得如何，我笑著說：「No touch」，笑完後心裡很難受。但是究竟這是短暫的，很快的我又決定這學期修最少學分，留些時間去賺錢。我告訴自己修那麼多學分有什麼用？於是狠下心來，也不管老師拋來對我奇異的眼光，選了最低限度的必修學分，在我還是四年來頭一遭呢。

有一天，我收到了佛學論文入選前三名的通知，我已不像從前那樣欣喜若狂，只是為自己的無往不利感到有幾分得意。頒獎那天，我穿得西裝筆挺去領獎，頒獎會上坐了一個老和尚和一些居士輕聲的笑談著，一副悠然自得狀；而一些年輕的得獎人也正交頭接耳的談論著自己對佛學的看法。只有我，像生活在另一個世界的人，一雙眼睛盯著桌上的信封套，心裡猜想著自己的獎金數目。不久，大會開始，由老和尚開始說話，他的態度很安詳，使我覺得坐在他對面有些不自在。

後來也有些居士講些話，我都聽不進去，心裡老記掛著快快發獎金。最後有一位居士有意無意的對著我說：

「老和尚一生淡泊，平日省吃儉用就希望這筆錢能幫助一些有志於研習佛學的青年買些書來進修的。當然，我相信你們都不是為這筆獎金而寫論文的，如果貪圖金錢，就表示無法『看破』，無法看破又怎能真正瞭解佛學呢？你們年紀尚輕，要有上進心……」

我的耳根開始紅了起來，當他問起得獎人之中有沒有尚未參加佛學社團的時候，我舉起

了手，不用說，全場只有我一個人。後來，我不知道我是怎麼上台領那獎金的，只記得在回家途中，冷風呼呼的吹入我衣領，暫時退除了我耳根的紅燙，卻退不掉那位居士的每一句話。

回到家裡，內心一直無法平復，難道我真的貪財到無藥可救的地步嗎？可是，我不能學爸爸當古代的人，沒有棲身之處，卻又譏笑別人銅臭。我得自救才行。

我開始替自己那一點點錢憂慮起來，我考慮要如何使小錢變大錢。我開始注意黃金價格的變動，開始打聽股票的行情，最後終於決定去買股票了。

此後每天我所關心的只是證券市場的開盤、收盤和股價指數，還有那家公司要增資發行新股……等，一個收音機天天不離手，聽它報導股票跌漲的消息。期中考到了，筆記欠了一大堆，書也都沒摸，於是只好硬著頭皮，低聲下氣的找同學借，到處求救兵，王和洪看到我這副狼狽像，都很詫異：

「小李，從前你不都在考前整理得好好的，怎麼搞的，現在反倒求起別人啦？」

「最近真的很忙，很忙。」我聳聳肩，不好意思的溜了，我真怕見到這些用功的同學。

期中考總算混過了，我又回到了我的「南僑」、「台塑」、「津津」去了，那一陣子我的夢裡沒有別的，只有證券市場裡那一張張焦急、盼望的臉，喜、怒、哀、樂在他們臉上刻劃得好深，在他們的臉上，我找到了自己。有一次我還從夢中驚醒，因為我夢到我買的「南僑」

獨跌停板，我破產了。第二天上「生物統計」課時，一顆心還跳個不停。

那天從證券市場回家，媽神情凝重的告訴我：

「你表哥昨天車禍死了。」

「什麼？」我失聲的叫了出來，這不可能的，上星期才見過面的。

一直到我站在表哥的屍體前，一直到我聽到舅母痛哭失聲的哀號，一直到我看見蒼老的舅父躲在角落揩眼淚，我才相信這是事實，千真萬確的事實。表哥只大我六歲，從小和我一起長大，是個樂觀又積極的青年，他從小就會鼓勵我唸書，他也送了我一本集郵簿教我集郵的樂趣。我的釣魚和乒乓球也都是他教的。他教我如何讓生命豐富起來。為什麼老天要在他最有希望的時候，奪去他的生命呢？為什麼呢？

公祭那天，我坐在一旁靜靜的陪著舅母，透過淚光，表哥的遺像在我眼前抖動著，抖動出許許多多的回憶。有一次我問表哥將來想幹什麼，他笑著說要當大富翁，我問他是百萬還是千萬？他神秘的笑了笑說，他要當心靈上的大富翁，做一個內心富足的人：

「人只能活一次，一定要活得充實、活得有意義。否則生不如死。錢，夠用就好了，但千萬不能浪費。記得，賺錢只是生活的手段而已，究竟不是目的。除了賺錢，還有太多的事可做呢。」

表哥就這樣死了。我知道他在有生之年，活得一向充實而有意義。他一直希望我能找到自己的人生目標，做自己真正想做的事。但是我到底做了什麼？我最近到底在扮演怎樣的角色？如果表哥地下有知，他一定不會原諒我的。表哥的死讓我相信生與死原只是隔一張紙。我這半年來，像著了迷似的追求金錢，我把人生的手段變成了目的，我早已忘了自己原本對生命的期待了。我不是想當一個熱愛生命的科學家嗎？行有餘力，我也可以創作，可以畫圖。孫老師的破腳踏車又響了，好清脆，我看到了他嘴角的一絲笑容，一絲滿足的笑容，那是在證券行裡找不到的。這是我過去不曾體驗的，現在知道了。原來這就是真正的生活啦。

光棍船

如果將愛情比喻成海洋，那麼在平靜的海面上激起的每一個波濤都會是扣人心弦的。如果你是個聰明人，你將可以在海中摘取無比的力量；如果你是個定力不夠的人，你也可能在下一個如雪的浪花中幻滅。那一成不變的潮汐，象徵著宇宙中愛是永恆不變的，只要你還能呼吸，你便能嗅到海風吹來的那股幽香。

在蔚藍的天空下，粼粼的碧波上，傳來陣陣打槳的聲音，瞧！在深沉的岩石邊有一艘小船，有節奏和諧的隨波起伏。船上載的是一些從未落入愛情之海的男孩，和那些飽受愛情之海洗禮後又再上船的人兒，而我正是那把舵的舟子。讓我悄悄的告訴你，這艘船就叫做「光棍船」。

愛是不能勉強的，想下海或上船，只有你自己能決定。當你想下海的一刻，別忘了帶上我們真誠的祝福；當你飽受創傷而想上船時，也讓我們扶你一把。船上有美酒，一杯陳年大麴酒可以溫暖你冰冷的軀體，船上有音樂，一曲「昨自海上來」可以安撫你受創的心靈，然後讓我們促膝長談一夜，也許你將體會愛的真諦而不再悲傷。如今，這艘船在古老的鐘聲響起的一刻，就要駛出大學之門。回憶四年，把舵的舟子分享了每一個驚濤裡的歡愉和痛苦。寂靜的海灣邊，風在輕吹，蘆葦在歎息，且把槳兒輕擱一旁，聽舟子給您講幾個光棍船的故事好嗎？

第一個告別「光棍船」而躍入海中的該是阿隆吧？

阿隆有他的一套戀愛哲學：追女孩就像用撈蝦網來撈蝦，要有決心，只管閉上眼睛拚命撈，非到手不可！結果竟然是網破蝦溜一場空。

阿隆狼狽的回到船上來，大夥替他開了一個檢討會，一致認為他的哲學有修改的必要，阿隆低頭不語，從失敗中記取教訓。不到一個月，頭髮未乾、衣服尚濕，他又跳了下去，噗通一聲。帶著禾仔、阿里、阿黑、阿祥和我的祝福。

這回阿隆的目標比上回更大，但是他採取了放長線釣大魚的姿態，他的哲學修改了。他曾得意的說：

「姜太公以其手姿釣魚，而我將以仙界的戀曲為餌。」

那些日子，阿隆在大晴天還帶著一把黑雨傘，我百思不解，難道在愛海中浮沉的人連天氣陰、晴都分辨不出來嗎？後來我終於懂了。那是在一個大晴天的下午，突然雷聲隆隆，一場豪雨出乎意料之外的降下來，正在大家抱頭鼠竄之際，只有阿隆以勝利者的姿態跑向教育

大樓，口中還喊著：

「給我等到了，終於給我等到了！」

是的，終於給他等到了。當他撐著傘扶著那女孩大步的走過我們前面時，扮了一個鬼臉——帶著七分得意，三分抱歉。當天晚上，在一次緊急會議中，我們以四比一的票數通過開除阿隆的光棍資格——帶著七分祝福，三分嫉妒。這在我們「光棍船」的歷史上是一個值得紀念的開始，但願阿隆能在海中找到無比的勇氣和力量，那將是我們船上所不及的。

阿隆的幸福，對禾仔是一種刺激。底下的主角便是禾仔啦！

禾仔唸書做事，一向講求效率，遇到考試期間，總是左一個進度表，右一個作息時間表。他一向以「考場如戰場」、「要求先勝而後戰」的原則來自行勉勵，最後他把這一套搬到情場上來了。當他偷偷的喜歡張敏華時，他開始擬定計畫表，由阿隆任狗頭軍師，從旁指導。計畫表如下：

「第一天：圖書館草坪討論功課。第四天：東南亞電影一場。第八天：國賓外加碧潭划船。第十二天：雷蒙冰室約會。三星期後拉她的手。四星期後……等。」

為了表示贊助，東南亞電影票由小黑、阿里共同負擔。於是禾仔便照著計畫行事，一直到三星期後，他懊喪的回來報告：

「很抱歉，我還是不敢拉她的手，總有男女授受不親的感覺。」

「拉手都不會，傻瓜。」阿隆以沙場老將自居。

「……」禾仔搔了搔頭。

一個月後，禾仔爬回了「光棍船」，在大夥唱著「光棍船之歌」迎接他回來之際，他發表了他的感想：

「我覺得我根本不是在談戀愛，而是在進行一件工作。坐草地、看電影、拉拉手，一切都那麼平靜，一點波折也沒有，難道這就是『愛』？如果愛只是這個樣子，那我真失望透了，我寧願一輩子待在船上。」

「禾仔，你以為愛情一定要轟轟烈烈而驚天動地嗎？要飽受波折才是真愛嗎？像電影裡的哭哭啼啼，或是為愛情而自殺？」

「我……」

「那你就錯了。我認為只要彼此能坦誠相見、深切關懷、失意時相互傾訴、得意時分享快樂，彼此安慰和鼓勵，一切都在甜美的盼望和期待中，這就夠了，這就是愛了。難道一定要肝腸寸斷、淚濕衣襟才罷休？至少在我想像中，愛不應該是這副猙獰的面孔吧？」阿里滔滔不絕的發表他個人的情愛觀。

「你說得對，阿里。我是人在福中不知福。」禾仔不好意思的笑了笑：「也許我對時下的愛情小說看太多了吧。」

儘管阿里對愛的要求並不多，可是上帝有時也真會惡作劇，他竟連「甜美的盼望和期待」都不肯給阿里，下一個故事就輪到阿里了。

記不清是什麼時候了，大約是二年下期吧。阿里偷偷的跳入海中，而且一去便不見蹤影——陶醉啦。阿里平日是我們之中的開心果，整天嘻嘻哈哈的，可是一旦對某件事認真起來，誰也拿他沒辦法。

大概總有一個月吧？他喜怒無常，高興時請大夥上「豫皖館」大吃一頓，有的時候卻一個人望著窗外發呆，有時會無緣無故的笑出聲來。聽說愛情能使人瘋狂，阿里不是有一點跡象了嗎？

那個長髮披肩，喜歡穿條紫色喇叭褲的女孩，和阿里倒真是天生的一對。每回看他們手牽手在校門口半跳半跑的，我相信那是阿里最快樂的時光。陽光灑在他們身上，他們的笑聲便洋溢在廣闊的天空，久久不散。我想起了一個十九世紀美國南方的詩人蘭尼爾，曾寫了一首叫「My Springs」的詩獻給他的愛妻戴瑪麗。記得有兩句是這樣的：

「我奇怪上帝為什麼將你賜予我，

因為每當他皺眉，你便閃爍！」

當時我把這兩句話抄在一張精緻的小卡片上送給阿里，阿里便將它放在書架前，常常對著這兩行字傻笑，也許只有沐浴在幸福中的人最能體會吧。

阿里本來就是個活潑的人，愛情的滋潤，使他渾身上下每個細胞都像是注射了興奮劑般，打起籃球來更是威風八面。他哼著輕快的曲子，想要全世界的人來分享他的快樂。

小黑說，看阿里快樂的樣子，他倒也真想嘗嘗那滋味。於是他也不禁「蠢蠢欲動」了。

愛海不會永遠平靜無波的，它總是偶爾有些小浪花，有的時候難免會有滾滾而來的大浪！當那驚濤駭浪來臨的一刻，只有咬緊牙關堅強起來。很不幸，又何其幸運，阿里接受了一次考驗！

那驚濤駭浪來自女孩的父母，他們生活在現實的社會，所以他們不免勢利。他們希望自己女兒將來的對象是有財產、有地位的人家，而不是像阿里這樣正在唸書的窮學生，因此他們堅決反對女兒和阿里來往，阿里氣不過，便和她父母大吵了一場。女兒最後還是聽從了父母的話，不敢再出來找阿里了，而阿里也是個自尊心極強的人，他發誓再也不踏進他們的家門。當然，這件事就這麼結束了。痛苦是在所難免的，但是如果痛苦是無濟於事的，那麼就笑笑吧。老實說像阿里這種任性的人，我們還以為他會演出一幕私奔呢，後來問他，他說：

「如果愛還要用到暴力使得雙方緊張、恐懼，使得父母傷心難過，那麼這種愛帶來的是更大的傷害。能愛的時候就痛快的愛，不能愛的時候就算沒緣分吧。」

「你會恨她父母嗎？」阿祥問他。

「恨？一點也不。我自幼失去母親，我羨慕那些有母親的人。而且每個人和父母的關係

都不一樣。我認識她不過半年，比較起來我就顯得很渺小。雖然總有一天我要讓他父母知道我才是他女兒最好的對象，不過那時候已毫無意義，也許她已兒女成群了，又能挽救什麼呢？」

我們為阿里喝采。但是免不了也會替他這段夭折的愛情揮一掬同情之淚。

另外一個也曾遭到那無情巨浪吞噬的人，就是那個蠢蠢欲動的小黑了。

小黑是個大而化之的詩人，在課餘之暇，總喜歡啃著一個蘿蔔絲餅，拖著一雙空前絕後的破鞋，漫步龍泉街上尋找靈感。他喜歡寫情詩，寫了快一百首了，只是還沒人可以送，總不能情詩滿天飛吧，所以他總是自稱「待沽子」。

在一次新詩創作發表會上，他認識了一個中文系的女孩，一個好纖弱的女孩，但是她那蒼白的臉上有種很特殊的氣質，令人窒息。在他們的交談中，彼此都為對方的才華所吸引，於是小黑的那一百首情詩便有著落了。

在我印象中，自從小黑認識了曉曉之後，他的靈感像是泉水般湧出，那些日子是他創作的豐收季。有一回，我偷看到他新寫的一首詩，放在玻璃墊上：

「我願是你瓶中的花，
和你共度幾個晨昏，吐盡芬芳，
然後依依地死去。」

受了曉曉的鼓勵，他開始把稿子投向報章雜誌，於是他的作品受到許多編者的重視，在一些比賽中，他也得了獎。可是上帝在造人的時候，似乎喜歡給每個人加些缺陷，而曉曉，那個聰慧的女孩，上帝給她的優點雖多，但是給她的缺陷似乎也比別人更大。她身體非常孱弱，除了有肺病外，還有先天性心臟衰弱症，因為家在南部，所以照顧她吃藥便成了小黑的工作了。曉曉的病時好時壞，每逢考試，小黑還是夾了一本書到她那兒去陪她唸，由於這樣的疲於奔命，小黑更瘦了。我們有時覺得不值得，還常勸他不要太癡心，他總是冷冷的說：

「你們不懂。」

後來曉曉到底支持不住，辦了休學手續回到南部去了。剛開始小黑仍然和她保持魚雁往返。小黑每回收到信都反覆的看，看完了才小心翼翼的折起來放回封套裡，編了號碼放進抽屜，往日那種「大而化之」的動作都消失了。可是不到兩星期，曉曉不再給他寫信了，因為她是個非常能體諒別人的女孩，尤其是對她所深愛的人。她一直就怕因為她連累小黑，甚至拖垮小黑，所以終於狠下心來不理小黑，希望小黑能死去這條心。小黑在收不到信的情況下，連夜坐火車南下，結果曉曉避不見面，只有悵然而歸。回來之後，小黑便把他從前所寫的詩都翻了出來，點燃一根火柴，要把自己多年的心血付之一炬，我和阿祥當時都在場。記得我們曾說，只要小黑能寫滿一本集子，大夥便出錢替他出版，如今這個美夢要碎了！我當場就喊著：

「小黑，你瘋啦？」

「曉曉不看了，我留著沒用。」他只是淡淡的回答。

這時阿祥在一旁，一腳踩熄了那即將使詩集變成灰燼的火苗，然後激動的抓著小黑的衣領：

「失去了曉曉，還有我們，小黑，我們同樣的關懷你。難道你忘了但丁和貝德利釆的故事？但丁失去了他心愛的貝德利釆，雖然也曾痛不欲生，可是他並沒有自暴自棄，他深信只要是聖潔的愛，那怕是一瞬，也可變成永恆。所以但丁把握住了那一閃而逝的愛，創造了千古不朽的神曲。你有才華，你終有成功的一天，你不應該那麼想不開。」

小黑緩緩的抬起頭來，兩行熱淚從面頰滑下，阿祥從褲袋中掏出了一條手帕給他。於是，我想起李商隱的詩句：

「此情可待成追憶，只是當時已惘然。」

那陣子，阿里和小黑相繼在海中幾乎迷失了自己，好在「光棍船」上有的是溫暖。大夥同心協力的把他們「撈」了起來，小黑在上船的一刻，還酸溜溜的苦笑著說：

「只恐雙溪舴艋舟，載不動許多愁。」

我拍拍他的肩膀笑道：

「別忘了阿祥告訴你的一番話，現在你既然回到了我的『光棍船』，就得把愁字抹掉，

『光棍船』可是不載愁的。」

而阿里呢？手中仍拿著我送他的那兩行蘭尼爾的詩，朝我苦笑。於是我又想起了辛棄疾寫的一首〈醜奴兒〉：

「少年不識愁滋味，愛上層樓。愛上層樓，為賦新詞強說愁。而今識盡愁滋味，欲說還休。欲說還休，卻道天涼好箇秋。」

我若有所悟似的朝阿里和小黑揮揮手：

「夏日戀情過了，該是涼快的秋天了吧？」

秋天的確來臨了，你看船頭那個人不是穿上一件毛衣了嗎，他是最忠實的光棍之一，喜歡拂一拂那一綹垂下來的頭髮，怕它遮蔽了視線。他偶爾向海上望望，又向天空瞧瞧，「愛海」對他而言，似乎一點吸引力也沒有，他老是用手掌撐著下巴對我傻呵呵的笑，有一回我真忍不住了，就問他：

「阿盈，看樣子大學這四年你的光棍是打定了。」

「是的。」他毫不考慮的回答。

「為什麼呢？大學裡機會不是很多嗎？」多少帶些誘惑。

「不錯。可是我認為在經濟和社會地位上一點基礎也沒有的時候，還是不談的好。否則

就像把房子建築在沙灘上，經不起一點浪潮的。所謂貧賤夫妻百事哀，要生活也不能光憑愛情啊，還得要有米、有麵包吧？我想等我將來在經濟上略有基礎之後再動此念頭不遲，更何況像我這般死心眼的人，一談戀愛就分了心，書也別唸了。」他又拂了拂垂在額前的那綹頭髮。

「所謂可遇而不可求，問題是萬一你遇到了一個你非常喜歡的女孩，天底下沒有比她更適合你了，你要放棄嗎？」我還是緊迫盯人，不放過他。

「如果真的有這機會，那就看對方了。她願意等我，那她就是我的妻子，如果她不能等，她就是別人的妻子，我就祝她永遠能幸福，愛不一定是要佔有吧？更何況天涯何處無芳草呢？」他說著，把頭髮往上一甩。

「這倒是很瀟灑而理智的論調，不過沒有談過戀愛的人談起愛來總是太理想化了。」我不服氣的扯他後腿。

「也許是吧，這只是我個人的原則，人應該是有原則的，不管原則是好是壞，總比沒原則好。」他又習慣地拂了拂垂下來的頭髮。

提到原則，我倒想起了一件很早以前的事了，班上有位很漂亮的女孩，她對挑男朋友有幾個原則，凡是不合的一切免談。當初謝史連和王定邦都曾對她有「意思」，可是因為不合她的原則都失敗了。三年後，「警報」響了，那個女孩終於放棄了原則，自動和一個比王、謝差一截的人交起朋友來，於是那陣子，有兩句詩在班上非常盛行：

「舊時『王謝』堂前燕，飛入尋常百姓家。」

好了，言歸正傳。有位當初也是「阿盈原則」的支持者老鹿，在大四那年寒假「背叛」了所謂的「原則」，搶先一步躍入海中，而且還登上了岸——訂婚啦。老鹿訂了婚，請全班吃情人糖，可是還常向我們「光棍船」上的人招手：

「嘿，我羨慕你們。」

人總是這樣矛盾，明知那是一張網，沒有進去的人羨慕已經進去的，已經進去的又羨慕起網外的人了。其實老鹿是開玩笑的，人總是要過這一關的，只是遲早的問題。他可以提早和他心愛的人並肩來開拓他們自己的前程，共同來享受那份耕耘後的收穫，不也是挺美的事嗎？我們決定送他一個雙人用的繡花大枕頭，上面繡著金色的五個大字：「最佳勇氣獎」。不是嗎？老鹿即將先我們一步勇敢的挑起了家庭和生活的重擔，這對我們這些窩在「光棍船」上的人不啻是一種挑戰！

後來阿祥問起老鹿訂婚後的感想，老鹿說：

「我和她訂婚，只源於一個念頭，就是她對我實在太好了。不過她有一些缺點是在訂婚後才發現的。」

「那麼你後悔嗎？」阿祥歪著頭等他反應。

「後悔？噢，一點也不。西格爾不是強調『愛是不需要說抱歉的』嗎？而我則說『愛是不需要說後悔的』。」

「哈哈，老鹿，就憑你這句話，你有資格訂婚。」阿祥拍了拍老鹿的肩膀：「我也是這樣覺得。完美的愛，不是要求對方如何的完美，而是意味著如何將自己趨向更完美，同時，要忍受對方的缺點。這樣的愛，沒有抱歉可言，更沒有後悔可言。我祝福你，老鹿。」

大狼這傢伙，「光棍船」上的人最不欣賞他。倒不是他一年到頭從來不曾在船上停留，而是他在愛海中浮沉的那副模樣，我不喜歡。他的人生哲學是「今朝有酒今朝醉」，喜新厭舊而絕不負責任。偏偏天底下傻女孩就特別多。根據我們可靠的統計是這樣的：大一上追英語系某女孩，大一下追音樂系某女孩，大二追美術系某女孩，大三上追生物系某女孩，大三下追中文系某女孩。於是他大一上必修「莎士比亞戲劇」，大一下必修「斯特勞斯」、「韓德爾」，大二必修「希臘的建築與雕刻」，大三上猛唸「分子生物學」，大三下又改唸「二十二史劄記」，總之，他之所以看書，是完全配合他追求女孩的目的，他的好高鶩遠，使膚淺的女孩誤以為他有不凡的才氣。看在大夥眼裡，除了在心底罵他一句外，誰也懶得管這檔子閒事，大狼就在這個間隙中如魚得水了。有一天我走在「維也納森林」時，看見大狼一手夾著《唐人傳奇小說》，一手在天空比劃著，旁邊就是他「第五號」的女朋友，一個好文靜而溫柔的女孩，嘴角帶著微笑正抬頭欣賞大狼。我忍不住笑出了聲音：

「嗨，大狼，研究起唐人傳奇小說啦？」

「哈哈，小意思，小意思。」他摸摸鼻子，乾笑了兩聲。

「記得啦，有一天你也會成為我寫的小說中的主角呢。」

我開他的玩笑。

大四剛註完冊，聽說大狼又換女朋友了，這回是家政系的。據大狼親口告訴我：

「我對以往的生活厭倦了，就像流浪已久的浪子，想找個歸宿以供休息。這回我是決心好好談一次戀愛了，從前的一切一筆勾消吧！你祝我一路順風。」

「你是情場老手，百戰百勝，萬無一失的，不過希望這回你是真的認真了。玩弄感情是一種罪過呢。」

「你放心，這回是真的了。」

是的，大狼這回用了真感情了，像用一張真鈔票一樣。我很替他高興，浪子只要回頭，總是不嫌晚的。可是天不從人願，就在他快要馬到成功之際，對方發現了大狼以往的「光榮戰績」，一怒之下離開了他。因為對女孩子而言，這些紀錄怎能輕易的「一筆勾消」呢？阿祥說大狼這回可真是「滑鐵盧」了！不曉得大狼在追女朋友時唸的那麼多書裡，可曾有一首雨果的〈滑鐵盧〉，如果有的話，他對於下列的句子將會有特殊的感慨吧：

「我敗了，我的王冠如同酒杯般破碎了。」

嚴厲的上帝啊！難道這是懲罰？」
是懲罰嗎？也許是吧。對於愛情，大膽的攫奪固然是勇敢，但是如果也能替對方著想，那麼就不止是勇敢，而且光輝、而且偉大。

這回大狼在慘敗之餘，終於來到了「光棍船」，我們對於這位在愛海浮沉了四年的浪子，給予我們慷慨的安慰。那一晚，我握了握他冰冷的手，和他聊了起來：

「你是情場老手，可是不客氣的問你一句，你懂得什麼是愛情嗎？」

「這……倒很難下定義，不過，」他用乾毛巾擦著濕漉漉的頭髮，甩了甩：「我以為只要男女雙方高興在一起，享受在一起的時光，那就是愛。說得坦白些，就是男女雙方在生理上的一種需求，我不喜歡人們假借詩歌和美麗的詞藻來美化它、歌頌它，那只是一種掩飾，一種道德上的掩飾！你、我都是學生物的，我們無法否認男女在生理上最基本的要求吧？為什麼教育受得越多就越虛偽？甚至一提到與性有關，就是一種罪惡。哼！騙鬼！」

我被他的論點嚇到了，良久，我才提出自己的看法：

「大狼，我當然不否認男女在生理上的需求，那是一種動物最本能的繁衍種族的方式。但是我認為你的生物唸得走火入魔了，因為你承認了人類和其他動物是沒有兩樣的。人之所以異於禽獸，就在於思想、性靈，愛原本是富足而高尚的，人類利用它可以昇華心靈的境界、充實自己的生活。如果你認為它只是虛偽、只是掩飾，而一味的盲目追求感官的滿足，那麼心靈只有更加貧乏，生命也將陷入空虛而無望。你不妨捫心自問，從大一到大四，從『莎士比亞戲劇』到『二十二史劄記』，你得到了什麼？你快樂嗎？」

他望著我，只問了一句話：

「你談過戀愛嗎？」

「你猜猜。」我雙手一攤，或許我真的該試一試才知道。

我的故事講到這裡也該收場了，想你也累了，故事聽久了難免會打瞌睡的。愛情畢竟不是大學生的全部，它只是一道清流，或是一方田園，當你擁有它時，就好好珍惜吧。也許你會惋惜四年都不曾嚐到愛情的滋味，那麼你就不妨學習阿盈吧！遲早你我都會躍入海中，盡情享受那船上所沒有的歡愉，可是，那把舵的舟子又將輪到誰呢？

周的眼淚

周篤行隨著大夥擠進這間狹窄的實驗室，這堂是生化實驗課，又得罰站三、四小時了。這間實驗室對他而言，再也熟悉不過，因為「動物生理」和「植物生理」的實驗課也在這兒上。一星期總有三個下午要泡在這邊，閉著眼睛都可以知道那邊積水、那邊擺什麼儀器。

學校窮、地方小，一切也就克難些吧。對他而言，他已經十分滿意目前的環境了，他不像張凡和李鍾發那些人，整天不是埋怨設備不好，就是嫌實驗室又小又舊，他們一心一意想畢了業出國深造，所以難免眼光高，家裡有錢嘛，就是這副盛氣凌人的樣子，周篤行怎麼和他們比呢？能唸大學已經謝天謝地，如果不是因為公費，他也不可能遠巴巴的告別年邁的父母，遠離土生土長的嘉義老家，來到台北唸大學。從小他就作著當科學家的夢，如今這個夢實現了一半，他終於穿起那件千瘡百孔的實驗衣在那裡像變魔術般倒著藥品，對他而言，這一切都太多了，他還有什麼怨言呢？

周篤行穿起實驗衣，熟練的把儀器取出來沖洗一遍，順便看看今天的實驗步驟。這時張凡拿著實驗衣，口裡哼著歌，還嚼著口香糖走了進來：

「老周，今天又是作啥玩意？」張凡是他的partner。

「油脂皂化值的測定，第三五八頁。」

張凡是從來不先預習的，他知道周篤行一切都會準備好好的，他只要看他做就夠了。張凡把一堆書往架子上送，順手抽出一本《微生物學》：

「快期中考了，實驗就拜託你啦。」

周篤行獨自一個人到前面領了一些試劑、藥品和材料，把本生燈點燃，先燒熱水，然後便開始做了起來。張凡看他已經開始了，有些不好意思，暫時把《微生物學》闔了起來，打開實驗課本三五八頁：

「老周，今天助教給我們是什麼油？」

「他說是棉子油。」周篤行低著頭把秤好的油倒入燒瓶內。

「棉子油的皂化值……」張凡查著三六〇頁上已知數據：「實驗值是一五四，理論值是一九四到一九六，OK！今天答案已經知道了，到時候不怕沒Data了。」

於是張凡顯得很高興，他開始四出走動，看別組同學的實驗情形，順便聊聊天。周篤行常想，張凡該去唸外文系或政治系。張凡的脾氣不適合靜下來做實驗，他目的只想拿張漂亮的成績單申請出國，這些繁雜的實驗對他而言簡直是一種浪費，他則寧願多唸些書，分數考高些比較實際。

周篤行和張凡從大一起就是各種實驗課的老搭檔了。因為張凡看中周篤行的老實、認真，而周篤行看中張凡的卻是他那「順手牽羊」的絕招——每回燒杯破了、溫度計丟了，只要告訴張凡一聲，張凡便會四處「聊天」，找機會「摸」回他想要的器材，因此到了學期結束清點儀器時，他們這組總是齊全得很，不用賠一毛錢。因此他們是互利共生，一直相處得很愉快，很少爭執。可是這學期他們卻常常為了一件事爭吵，那就是最後所做出來的「數據」。

這學期在實驗課開始之前，助教就宣布本學期的分數是按各組每次實際結果和實際值之間的差別來決定，換句話說，你所做出來的數據越接近實際值，分數就越高。張凡是重成績的，而周篤行是重視自己辛苦實驗的成果。而大部分的實驗結果是可由書上查到或推算出來的，為了爭取高分，許多人不惜刪改自己所做出來的數據，使它更接近實際值，而周篤行在這方面卻頑固得近於「愚笨」，有時明明知道自己的數據和標準答案相差十萬八千里，但是他依然不肯改，他認為這是對實驗的不忠，對自己的不誠實。所以張凡每回都狠狠的罵他：

「大家都改，只有你最清高，所謂識時務者為俊傑，好漢不吃眼前虧，你不肯改，那我們就等著拿全班最低分，和你同組，真倒霉！」

而周篤行也總是理直氣壯的說：

「既然要改，那何必麻煩作實驗？乾脆把標準答案抄給助教好了，你要改你去改，我不幹。」

吵歸吵，結果張凡也都依了周篤行，他知道老周的脾氣就像廁所裡的石頭——又臭又硬，除了乾瞪眼外，只得認了。張凡曾考慮過和他「拆夥」，但是算盤一打，還是不拆好。

周篤行把水冷式迴流冷凝管架好，再把燒瓶浸入沸水鍋中，於是他喘了一口氣，找個窗台靠著休息一下，也呼吸一、兩口新鮮空氣。他忽然又想起那回做「棉子油酸值測定」實驗時的情形。

那次的實驗整整做了四個小時，結果周篤行得到棉子油的酸值是一．五，而書上的標準答案是〇．六到〇．九，於是張凡便要求他改成〇．八左右，他仍然不肯，他當時還細心地一步一步研究錯誤的原因。而其他各組有一半的同學做對了，另外一半也「改」對了，最後又只剩周篤行和張凡這一組是「一枝獨秀」而「與眾不同」。討論課時，老師吩咐各組把自己的結果寫在黑板上來比較一番，結果周篤行便挨了助教的一頓罵：

「怎麼又是你們這組最差？周篤行、張凡，你們應該好好檢討一番，是不是你們事前沒預習？還是上課時心不在焉？如果你們每次都太差，別怪我把你們『當』了！」

周篤行低著頭，一種被冤枉的感覺湧上心頭，好想痛哭一場，但是他還是忍下了。張凡低著頭卻用斜眼狠狠的瞪了瞪周篤行，咬牙切齒的，好像是說：

「看吧，要你改你不改，現在自討苦吃。」

那天晚上，周篤行失眠了，他一直在問自己：

「到底是我太頑固了呢？還是別人太投機了？」

如果說周篤行「沒預習」或「心不在焉」，那倒真是不公平。就拿某一次作「油脂水解實驗」來說吧，那次實驗的步驟又多又煩，大部分同學都自動省略許多步驟和時間，只有他一個人當「傻瓜」，一步一步的做，到了晚上七點，同學都走光了，張凡也溜了，只剩他一個人奮戰到底，結果晚上九點多，才正式把脂肪酸定量出來，與實驗值略有出入，這是難免的，他已很滿意自己這回的實驗。不料第二天晚上的討論課，別人的答案幾乎都比他接近實際值，他知道他們又是經過刪改的，所以他好氣憤。好幾次都忍不住想找助教把這股委屈說出來，但是後來他又想了想，別人有別人的自由，不必干涉他們，自己問心無愧就好了。「分數低就讓它低吧！」他總是這樣鼓勵已快心灰意懶的自己。

想著這些事，不知不覺周篤行又快把這個實驗做完，這時張凡又周遊列國回來了：

「李鍾發他們那一組已經做完了，聽說是兩百多哩！奇怪。」張凡只是老惦記著棉子油的皂化值「應該」是一五四。

「管別人是多少，我只差兩個步驟便知道結果了。」周篤行頭也沒抬，顯然對張凡有些不耐煩。

張凡毫無意識的用手摸了摸滴定管，覺得很沒趣，於是又拿出了《微生物學》來唸著。

「過敏性休克，對花粉過敏之氣喘，血清病……」

張凡對唸書倒很有一套辦法，他會打聽從前歷屆「考古題」，並且懂得探聽「情報」、摸清教授的脾氣及出題方式，所以他總是考得很高分。這方面周篤行又是頑固的死腦筋，他只會閉門苦讀，所以老是考不過張凡，因此在師長心目中，周篤行是比不上張凡的。

周篤行把鹽酸滴定完畢，看了一下滴定管的刻度，拿出原子筆在紙上計算了一下，是二○三，他記了下來。張凡走過來幫他拆冷凝管，順便看周篤行的結果：

「怎麼，你也做出兩百左右啊！我看，這回你可別再頑固了，改成一百六十好啦，以免又再當眾出醜，搞得不好，真的被『當』了，可慘了。」

「奇怪？」周篤行這下也對自己的答案感到懷疑了，信心似乎又大減了：「怎麼會差這麼多？」可是他左思右想，卻找不到任何誤差的原因。

於是一向擅長於打聽、收集、歸納的張凡又出動去探聽各組結果，回來分析給周篤行聽：

「只有三組是做出兩百以上，還有六組是一百八或一百九，可是陳小娟卻是一百五十幾，最接近標準答案！」

「陳小娟那組？」周篤行似乎很不屑：「不可靠。」在他印象中陳小娟很少認真做過實驗，不是吃零食便是聊天，然後假造一個漂亮而又準確的數據，周篤行很不欣賞這種女孩。

晚餐時，張凡一邊吃著牛肉炒飯，一邊又吵著周篤行修改答案：

「拜託你這回就改一下答案吧？你不替自己打算也替我想想，再不改，我們真的要『墊底』了。剛才我問李鍾發他們，他們已決定改成一百六十。你看，又只剩你一個人不改。唉！」

晚上檢討課時，老師進來了。他按照慣例，叫各組把實驗結果抄在黑板上。周篤行眼見整個黑板寫的都是一百五十幾，於是他的信心開始動搖了。他想起從前的種種，尤其是被助教罵了一頓的那種窘像，他真不敢再試第二遍。這時張凡扯了扯他衣袖，還特別翻出課本第三六〇頁強調的說：

「課本還會錯嗎？求求你，別猶豫了，就改吧。」

於是周篤行把心一橫，咬了咬嘴唇，走到黑板前面，用粉筆寫上：

「第七組：一五六」

張凡在底下露出了欣慰的笑容，周篤行終於也「想開了」。可是當張凡再看黑板時，發現一五六又被擦掉了：

「第七組：二〇三」

周篤行放下板擦和粉筆回到座位上，張凡這下可真的氣得直跺腳。周篤行此刻只是緊閉著嘴等待宣判似的。

這時大家都寫完了，老師看了看黑板，突然向台下狠狠的望了一下：

「第七組是誰做的？」

周篤行和張凡畏畏縮縮的站了起來，張凡看了周篤行一眼，無奈的搖了搖頭，不敢看老師。

「很好，你們做得很好，這次全班只有第七組同學做對了。」

在全班驚訝的嘆息聲中，老師宣布了這件事：

「各位不要奇怪，我今天給各位的並不是棉子油，而是玉米油，我是故意說錯的。目的就在測驗各位同學是否對自己的實驗有信心？更重要的，也是測驗各位會不會刪改自己的數據。由這次實驗我發現你們真的太不誠實了。玉米油的皂化值實驗值大約二〇五，想不到就因為我說是棉子油，你們的答案都變成棉子油的了。可見得從前的實驗紀錄都不可靠，所以我現在決定，本學期的成績就以這一次的實驗結果來評分，從前的一概不算！」

在許許多多的惋惜聲中，張凡開心的笑了，他拉了拉周篤行的手，豎起大姆指說：

「老周，你真行！」

周篤行傻楞楞的站在那兒，他又有一種像上次挨罵時想哭的衝動，這回他的眼淚真的流了下來。

夜梟

期末考，各考場正烽火漫天。

葉哮夾著一本《動物生理學》，吹著口哨，在標本走廊一搖一擺的走著。他看了一下腕錶：五點三十分，還早，再逛逛吧。他猶豫了一下：不對，明天早上第一節就要考「動物生理」，積了大半學期的書，也該早些開始動工了。好吧，上系館去看看，也許有什麼最新消息或情報。於是他三步併兩步的往三樓跑。

系館客滿。陽光映著那「肅靜」兩字，一眨一眨的，好像還揮汗。葉哮探頭進去，好傢伙！李文凱、董瑪麗、任秀玲、蘇彩華，一個也不少。真是名副其實的「系館派」！葉哮一學期只來系館兩次——期中考和期末考各一次！他躡手躡腳的走到李文凱後面，李文凱正專心的看那本詞句不通的翻譯本，還一邊做著筆記。

「嘿，老李，有沒有最新消息——我是說動生。」葉哮拍了李文凱的肩膀一下。

「喔，『夜梟』！你來啦？」李文凱被嚇了一跳似的，扶了一下眼鏡：

「聽董瑪麗她們說，二十七章和二十八章可能會各有一問答題。」

「喔？等一下……」葉啓眼睛一亮，像尋到了寶貝似的：「依你分析，可能考那兩題呢？」

「我看，八成是胎循環和再吸收的Mechanism。」李文凱用筆指了一下桌上的洋裝書，很有把握似的。

「OK，謝了。如果考出來，我請你吃蚵仔煎和魷魚羹。」葉啓顯得有些得意忘形，聲音不免大了起來。董瑪麗、任秀玲、蘇彩華不約而同的都抬起了頭，瞪了他一眼，雖然她們的嘴角都掛著禮貌性的微笑，可是葉啓猜得出她們打心裡在罵他：「夜梟這小子，無事不登三寶殿！」所以葉啓頗知趣的傻笑一下，拋下一句：「諸位，加油啊！」然後搔搔頭一溜煙似的逃出了三寶殿。

走廊的空氣，透著相思樹的味道，比三寶殿裡的汗臭要香多了。他用力的呼吸一口，如釋重負的又吹起口哨，還是那首不成調的：「I Kiss Angel Good Morning」（天使，早安！）。

葉啓回到家裡，天已黑了一大半。他一邊往樓上跑，一邊向正在廚房準備晚餐的母親說：

「媽，明天我一大早有考試，所以今晚要開夜車，我現在先躺個半小時，吃晚飯時喊我一聲。」

「好啦。」葉太太一邊炒菜，一邊應著。然後像想起了什麼似的搖了搖頭，自己嘀咕著：「這孩子，平常就知道玩，到了考試又來通宵，真是何苦來哉？」

晚餐後，葉太太特地到對面小店買了一截麵包，和三個茶葉蛋，然後泡了一杯可可和一杯咖啡，準備給寶貝兒子晚上當點心的。她走過兒子的書房，看見兒子正在一頁一頁的翻著書，好像速讀一樣。她最瞭解自己的兒子，總是仗著自己比別人聰明，平常就玩得瘋瘋癲癲的，每本書都是裡面雪白，外面蒙了一層灰。到了明天要考了，今天才肯把書「找」出來，然後通一個宵，真是一個不折不扣的「夜梟」。葉太太忽然有些責怪當初丈夫為什麼給兒子取這種名字，好像真是有意讓他變成「夜梟」。從初中、高中以至到現在大三，他一直是「一個晚上主義」。講也沒用，罵也沒用，現在都比她高一個頭了，早也習慣了，只好順著他了。何況他一直能考得很好。為了怕吵擾寶貝兒子，今晚的連續劇只得忍痛犧牲了。葉太太想想也很無聊，順手拿了一本《婦女雜誌》翻了起來——像隔壁的兒子翻課本一樣。

葉哮看了一下掛鐘：八點二十分，距離明天第一節考試還有十一小時五十分鐘，還久得很哪，他想。他一點也不緊張，過去的經驗告訴他，他不但可以唸完，而且還有足夠的時間複習一、二遍。於是他在紙上大概把十一小時五十分鐘分配了一下：前五個小時先從頭到尾看一遍，中間休息十五分鐘，然後開始重點複習三小時，最後再來個「考前猜題」。說起來也很矛盾，平常他擁有一大堆的時間，可是他卻像天女散花到處亂拋，他並不很清楚自己喜歡什麼。他否認「一分耕耘，一分收穫」和「種瓜得瓜，種豆得豆」這種陳腔濫調。可是在這一刻，每一分一秒對他而言，卻真是「一寸光陰一寸金」了呢。想想也真好笑，葉哮聳聳肩，本來一學期的功課，他就只用了這麼一個晚上來唸。是天才吧？也許是吧。他莫名其妙的笑了起來。老天爺原本就不很公平的。

「阿哮，唸完早點睡啊。冰箱裡有茶葉蛋，要吃時自己去拿，我先睡了。」葉太太在隔壁臥房，一邊打著呵欠一邊說。

「好。謝謝媽。」他心不在焉的回答，他知道自己今晚不可能會去睡的。

睡蟲悄悄的開始爬進他的腦袋，漸漸的爬滿全身。他站了起來，走進浴室，嘩啦一聲扭開了水龍頭，把整個頭浸在冷冰冰的水槽裡，一股冷徹全身每根神經的感覺湧了上來，睡蟲在那一瞬間消失得無影無蹤。他用乾毛巾擦拭著濕漉漉的頭髮和臉，忽然覺得自己有懸樑刺股的勇敢，於是噠噠噠的回到書房。掛鐘敲了一下，他想，應該是十點半吧？猛一抬頭，短針指在十一和十二之間。心頭不覺一驚，翻書的手便又加快了些。

除了隔壁傳來那一點點輕微的鼾聲外，大概就只剩下他心跳聲了，馬路上偶爾也會傳來一陣急駛而過的車聲。他突然想，這麼安靜，到底是「萬籟俱寂」呢，還是「萬籟有聲」？如果說有聲的話，大概是指空氣中氧分子和氮分子碰撞的聲音吧？管他「有聲無聲」呢，還是趕快看「胎循環」吧。他收回了胡思亂想。

也許是太專心的緣故，當掛鐘再敲一下時，他已經分不清楚是十二點半？還是一點？或者一點半？他站了起來，伸伸懶腰，活動一下筋骨，覺得有點餓，於是便摸著黑，踩著一級一級的樓梯下了樓，覺得頭有些暈，所以格外小心。當他吃茶葉蛋時，已經食不知味了。然後他一手端著咖啡，一手端著牛奶，嘟嘟嘟嘟的上了樓，回到書房，繼續和書本抗戰！

眼皮開始不聽指揮了，一直想閉起來，好像在向他抗議：「夜梟，替你工作了一天，該讓咱們休息了吧？」葉哮就像一個強迫屬下加班的老闆，他命令眼皮：不行，我們今天要加一整晚的夜班，不能休息片刻。於是眼皮只得乖乖的繼續工作。「唉，誰叫我是夜梟的眼皮呢？」眼皮嘆了一口氣。

三點半。整本書也差不多已經到腦袋裡面去了。於是他下意識的照了一下鏡子，覺得自己的頭，似乎比剛才大了一倍以上。他對著鏡子扮了一個鬼臉，鏡子裡面的人也回敬了他一個一模一樣的鬼臉。

他那兩倍大的頭忽然隱隱的痛了起來。他用力的甩了甩頭，然後用手敲了幾下腦袋，就像鐘擺敲鐘那樣，他感覺似乎好過了些。於是他把精神再度提了起來，全力的開始唸第二遍，此刻輕鬆多了，勝券已經在握了。沒辦法，人太聰明就是如此。

五點半，不知那家公雞開始喔喔的啼了起來。天已不再烏黑的像塊墨，好像開始逐漸被水沖淡、沖白了。葉哮打了一個好大的呵欠，當他閉嘴時，順手也把書本闔了起來。走過去，把窗戶打開，一線曙光射了進來，口裡不覺又哼起了「天使，早安！」。

太陽在考場外烤著，學生在考場內考著。

葉哮從考場出來，遇到了李文凱。

「哈哈，老李，兩題都考出來了，真棒！你考得不錯吧？」葉哮精神很好，一點也看不出昨天熬過通宵。

「最後那題沒見過，只好亂蓋，二十分呢。」李文凱皺著眉頭，一邊還用衣袖猛揩著汗。

「哈哈，簡單嘛，我都會。九十分以上沒問題！」葉哮把手一揚，不可一世的樣子。

「……」李文凱沒吭氣，頗有幾分傷心的走開了。

葉哮又看到董瑪麗、任秀玲、蘇彩華三個人正在考場外討論著剛才的題目。董瑪麗一邊喘著氣，一邊翻著書，好像是在找答案，三個人在陽光下更顯得面紅耳赤，看情形，她們考的似乎不太理想。葉哮有些幸災樂禍，心想：這幾個平常死啃書本的「系館派」，每次考出來，還不見得能贏得了他這個「一個晚上主義」的「夜梟」，於是他又開始為他自己的聰明，暗自得意了起來。他故意走上前去：

「董瑪麗，一百分吧？」

「一百分？算了吧，有六十分就謝天謝地了！」董瑪麗誇張的說。葉哮心想，這些女孩子就喜歡誇大，考個九十分有時還一把眼淚一把鼻涕的，說有多噁心就有多噁心。葉哮故意氣她們似的說：

「題目太簡單了。老師故意放水嘛！」

「啊？你認為太簡單嗎？我覺得好難喲！」任秀玲在一旁哭喪著臉說。

葉哮眉毛掀了一下，抬頭挺胸跨著大步走了。他要回去睡大覺了。

一星期後，發考卷。葉哮果然最高分。他拿到卷子，還故意說得很大聲：

「真不好意思，才唸一個晚上。」

他是存心氣董瑪麗她們的。類似這種情形，從大一到大三，不斷的重演著。葉哮就這樣，在班上總是耀武揚威的，李文凱除了怪自己父母「遺傳基因」沒有葉哮的父母好外，也只有口服心服了，當然，這也是葉哮敢只唸一個晚上的最大原因。

四年大學若是一場一萬公尺的長跑比賽，那麼四年下期該是最後衝刺的階段了！可是大部分的同學在這一刻，似乎感到無限的疲憊和茫然。實習也結束了，畢業照也照了，只等畢業考一考完，就要揮手互道珍重了。教務處把過去七學期的成績結算出來，「系館派」的那四個人分別佔了二、三、四、五名，而第一名，竟然是葉哮！消息傳來，葉哮立刻打電話回家，叫媽媽準備一些酒菜，他要大擺慶功宴，請那批「難兄難弟」好好慶祝一番，慶祝他用「一個晚上主義」擊敗了「系館派」！

在「慶功宴」上，葉哮也許因為太高興的緣故，喝得滿面通紅。他聽著那些同學的讚美。也許吃了葉哮一頓飯，他們的嘴巴都甜了許多：

「夜梟啊，你真了不起，『一個晚上主義』，哈哈。」

「夜梟啊，你這個第一名，可是『玩』來的啊！」

「夜梟啊，你IQ實在太高了，沒話說，沒話說。」

葉哮陶醉了，他覺得這是他有生以來，最神氣的一個晚上。

畢業考到了。球場無人，系館客滿。

遠處傳來嘹亮的口哨聲。吹的還是那首：「天使，早安！」。當然，不會是別人，是夜梟。他明天要考「病理學」、「近代物理」、「儀器分析」三個主要科目，能順利考完，也就畢業了。葉哮還是老樣子，雖然是三科，他自信一個晚上可以勉強唸得完，從前的「光榮紀錄」可以加強他的信心。這是最後一次通宵了，他肯定的告訴自己，真的是最後一次了。

那一個晚上，比任何一次都艱苦，這些科目都比較深，因為他平常除了上課，回家根本沒唸，所以現在一分鐘也不敢休息。對他而言，這真是一次最大的考驗。

第二天清晨，他拖著疲憊不堪的身子和發脹的腦袋，匆匆刷完了牙，只喝了一杯牛奶，一點胃口也沒有。他拿起袋子往外走，才走到家門口，忽然覺得很難受，胃裡一陣翻騰，一下子便嘔吐了起來。葉太太看見他臉色鐵青，連忙要去找醫生，葉哮搖了搖手：

「還差十五分鐘就考試了，來不及了。」

話還沒說完，便騎上車子搖搖晃晃的往學校衝。

他走進考場，找到座位坐下來，頭還是很昏、很沉。但是他已經沒時間來想應該如何處理這種突如其來的轉變。

第一科是「病理學」，考卷發下來，他只知道是白底黑字，覺得很刺眼。那些油印的黑字逐漸在他眼前不斷擴大、擴大，他拚命集中思考，設法回憶著昨晚臨時塞進腦袋的許多資料，包括「近代物理」和「儀器分析」的，他要像電腦一樣很迅速的找出他所要的資料。他安慰自己：慢慢來，不要慌，你可以考得很好……但是他發覺自己好像無法思考了。他的腦袋像一部損壞了的機器，已經不管用了。他有一種立刻就要倒下去的預感！他的全身都是冰涼的，卻又透著一股熱氣。他的內心在吶喊：葉哮，你不能倒，一倒下去便前功盡棄了。不能倒，千萬不能倒！一顆一顆汗珠滴到試卷上，他手顫抖著，他眼睛模糊到幾乎看不清題目了。但是那股精神力量一直在支撐著他！他知道這堂考試的重要性，考壞了就不能畢業了。

於是他吃力的用左手支持著下巴，用發抖的手勉強答完了第一題。他的頭一直在脹大、脹大，眼看就要炸開了！忽然他感到天在旋，地在轉，眼前一陣花白、又一陣昏黑，手一軟，整個人便倒在桌上。他已經聽不到同學們驚訝的低呼聲。

當他睜開眼睛時，他發現自己躺在一張海綿床上。眼前很亮，他一下子分不清是燈光還是陽光？旁邊站著的是李文凱、董瑪麗、任秀玲、蘇彩華，「一個也不少！」

「我……」他張開了嘴，用疲倦的眼睛向四處張望。

「這是醫務室。」任秀玲臉上帶有一絲同情的味道。

「那……考試？」他張大眼睛，用等待宣判的神情盯著李文凱。

「三科都考完了。」

「啊——」葉哮眼圈一黑，又再度失去知覺。

外面一家唱片行，正放著一首歌：「天使，早安！」。

第六個兒子

親愛的爸爸：您寄來的罐頭、中藥、消炎片、香菇、金針、木耳等都已一一收到，謝謝爸爸。不過下回您可別再花錢寄這許多東西來了。您現在獨自一個人在台灣，自己要多買些補品吃吃。您的心臟病最近有起色嗎？別忘了按時吃藥。冬天到了，要記得多穿些衣服。上星期這兒開始下雪，下了兩場，現在天又放晴了，只是屋裡還要開暖氣。好了，快要大考了，等考完再寫信向您報告近況。

敬祝

健康、快樂

么兒　福民拜上

老徐緩緩摘下了老花眼鏡，和這封由加州寄來的郵簡一齊放在旁邊的草地上。夕陽的餘暉映得那張竹子編成的睡椅上斑剝的褐色漆顯得很耀眼。他躺在睡椅上，兩手環抱著一個海綿枕頭，壓在胸口上，這是他自己發現可以使心臟稍微不疼痛的方法。

一棵不知名的灌木，葉子也落光了。瘦骨嶙峋的枯枝把陰影投在老徐額頭的皺紋上，顯得又暗又深。一陣冷風不知從那裡颳了過來，那株老油加利樹的枝條便晃啊晃的，晃落了一地的葉片。老徐扭過了臉，看了看那一地的落葉，落葉便在他眼前逐漸擴大、擴大，然後掩蓋了他。又是一陣風，把落葉捲起來，飄得老遠老遠。一陣冷颼颼的涼意襲進他的心裡，嘴唇掀動了一下。對面那隻慵懶的老黃狗，又爬在枯枝底下，一動也不動，只偶爾睜開一隻眼睛提醒別人牠還活著。幾隻小麻雀在草地上蹦蹦跳跳的，老徐不願去驚動牠們，就讓牠們圍在他身旁跳吧。他不經意的輕咳了兩聲，卻驚嚇了小麻雀，像反射動作般，拍拍翅膀就飛起來了，使草地上的酢漿草也似乎受到了打擾，很不情願的搖了兩下，然後一切又歸於寂靜，留下一片空空的草地。夕陽的餘暉較剛才又黯淡了許多，使得那堵長滿青苔的矮牆已分辨不出上面的那一點點綠意。

每到黃昏，他總覺得陽光消失的特別快，留也留不住。也不知道從什麼時候起，他開始對黃昏有了偏好，每到了四、五點的時候，他就會抱著那個海綿枕頭，泡一杯龍井，躺在那張睡椅上看夕陽西下。伴著他的也只不過是這些似曾相識的小麻雀而已。這張睡椅少說也有七、八年的歷史了，看起來一副要垮不垮的樣子。他倒不是捨不得買張新的，只是連他自己也說不出為什麼對這張舊椅子有很濃的感情。福民在出國前就買了一張很新式的睡椅，可以任意調節高度的那種。可是他躺在上面，感到冷冰冰的，很不自在，只睡了兩次就把它打入

冷宮了。到現在，他還是躺在這張竹製的舊睡椅上，覺得頗為舒適。

今天的夕陽走得似乎比平日快些。那些烏雲層層的遮去了半邊天，日子便這樣陰霾了起來。他想，也許要下雨了呢。他幾乎可以嗅到空氣中那濕漉漉的味道了。該進去多添件衣服了，福民信上不是提醒他了嗎？他用乾癟的手支撐著睡椅的把柄，讓身子緩緩立了起來，先把枕頭、眼鏡、茶杯、郵簡一一的放回了屋內，再出來收那張睡椅。突然感覺肩頭濕濕的，抬頭望了一眼，果然下起雨來了。屋內漆黑一片，他順手扭開了燈，把門和窗都緊緊的關了起來，把雨聲關在外面。該吃藥了，他想。於是從抽屜中摸出一個藥袋，再從裡面掏出一個小紙包，打開來有一顆紅色的、兩粒白色的和一粒黃色的藥丸，是范醫師替他配的。他往口裡一塞，喝了一口水，他的記性不好，從前老忘了按時吃藥，老伴在的時候，是由老伴服侍他吃的，老伴走了之後，這個工作便落在福民身上了。算起來，福民應該是個孝順的孩子，在畢業後他曾經對爸爸說：

「爸，我決定留在台灣找個工作，也好照顧您。我不要出國了。大哥、二哥、三哥、四哥全都出了國，媽又拋下您先走了一步，我再一走，您就沒人照應了。」

可是老徐卻堅持要福民出國：

「傻孩子，自己的前途要緊，爸爸這大把年紀了，又不是小孩子，不用你操心。何況四個哥哥都走了，說什麼也不能讓你一個人留下來，不然爸爸就有厚彼薄此之嫌了。走吧，只要記得常來信就好了。」

於是福民就這樣灑著淚，揮別了年邁的老父親，踏上了飛機，追隨他四個哥哥去了。老徐在福民辦出國手續時就辦了退休，把一大半退休金花在福民出國的經費上，然後賣掉了廈門街的房子，就獨自一個人搬來中和鄉住了。其實他知道自己終歸是要屬於鄉村的，他不適合在那個鬧哄哄的城市和別人肩擦肩、踵接踵的。當初也是為了五個兒子上學方便，在台北一住就是三十年。三十年？老徐心想，人生真不知道有幾個三十年哩。

他走過去，扭開了電視機。這台電視機還是十年前的老古董，在福民出國前，也曾經要去買一架彩色的來，想讓老爸爸晚年享受些，結果還是被老徐一口拒絕了。彩色的會使我頭昏眼花，還是黑白的好。他總是這樣說，其實真正的理由，也許和那張舊睡椅差不多吧？老徐對他身旁的舊東西、舊事情，似乎特別珍惜，珍惜得近於頑固。提起看電視，還是這幾年的事，從前他晚上寧願一個人窩在書房看線裝書，也不願去讓電視疲勞轟炸。更重要的是，他覺得看那些幾乎一頁一頁要脫落的古書，會感到很充實，而看電視後，反而更空虛、更孤寂。

可是就在一、二年前，他發現自己漸漸不行了。看那些書開始顯得很吃力，看不到五分鐘，就會頭昏眼花、氣喘如牛的。「老囉，」他這樣告訴自己。於是他只得忍痛走出了書房。吹吹笛子、拉拉胡琴吧？唉，早就沒這份興致了。於是，他無事可做。雖然電視節目幾

乎沒有一個是為他製作的，可是扭開來，吵吵鬧鬧的總是還像個這裡有人的味道，否則讓整幢房子空蕩蕩的，恐怖和孤獨便像條青竹絲般爬進他的心房，一口一口的吞沒他。

每當壁上那個老掉牙的古鐘倦怠而沉重的敲了九下，他就像好不容易熬過這一天似的，爬上了床鋪。他常常作夢，夢裡常會出現那隻老黃狗，睜一隻眼，閉一隻眼的老態，今天他作了一個夢，夢到那隻老黃狗不停的在哭泣，很淒涼的哭泣。他就從來沒有夢過小麻雀——像白天在草坪上跳啊跳的那種小麻雀。

清晨的中和鄉是寧靜的。

陽光白花花的瀉下來，照著「范醫師診所」五個金字大招牌閃閃發亮。旁邊用正楷毛筆寫的「心臟病權威」五個字也像剛睡醒似的，還揉著惺忪的睡眼。樹上、電桿上都是一堆一堆比人起得早的小麻雀，吱吱喳喳的吵個沒完。

范醫師起得很早，在門口扭動他那稍嫌肥胖的身軀打著太極拳。而范太太也一邊打呵欠，一邊澆著花。他們每天都起得很早。早晨的新鮮空氣，可以治百病。這是范醫師一再強調的。

「要不要喊小寶他們起床？」范醫生一邊跨出右腳，一邊回頭看范太太一眼。

「今天是禮拜天，不上課，讓他們多睡一會兒吧。」一提到她的那三個寶貝兒子，她的眼神裡便有一種母親所特有的光輝。從她還很苗條的身段可以推測得出來，她最大的兒子也不會超過十歲。

花圃上擺了一排蘭花，用很細緻的花盆栽著，有些是種在筆筒樹上。范太太從前是唸園藝的，所以對種花有特殊的偏好。角落上那盆開白色花的是蝴蝶蘭，花瓣上還留著幾顆晶瑩的露珠。再過來是紫紅色的石槲蘭和洋蘭。旁邊擺了兩盆開黃花的東洋蘭。范太太一邊澆著水，一邊用手輕撫著這些親手栽種的花，還不時把鼻尖湊過去，一種又陶醉又滿足的神情。范醫師打完了幾趟太極拳，把掛在樹上的毛巾取下來揩汗，他抬頭看見那滿窗台的陽光，不免自語道：

「好一個美麗的星期天！」

這時遠處有個蹣跚的身影，朝他這兒踉蹌的走來。漸漸的范醫師認出來了，於是他使勁的揮動手上的毛巾：

「嗨，老徐。」

老徐也伸手向他揮了揮。

由於醫師和病人之間的關係，變成了好朋友，老徐便成了范醫師家的常客。反正閒著發慌就到處逛逛，經過了診所，也就順道來看看了。

「怎麼樣，最近心臟還舒服吧？」范醫師拿了一張椅子出來，給還在喘氣的老徐坐。

「唉，老樣子，時好時壞。」老徐苦笑了一下，額上皺紋似乎又較從前多添了幾條，下巴也像是又被削去了些。

「福民他們常來信吧？」范太太似乎有意要使氣氛輕鬆些。

「上星期剛來過。他們自己忙得很，其實寫不寫信倒無所謂，只要他們活得愉快就好了。」老徐口是心非的說，他那天不是對著信箱望眼欲穿的？

「唉，您真是好福氣。五個兒子個個出人頭地，老四今年該會拿博士了吧？」范太太笑著說。

「哈哈。」老徐乾笑了兩聲，笑聲裡揉合的是一種驕傲呢？還是一種淒涼呢？恐怕連他自己也分辨不出來。

「將來我的三個小鬼有你兒子的一半就足夠了。」范醫師很認真的說。用一種期待和盼望的眼光朝屋內看，這時小寶他們已經在浴室刷牙、洗臉，不時還傳出嘻笑聲，這種嘻笑聲是只限於小孩才有的。

「小寶他們一副聰明相，沒問題的。」老徐點著頭讚美著，就像鄰居和親朋從前在他面前讚美他五個兒子一樣。

「福民他們有沒有回國的打算？」范醫師小心翼翼的說：「我的意思是說，你的心臟病時好時壞，該有個人照顧照顧才對。」

「照顧？算了算了。」老徐搖著頭：「孩子大了，我責任也完了。現在就等進棺材啦。」

范醫師被他這麼一說，不禁毛骨悚然。一下子又找不到適當的話題。就這樣靜默了許久。

「對了，我忘了告訴你，」老徐突然像想起了什麼似的；「我其實並不寂寞，因為我還有一個最小的兒子沒出國，天天陪伴著我。」

「什麼？」范醫師幾乎不相信自己的耳朵。他知道福民是老徐第五個兒子，也是么兒，怎麼……？

「哈哈！」老徐看范醫師那種不相信的樣子，不免有幾分得意，不過這種得意中仍然有濃得化不開的落寞和傷感。

「你先別緊張。他是我第六個兒子。一個最孝順、最忠誠、最乖的兒子，他是啞巴，也沒有手，沒有腳。」

「這……」范醫師一下子目瞪口呆了，像聽到一件離奇命案似的。

「因為它是一個海綿枕頭。」老徐說，沒有笑容。

「噢——原來如此。」范醫師笑了，不過有些失望。

「不瞞你說，每當我心臟開始痛時，便把它緊緊的抱在懷裡，痛苦就會減少一些。當然，我相信一半是生理的，一半是心理的。」說到這裡，似乎有什麼東西鯁住喉嚨。

「也許是吧。」范醫生小聲的說。

「沒有生命的東西有時反而比有生命的東西可愛呢。」老徐的眼神閃爍了一下，像失落了什麼似的下了這個結論。范醫師感到一種令人窒息的難受。

「我該走了。你忙你的吧，我還得回去看我的六兒子哩。」老徐站了起來，便告辭了。

范醫師看著他清瘦的背影，逐漸消失在風裡，終於忍不住，發出了一聲幽長的嘆息，然後轉身回到診所。

一個夕陽已沉沒的傍晚。

住在老徐對門的林大嫂匆匆忙忙的跑來找范醫師，神情緊張的向他比手劃腳了一陣，范醫師衣服也來不及換，提起醫藥箱就跟著林大嫂後面跑。

范醫師咿呀一聲的推開了老徐半掩的門，光線很暗，依稀還可以分辨的出來，桌上擺了三件東西：一副老花眼鏡、半杯茶、一個郵筒。老電視機和古鐘也靜悄悄的躲在一邊，不敢吭聲。老徐默默地躺在那睡椅上，一個海綿枕頭斜斜的倚在他胸口邊。范醫師迅速的走過去，移開了枕頭，蹲下去聽他的心跳、測他的脈搏，然後翻了翻他的眼皮。林大嫂傻楞楞的站在一邊，用手摀住半張的嘴，好像怕自己喊出聲來。范醫師神情凝重的注視著地下的枕頭，猶豫了一下，把它拾起來，放回老徐的胸口。

他忽然想起「不孝男隨侍在側親視含殮」這種句子。暮色沉沉的從門縫裡擠了進來，壓在海綿枕頭上，顯得好沉重。

長髮先生外傳

認識他，該是三年前的事了。那一回為了找一些資料，頂著熱烘烘的大太陽到中央圖書館去。那時正逢聯考的季節，所以整個閱覽室座無虛席。山茶花淡淡的香味裡透著焦焦烈烈的火藥味。我借出了兩本滿是塵埃泛著黃色油漬的一九四〇年版參考書，只好坐在圖書館草坪的石椅上翻了起來。雖然有些微暖暖的風，但除了更顯得悶燥外，並無補於停滯於四面八方的熱空氣。這時迎面走來了一個頭髮很長的大男孩，瘦瘦高高的，口裡還叼著一根菸，他對著我傻笑，我並不認識他。

「你是大學生吧？」他用夾著香菸的手指指著我手上的書。

「是啊。」我抬起頭來很造作的回敬他一個微笑。

「怎麼樣？當大學生過癮吧？」他噴了一口白雲，白雲悠悠的飄在我和他之間。

「過癮？不見得吧。」我苦笑一下，把厚厚的參考書向他晃了晃。

「媽的，我今年是最後一年了，考不上就得先去當兵了。」

「……」

「如果考不上，這輩子也真不甘心！」他飛出了一口痰，把菸灰彈了一地。

「其實，我唸了一年大學，倒有一種想法，其實大學真是可唸可不唸。有些人得到許多，有些人失去更多。」

「可是，只要混出一張文憑就好啦。至少，泡馬子容易。」他猛吸了一口菸，把菸蒂隨手一扔，扔在「請勿亂丟紙屑」的牌子底下：「他媽的，像我這樣不上不下的，連個馬子也泡不上。」

「哈哈，原來如此。」我笑了。

「反正，我操，只要混上任何一所狗屁大學，我就心滿意足了，至少走在路上也比較有風。」他又作出吐痰狀，我迅速把頭側開：

「我倒不這麼想，考不上大學，乾脆省下這四年，自己好好幹一番事業也不見得比大學生差。」

「話是不錯，不過……我操！反正唸唸大學，捧捧洋書才有不虛此生的感覺。」他拉拉褲子，一屁股坐在我旁邊：「半年前，我有位叔叔曾經叫我到工廠去做事，他也像你這麼說，他向我保證四年後不會輸給大學生，可是，我操，那真不是人幹的事，我只混了一星期，吃不了那種苦就溜了。我下定決心，好好唸他半年書，非混上一所大學不可。我還是認為當大學生最舒服。考上了，人生就改變了。」

「好吧，那就好好唸吧！有志者事竟成，我祝福你。」我拍了拍他的肩膀，顯得「很夠朋友」的樣子。他向我露齒而笑，拍拍屁股站了起來回到閱覽室去了。

第一次見面，就在這麼幾句交談中結束。我們互相不知道姓名，我只記得他頭髮很長，走在路上應該會被警察取締的那種長度。

第二次遇見他，是過了一年以後的某一個夜晚，地點是在熙熙攘攘的西門町陸橋上。在一大堆頭顱中間他冒了出來，非常大聲的喊住我：

「喂，好傢伙，還記得我嗎？」

「你……」我打量了他一下：金邊眼鏡、大紅花襯衫、大喇叭的牛仔褲還泛著流行的白色，帥極了！那一頭長髮在腦袋瓜後面飄著，我恍然大悟：「是你，哈哈。」

「哇哈哈，沒想到吧？我現在也是大學生啦！」他開懷的暢笑了起來，差點把金邊眼鏡給笑落了。

「啊，恭喜恭喜，怎麼樣，當大學生過癮吧？」我猛然想起一年前他問我的話。

「我操！Wonderful！過癮極了，一言難盡。」他很興奮的拖著我往下走：「你有沒有空？我請你喝杯什麼的，我們好好蓋蓋。現在和你走在一起我不會有自卑感了，哈哈，我也是大學生了。」

「好啊！」我忽然對他產生了莫大的興趣，便跟著他下了陸橋。

張國周強胃散的巨型廣告霓虹燈轉啊轉啊，轉出一道道藍光。在藍光下我們覓得一家冰果店，挑了一個最角落的位置，喊了兩杯可口可樂。冰店的生意很好，人很多，聲音很嘈雜。所以他說話時總是提高著嗓門：

「這一年我簡直舒服極了。除了那些必點名的課外，我一律溜之大吉，和幾個志同道合的夥伴去壓馬路、泡馬子，我操！不出我所料，媽的，一亮出大學生的招牌，馬子都好罩多了。」

一邊說著，他忽然對著牆壁梳起頭髮來。原來壁上有一面「開幕誌喜」的大鏡子。這時服務小姐把一大瓶可口可樂和兩個空杯子端了過來，他用斜眼偷瞄了服務小姐一下：

「嘿，這馬子不賴，我敢保證我一泡就上。你大概不相信，現在我泡馬子的技術可是世界一流的。我操！這下子總算給我熬出頭了。」

「……」我吸了一口麥管，二氧化碳衝了上來，好嗆。

「現在打彈子的技術也進步神速，有空時就和別人挑兩桿。你不曉得，那陣子為了拚聯考，半年不敢上彈子房，現在自由了，敲到死也沒人管。」他眼睛一亮，麥管從口中落回杯子：「我操，現在我還學會了打麻將，哇哈哈，你會不會？」

「不會，我一家人都不喜歡這一套，上回爸爸帶了一副麻將牌回來，被媽媽扔了。」我

聳聳肩。

「可惜，可惜。這玩意兒可真有學問，越打越上癮，一上癮就可以通宵達旦。我是跟那幾個夥伴學的，剛好四個人，一碰上就摸了起來。買幾瓶啤酒、幾碟小菜，快樂似神仙。」他替自己把喝空的杯子再倒滿，補了兩個字：「我操！」

「那你的生活可真多彩多姿，有沒有擦過地板？」

「擦地板！啊哈，我是標準舞棍，有舞必到的。那真是funny極了，尤其是和那些騷馬子跳三貼的，我操！」他乾脆舉杯仰頭一灌：「那些馬子也亂賤的，你不貼她，她自己還拚命貼過來呢。」

「看來還頗香艷的嘛。」我正想再倒一杯，瓶子內已不再是二氧化碳，而是空氣中的氧和氮了：「你整天這麼忙，考試怎麼應付呢？」

「考試，別提了，那是天下最easy的事。」他連吸了三口菸：「就像抽菸一樣容易。考前一小時準備帶小抄或刻鋼板，然後就翻翻書或參考參考別人的答案，隨隨便便湊湊也就可以pass了。」

「……」我笑了笑沒吭聲。

「期末考有一科最混帳，我慘遭滑鐵盧，被監考老師逮到。媽的，後來憑我三寸不爛之舌、舌粲蓮花，死求活求的才說服助教，沒送到訓導處，勉強給了我補考機會。這些傢伙都是亂變態的，作弊有什麼好抓？」他有些激動：「我聽說××系比我們這一系更好混，看情形，我還是switch majors。反正，越好混對我越有利。」說著，長髮又在他腦後晃來晃去。

「對了，你頭髮這麼長，怎麼沒有被教官或警察逮到？」我想起這個很重要的問題。

「我操！Don't mention it，為了protect我這頭long hair，東藏西躲，亂累一把的。經過有police多的地方，就喊Taxi，花了不少Money。」他咧嘴苦笑一下。我忽然覺得他唸了一年大學，英文程度提高不少：

「談了半天，沒請教貴姓大名。」

「我叫靳長發！」

當時嘈雜聲阻礙了我的聽力，只隱隱約約聽到他說他叫做「長髮」。沒再多問，從此就乾脆喊他「長髮」先生。最後雖然我們交換了電話和地址，可是鐘鼎山林各有天性，加上各忙各的，也就很少見面了。

大三那年暑假，在中央圖書館的白石椅畔又遇見他，如果不是他先喊我，我倒真認不出他來了，因為他已不再長髮，甚至比我還短。

「嗨，你好。怎麼，短髮為誰留，長髮為誰剪啊？」我笑著說。

「媽的，為警察留，為少年組剪！」他憤憤的在頭上所剩不多的「韓國草」上亂搔一陣：「這年頭真是禍不單行。剛被學校勒令退學不久，又被少年組拖進警察局給我免費理髮。」

「什麼，你被勒令退學，為什麼？」我的確嚇了一跳。

「為什麼。我操！還不是那些衛道者！期中考試第一天被逮到，媽的，人贓俱獲，遇到一個鐵石心腸的傢伙，被記了兩個大過。」他用袖子擦了一下鼻樑，飛出一口痰：「第二天又被逮到一科，真他媽的倒霉透頂！又是一個不給面子的。就這樣我提早畢業了。」

「喔，那真不幸。」我表現出十分惋惜的樣子：「那麼下一步怎麼辦呢？」

「我操，捲土重來啊。」他一手插著腰。

「重考？天哪，你真有勁，為什麼非唸大學不可呢？」

「不拿文憑心不死。老實說，大學我還沒唸過癮。一離開大學，走路也沒風了，馬子也不理我了，麻將也沒心情摸了。唉，我還是覺得大學是最安全、最可靠、最舒服的地方。無論如何，我還是得混上一所狗屁大學來唸唸。」他又在褲袋後面摸索著，摸了半天掏出一個空空扁扁的長壽香菸盒，狠狠的一丟，丟在「請勿亂丟紙屑」的牌子底下。

「你沒問題的，有志者事竟成，我祝福你。」我拍了拍他的肩膀，顯得「很夠朋友」的樣子。他向我露齒而笑，拍拍屁股站了起來回到閱覽室去了。一切的一切又回到了兩年前。

陽光靜悄悄的抹了那張白椅子一片冰冷的白玉色，我拖著沉重的步伐離開了圖書館。不管怎樣，我還是願意保佑他考上一所狗屁大學的，究竟我們還算是朋友一場。

至於老天爺會不會保佑他，我就不得而知了，我操！因為老天爺的脾氣我是最摸不透的，有時候，覺得這個世界充滿了狗屁的事情和狗屁的人。

陳嫂的煩惱

「陳嫂，小寶的洗澡水放了沒有？」太太在房裡喊著。

「放好了，太太。」我連忙應著。

我煮著點心，準備給她們來打牌的人吃宵夜。麻將聲嘩啦嘩啦的，夾雜著那些太太們的笑聲，好像炒花生米的聲音配上了母雞下蛋的叫聲，這些聲音對我而言，早就習以為常了。只是我一直不明白，都市的女人怎麼都沒事幹？坐在那裡不眠不休的打麻將！太太一個晚上輸贏總在一、兩萬，幾乎是我辛苦工作一年的代價。如果我也像她那麼有錢那該多好，第一件事我就要替阿雄在台北買一幢房子，然後再給他討一個能幹的媳婦來。

今天難得先生和太太沒打牌，帶了小寶、老二和小毛頭出去吃「美國飯」和看「美國電影」了，據說「美國飯」很貴呢。偌大的房子就只剩我一個人，看電視吧。

「就這樣甜蜜活到底，啊——」

天哪，又是這些坦胸露背的女孩，唱著同樣的歌，真受不了！好像瘋子一樣，還是看別家電台吧——全是「美國話」，又聽不懂，字也看不懂，不過風景不錯，就看風景吧，總比那些鬼叫好。老實說，我寧願一個人守著這房子，雖然寂寞、枯燥，總比小寶他們在家好。如果他們在家，真有我好受；小寶和老二會模仿電視裡的拳腳片，你一拳我一腳打得你死我活，小毛頭才五歲，也會學著電視的歌星扭屁股，真該死，為什麼老演這些害人的節目？不到五分鐘，他們會把客廳弄得天翻地覆、家具也會面目全非，有一次客人來了，看見這一幕，只是搖搖頭：

「這那像個家？」

是的，這那像個家？提起先生和太太，唉，不說也罷。先生三天、兩天的不在家，聽司機老劉說是在外面搞什麼貿易的，而太太呢，除了在家打牌外，其餘時間都是「遠征」到別人家去打，不到深夜兩、三點不會回來，回來後一覺睡到第二天中午，吃個飯，化化粧又出門了。所以有時候，我也真不忍心怪小寶他們。說起來，不愁吃、不愁穿、零用錢又比同學多，可是他們也不見得快樂。除了一、三、五那個張老師來給他們補習外，其他的時間他們就在打鬧、哭叫聲中過的。老二總是打輸，一把眼淚、一把鼻涕的，再用手一擦，便成大花臉了。小毛頭也老喜歡湊上一份，最後挨打了，只有哭得死去活來。眼淚哭乾了、哭累了，就獨自一個人躺在沙發上，傻楞楞的盯著天花板，毫無表情。每次看到他那小小面頰上未乾的淚痕，就忍不住想勸太太，要她少打幾次牌，多多和孩子在一起，否則他們簡直和孤兒沒兩樣了。

可是有一回太太要出門，小寶問她：

「媽！你又去打牌啊？這麼晚了。」

「少管大人的事。」太太總是這麼說。

「媽……」小寶用哀求的語調。

「少囉嗦，去唸書。」

所以，我也就不敢再多事了，由她去吧，反正不是我的家，太太偶爾會打電話回來探問家裡的情形，這時大寶、老二、小毛頭都會搶我手中的話筒，爭著和太太講話，有一回，小毛頭沒搶到，電話就被掛斷了，他竟張嘴大哭：

「我要和媽媽說話，我要和媽媽說話……」

然後又遷怒於我，對我拳打腳踢。這個死囝仔沒教養，傭人怎麼可以亂打？這些時候，我又會想起阿雄小時候，雖然吃的、穿的、用的遠不及小寶他們，可是卻快樂而平靜的度過了他的童年，我想這也許和我整天伴著他有關吧？

想著這件事，看著「美國風景」，不知不覺就打起瞌睡來。這時門鈴突然響了，一開門，是張老師。

「嗨，陳嫂，你好。」大概是「大學生」都是這麼有禮貌吧。

「喔，張老師，真對不起，小寶他們去看電影了。」

「怎麼，又不在家啊？」張老師似乎有點生氣了。

「今天難得他們父母在家，就帶他們出去了。」

「可是他父母又不是不知道今天輪到補習。」

先生太太就是這個樣子，常常不管是不是補習時間，一高興就帶三個小鬼去玩，使老師常常白跑一趟。不過，我卻暗自高興，因為我又有機會找張老師代我寫信了，正好我有一件很重要的事想寫信回去，於是我陪著笑臉：

「張老師，你進來坐一會兒，喝杯茶再走好了。」

他想了一下：「也好。」便脫了鞋子進來。

「陳嫂，有沒有信要我替你寫的？」他笑著問我。

想不到，我還不知如何開口，他竟然看出我的心事。唉，「大學生」就是「卡」聰明啦。於是我迫不及待的說：

「啊，有啦，有啦。」說著便連忙去小寶抽屜找紙和筆。

我把我的意思講給他聽，他靜靜的聽著、點著頭。等我說完，他就開始寫，寫得很快、字很漂亮。真後悔沒讓阿雄唸大學，不然阿雄也一定這麼棒。不一會兒，信寫好了，他開始唸給我聽：

阿忠：

你好。上回我拜託你的事，不知道結果如何？我心裡很著急。我的兒子周森雄，今年三十一歲，很老實也很聽話。在台北的玻璃工廠做事。我希望你給他找的對象要有小學畢業、會煮飯、燒菜。結婚以後一定會搬到台北住。如果找到了合適的女孩，請趕快通知我，我會叫我兒子回苗栗一趟。先謝謝你。不過我要聲明在先，阿雄並不漂亮。

陳滿妹　敬上

聽完了信，我很滿意：

「啊，寫得太好了，我就是這些意思。能不能再唸一遍？」

他笑了笑，又大聲的唸了一遍。阿雄這孩子，三十多歲了還沒結婚，我真是急死了，拜託了許多人，結果都嫌阿雄醜了些，這次我要張老師在信上一定要註明，以免日後相親時對方後悔。其實阿雄也沒多醜，他們怎麼那麼不會看？阿雄的婚事，一天沒結果，我就沒一天舒服日子好過。

「陳嫂，沒事我走了，有了好消息要告訴我啊。」

張老師匆匆的提起背包向我揮揮手便走了。

說真的，這個張老師真不錯，在這裡教了半年了。從前小寶他們的家庭老師幾乎半個月就換一次，都是受不了小寶和老二的傲慢態度。有幾個女老師都是被氣哭才走的。而太太反而引以為傲，沾沾自喜的說：

「我家小寶、老二啊，聰明得很，就是太調皮了。家庭老師被他們氣走一打以上哩！」

連父母都如此袒護著小孩，就是找神仙來教也沒有用。可是這個張老師卻真有一手，講故事、買糖果，小寶、老二都好喜歡他，有一回張老師因為功課太忙想辭掉這工作，太太極力挽留他，太太說難得小寶他們能聽老師的話，不能再換一個了。所以張老師就一直教到現在。我也很希望他能一直教下去，因為他會替我寫信。當然，我是「知恩圖報」的人，所以我總是會切些柳丁或弄杯果汁給他喝，從前那些老師，哼，最多給他們喝白開水。有時我就想，如果阿雄有張老師的一半就好了，也不用讓我替他窮操心。唉！阿雄這孩子。

阿忠有信來了，我認得「陳滿妹」這三個字。一定是有消息了！可是今天星期二，張老師不會來，怎麼辦？啊，對了，小寶唸五年級，大概看得懂，就麻煩他吧。於是我把信拆開來，叫小寶唸給我聽，他接過信，轉動著一雙狡猾的眼珠，神氣活現的唸著：

「陳滿妹，王八蛋，臭雞蛋！哈哈哈！」

他把信紙塞還給我，笑著跑開了。我氣得快哭出來。這小孩越來越不像話，這麼沒規矩，下次叫張老師狠狠的揍他！可惡，快五十歲的人了，還受這小鬼的氣。

沒辦法，只得下樓找雜貨店的蔡老闆，他認得字。蔡老闆看完信，告訴我說阿忠要把表妹介紹給阿雄，要我通知阿雄定個時間回苗栗去相親。信上說他表妹有小學畢業呢，我好歡喜。想馬上回信，可是蔡老闆生意忙，不好意思麻煩他，還是等明天張老師來吧。

回到樓上，我好高興，連掃地都有勁多了。這下子可好了，阿雄快有老婆了，哈哈。希望那表妹不會嫌阿雄醜，其實男的醜一點有什麼關係？我想這次應該沒問題了。啊！明天，明天怎麼這麼長？明天張老師來了，我就告訴他好消息，然後麻煩他寫信給阿雄，越快越好，我要用限時信！

現在我該做什麼呢？

噢！還是睡覺吧。這樣明天就會提早到來。

快了，張老師快來了。七點十五分了。平常張老師一定來了，奇怪。我把阿忠的信抓在手上，紙和筆也都準備好了，越快越好，越快越好。

「鈴——」響的不是門鈴，而是電話鈴。

「喂，陸公館嗎？哦，你是陳嫂，我是張老師，麻煩你告訴小寶一聲，我今天有事，明天再來。」

電話掛斷了，我失望極了。明天？又一個漫長的明天？我扭開了電視：

「就這樣甜蜜活到底，啊——」

我「噠」一聲關掉電視。唉，還是去睡覺吧。阿雄的事沒解決，那有心情看電視。睡覺是使明天早一點到來的最好辦法，睡吧。希望能夢到阿雄牽著阿忠的表妹進入結婚禮堂，然後，我就快做祖母啦！

寄給阿雄的信張老師寫好了，我順便麻煩他寫了一封信給阿忠，又寫了一封給阿雄他爸爸，難得等到張老師，趁機多「揩油」，可是他似乎不在乎，仍笑嘻嘻的。於是趁他給小寶補習時，我挑了兩個最大的橘子放在他旁邊。我到樓下去把信寄了，希望早些有回音。

今天太太沒出去打麻將，在客廳看電視，聲音開得很響，我真懷疑小寶他們是怎麼補習的?果然，張老師從書房跑出來，要太太把聲音關小聲些，後來不知怎麼搞的，他們便吵了起來。我聽不太懂，不過張老師的聲音很大，好像很激動：

「……平常打牌，小孩失去母愛，變得兇暴又不講理！我想盡辦法開導他們，可是你和陸先生卻給了他們最壞的榜樣！我真是無能為力了！」

「我們花錢請你來，就是要你把他們教好，不然我們花這種冤枉錢幹嘛！」太太也不認錯，聲音像銅鑼。

「是的，你是花冤枉錢！如果你和陸先生再這麼不管教小孩，你就是請一百個家庭教師都是浪費的。這本來是你們家的私事，犯不著我這個陌生人來多事，可是半年來，我和小寶、老二也有了感情，我不忍心見他們再這樣下去。我個人能力有限，明天起我就不來了，

在走之前，不妨把話說完……」張老師揩著汗，我從來不曾看他這麼兇過，好可怕！我躲在一旁嚇呆了，小寶、老二、小毛頭也呆了。太太一時說不出話來，臉脹得紅紅的。

「第一、孩子需要母愛，你有責任給他們。第二、孩子需要好榜樣，你應該以身作則，每天打牌，你難道不知道孩子長大後一定會恨你嗎？第三、不能太驕縱小孩，讓他們享受慣了，就是害他們。驕縱和愛是不一樣的。以上是我的三點建議，聽不聽隨你，你把我當神經病也可以，反正我以後不來了。」像機關槍一樣，張老師說完這些話，拿起背包轉身便走了。我追了出去：

「老師，以後不來了嗎？」

他停住了腳，回頭露出一絲苦笑：

「不來了。我早想走了，只是不甘心而已。如果我也半個月就被氣走，只不過讓太太誇耀她兒子又氣走了一個老師而已。所以我想改變他們小孩，可惜——」他聳聳肩：

「我失敗了。」

望著他消失的背影，我好想哭。因為以後張老師就不能替我寫信了，而且，我又想起了我的兒子阿雄。回到屋子裡，太太一個人坐在沙發椅上發呆，電視也關掉了。她打了一個電話，好像是打給先生。後來先生便回來了。那一個晚上，他們竊竊私語，一直談到我睡覺時，臥房燈還亮著，我覺得很奇怪。

這個家變了。先生也常回家了，太太也不再打牌了，他們陪著小寶、老二唸書，我再也看不到小毛頭面頰上的淚痕和那發呆的眼神了。變了，變得像一個家了。真太不可思議了。是不是和張老師那次生氣有關呢？我也不知道，我懶得去想，阿雄、阿忠怎麼都沒回信呢。一天，郵差終於丟進一封有「陳滿妹」三個字的信了。我急著叫小寶唸給我聽。

陳阿姑：

阿雄已回苗栗相親過了，因為我的表妹還年輕，不想太早結婚。希望阿雄另外想辦法找其他女孩子，以免耽誤了他的婚事。

祝好

阿忠　敬上

這——這又是一個藉口！我一氣之下把信撕破。

完了，又完了。這個機會又消失了。怎麼辦？怎麼辦？我再也忍不住，一個人跑進房間裡，把門鎖住，讓自己躲在黑暗裡盡情的哭吧，把這幾天的等待、焦急都哭掉。唉，阿雄，我的兒子，怎麼辦？睡吧，睡覺是使明天早一點到來的最好辦法。可是，可是明天……。唉，不要管那麼多，還是睡吧。

紅門內的芭樂樹

搬到這裡不久，弟弟告訴我說，對面紅門的那家女主人很「性感」，並且有九件不同沒袖子的緊身衣。

自從放了暑假後，我總喜歡一個人搬一張椅子坐在二樓的陽台上，那兒很涼快，可以一面看書，順便也可以欣賞到對面那個擁有九件不同沒袖緊身衣的女主人。這家人應該是相當富有的，寬闊的庭院，壁上爬滿開紫紅色花的九重葛。院子裡停著一輛嶄新的青色小轎車，二樓窗台粉紅色的窗簾半掩著，可以窺見豪華的大吊燈和黑得發亮的鋼琴，門上裝有冷氣設備。每天早晨，男主人便開著那輛轎車出去，晚上又開著回來。

一天早上，我在陽台上看一本剛寄來的雜誌，院子裡那棵珠蘭已經高得可以攀上陽台，把一串串嫩黃嫩黃的花瓣飄在陽台上。對面巷口走來三個約莫七、八歲光景的小孩，兩個赤著腳板，一個穿著拖鞋，他們鬼鬼祟祟的來到了這家紅門的高牆外。其中一個穿著黑布短褲，褲頭上隱約可見黃黃的油漬斑斑駁駁。他用手指指紅門內的一棵樹，我從陽台向下看，可以看到那棵樹上結滿了翠綠翠綠的芭樂，吊在樹枝上隨著風兒跳著恰恰。我有些幸災樂禍的想看看這些身材這麼小的小孩，用什麼方法偷採這些芭樂。

他們先用跳的：原地雙腳離地跳躍、助跑一小段單腳起跳，後來乾脆亂蹦亂跳，像發癲似的。當他們發現用盡生平吃奶力氣跳起來，距離最低的芭樂還有五十公分左右時，他們只得一邊用袖子揩著汗、一邊喘著氣想下一個法子。他們開始蹲在地上撿小石子往樹上丟，丟完了身邊所有可以丟的石頭，連一片葉子都不曾掉下來。三個小鬼交頭接耳一陣，終於想到了一個比較有前途的法子：由一個塊頭較大的背那個穿黑布短褲的，一下子身高增加了半公尺。黑布短褲一手按在大塊頭的肩膀上，另一手盡量向上伸。牆頭的防盜玻璃就在他手邊陰森森的吐著寒光，像一把把鋒利無比的刀刃。他的脖子因為用力過度而有些漲紅，汗珠從兩頰滑到漲紅的脖子上，停在略為浮起的青筋旁邊。猛一伸手，他終於摘到了最低的那顆芭樂，他興奮的笑了起來，握著芭樂的手在空中揮了幾下，好像外野手接到一隻高飛球那般得意。大塊頭迫不及待的把他放下來，一伸手就要去搶黑布短褲手上的那個芭樂，黑布短褲一縮手，用力咬了一口芭樂，然後拔腿就跑。大塊頭立刻追他，一前一後沿著巷子水溝邊沒命似的奔跑，跑到了巷子的盡頭，一轉彎就不見人影。

芭樂樹下只剩那一個穿拖鞋的小孩，他仰著臉，眼巴巴的盯著一顆顆摘不到的芭樂，耀眼的陽光篩過芭樂樹扶疏的葉子，把他眼睛刺得一眨一眨的，他伸出黑黝黝的手掌遮在額上擋住陽光。忽然他蹲下身子，從腳底抽出一隻拖鞋，小心翼翼的瞄準一顆大芭樂，然後狠狠

的擲出手中的拖鞋，樹葉只象徵性的晃了兩下，大芭樂還好端端的懸在樹梢，炫耀似的跳著馬舞。小男孩拾起了拖鞋，做第二次的嘗試，也許用力過猛，連他自己差點跌了一跤。落下幾片葉子，芭樂仍繼續它未完成的舞步。這一回，鞋子不再落下來了，我親眼看見那隻拖鞋掛在樹上。這下小男孩可著急了，他慌張的四下東張西望，他似乎仍抱著最後一線希望，希望一陣風吹來，會把掛在樹上的鞋子吹落下來。事實上，他等了整整半個鐘頭，鞋子並未掉下來，就像芭樂不曾落下來一樣。他幾次走到紅門外想伸手去按門鈴，可是每次都在快觸到電鈴時又膽怯的收回了手。

就在小孩第十次想伸手去按鈴時，門忽然自動的依呀開了起來，小男孩嚇得轉身就跑，一隻腳沒有鞋跑起來有些一跛一跛的，就這樣有鞋、沒鞋、有鞋、沒鞋的跑到巷子盡頭，一溜煙似的消失了。

紅門推開後，走出一個肥肥的，穿著沒袖粉紅色緊身衣的年輕女人，她用塗著鮮紅指甲油的手指拿著一個好大的蘋果，放在塗著鮮紅唇膏的嘴裡大口大口的啃著。

另一隻手牽著一個大約五、六歲的小男孩，小男孩乾淨而清秀的面龐上，整整齊齊的覆著平貼的頭髮，雪白的小襯衫領口還繫著一個紅色小蝴蝶結，他一手提著一個小提琴箱子，儼然一副「天才兒童」的模樣。年輕的女人，一面啃著蘋果，一面招手，一輛黃色冷氣計程車停在她面前，小男孩先爬了進去，年輕女人也跟著進去，從車窗口丟出一個吃剩的蘋果心，蘋果心一聲不響的滑入水溝，車子放出一陣黑煙後揚長而去。紅門口只剩下一個老傭人正目送女主人離去，然後苦澀的笑了一下，反手把紅門關上，走向客廳。當她正要跨進客廳，看到一隻舊式的髒拖鞋正平躺在芭樂樹下，她有點吃力的彎下身子，把髒拖鞋拾了起來，順手丟進垃圾桶裡，然後拍拍手，拍去手上所沾到的灰塵。

後來，我常常看到那個只穿一隻拖鞋的小男孩，在芭樂樹下張望。我不知道他是想要拖鞋還是芭樂？

有一天不曉得是住附近的那家有錢人死了老太太，在街對面的廣場上搭了一個好大好大的油布棚子，擺了起碼二十多張圓桌，請來了七、八個穿著紅袍和黃袍的道士。又請來了兩個樂隊，再加上一大堆穿著麻布衣、白布衣的親朋好友，哭哭啼啼的。於是整個晚上就聽到鑼鼓喧天，呼天搶地之聲不絕於耳。道士催魂般的咒語、破喇叭的嗚哩哇啦，外加上不知道那裡弄來的一段鬼哭神嚎的錄音帶，反反覆覆的疲勞轟炸，一直從午夜十二點吵到凌晨四、五點，使我一整夜失眠。難道死亡就是這副猙獰的面孔？

第二天早上，我揉著紅腫的眼皮走上陽台，看到停在街對面的送葬人群，哭聲震天有增無減，這時一個歪戴帽子的喇叭手，脖子上圍了一條毛巾，穿著已泛著黃色的白色制服，胸前垂掛的金釦子沒扣好，就這樣敞開著。他走到了芭樂樹下，抬頭看到了滿樹的芭樂，於是他叫住一位路邊的小孩說：

「囝仔！你在門縫裡替我把風，等下我摘到芭樂分你一半。」

那個小孩欣然的接受了這個條件，於是便瞇起一隻眼睛，倚著紅門從門縫裡向內窺看。

喇叭手舉起手上的破喇叭，踮起腳跟往芭樂樹上亂打一陣，大顆小顆的芭樂紛紛滾落下來，還有一些滾到水溝裡。看著滿地翠綠的芭樂，他越打越起勁，一直打到沒有芭樂再落下來為止。他蹲下身子撿這些戰利品，塞入左右兩個褲袋內，塞得鼓鼓的凸了出來，然後再塞入褲後面的口袋，塞滿後再塞入敞開白制服的兩個大口袋，又塞滿了，這時他手上還剩最後一個又小又乾的芭樂，他想了想，便對正在全神貫注把風的小孩說：

「諾，囝仔，這個給你。」

小孩用雙手接過了這個芭樂，一聲不響的在上面擦了兩下，然後咬了起來，很專心的咬著。

這時有個穿著比較乾淨整齊的中年男子，從送葬隊伍那邊走了過來，對那個喇叭手喊著：

「阿三，準備出發了。」

那個被喚作阿三的喇叭手，一手倒提著喇叭，一手扶著塞得滿滿的口袋，得意的向那個中年男子誇耀一番。阿三走後，那個中年男子便來到芭樂樹下，仰著頭在尋找樹上的芭樂，比較低的芭樂都已被喇叭手採光了。這個穿著比較體面的中年男子連續跳了三次，除了抓到一把樹葉外，還把上衣口袋裡的那包長壽菸跳得掉了出來，他低下身子，把長壽菸從地上拾了起來，狠狠的吐了一口痰：

「×伊老母。」

樂隊奏起「魂斷藍橋」的曲子，送葬的行列出發了。那個中年男子，一手扶著上衣口袋的長壽菸急急忙忙跑回去，加入了送葬隊伍。

送葬隊伍像一排螞蟻般漸漸遠去……。

暑假過後的一天傍晚，我在那家紅門的門口遇到了那位「性感」的女主人，她穿著藍底白條的沒袖緊身衣。我上前搭訕，並且說：

「你家院子那棵芭樂樹上有好多好大的芭樂呢。」

她似乎顯得很驚訝：

「那棵樹就是芭樂樹啊？有芭樂嗎？我不知道哩。前年買這幢房子時好像就在那兒了，我從來都沒看它一眼，我不知道那是芭樂樹呢。」

白沙灣的驟雨

白沙灣的沙子不是白的，白沙灣的海水卻是苦的。

白花花的陽光，映得沙灘閃閃發亮。掏一把細沙在掌中，薄薄的白色小晶體混在黃黑色的沙子裡，從細細的指縫間滲了下去。一個穿橘紅色泳褲的小男孩，推著一個黑色而笨重的救生圈從帳蓬前踽踽而過。一個剛換好粉紅色露背游泳衣的少女，緊抱著雙臂，似乎還不能適應太陽那色狼瞇著雙眼貪婪的盯著她略嫌暴露的胴體。

一個裹著烏黑長袖、烏黑長褲的中年婦人，背上挑了一根扁擔。前端是一個沉甸甸的鐵皮箱子，後端是一個陳舊的竹簍。前後的不平衡，使她身體微向前趨。炙熱的艷陽逼得豆大汗珠從她罩著黃布的草笠下一粒一粒的滴落在滾燙的沙地裡。她抬起黝黑而佈滿皺紋的臉，露出一排金牙齒，用一種非常巴結的笑：

「涼啊，少年的。可樂，花生，茶葉蛋。」

我搖搖頭。她繼續用那種笑容，聲調卻更淒涼：

「涼啊！小姐。可樂，花生，茶葉蛋。」

我抬頭和她目光接觸。天哪，那是一對怎樣的瞳孔？有一種經過無情歲月顛沛流離後的無奈。數不清生活的負荷在她額頭上烙下幾許傷痕。彷彿見到炸彈把碎片刺在那些抱頭鼠竄的同胞臉上，或許就是這般黝黑、這般無助。

對於一個二十多歲的年輕人，這一切又是多麼遙遠、陌生而模糊的印象呢？當年濃烈的火藥味道再也嗅不到了，除了一些膠捲和書本上所殘留那些已凝固了的血跡。我早已習慣於不施捨同情，我繼續對那中年婦人搖搖頭。

「走啊，衝浪去！」青敏夾著大皮筏，大聲吆喝著。

我一骨碌爬起，拍了拍身上的沙子，尾隨青敏捲入層層浪花中。灑下一片歡笑，飄在海面，盪向遠方。

一個大浪劈來，正要轉身，嘩啦嘩啦卻撞個正著。

「好鹹，海水好鹹。」青敏狠狠吐一口海水，甩了甩頭髮。

有著一頭黃色捲毛的外國佬，抱著一個穿紅色三點裝的黑髮女孩往警戒線走去。每當一個小浪花襲來，那個女孩就尖聲怪叫：

「哈哈，玩豆腐，玩豆腐！」

「哇哈，That's a big wave！」或許是他唇上那一小綹黃色捲毛吧，總覺得他的大嘴特別鮮紅，配上他胸前亂毛，酷似動物園的大猩猩。

一個巨浪戴著銀白色的假髮像一堵圍牆般推了過來，嘩啦嘩啦嘩啦，青敏的皮筏被高高舉起，重重摔下，又是一道牆淹沒了他。

「過癮，過癮。」青敏從水中冒出頭來，濕濕的頭髮緊貼在他眼睛上：「浪越大越好，越大越好。」

黃毛外國佬也樂得像什麼似的，摟著黑髮女孩大笑。

哇哈哈哈，血盆大口。哇哈哈哈，鮮紅鮮紅的血盆大口。

「玩豆腐，玩豆腐。」那女的把臉往猩猩身上的黃毛處猛貼。

好苦，好苦的海水。青敏向我揮手，我向皮筏游了過去。我把臉浮在水面，我討厭苦澀的海水，忽然，一種痛徹骨髓的麻木感從左腳傳來，左腳抽了筋。我咬著牙，換了方向往岸上游去。青敏隔著鑼鼓喧天般的人聲、浪聲，正比手劃腳的問我，我向他搖搖手。

我拐著腿走回帳蓬，梅梅正在收聽棒球轉播。她向我嚷著：

「糟糕，我們輸了一分。」

「沒關係，會追回來的。」

「天有些陰，會下雨呢。」

「恐怕會吧。」

一抬頭，果然發現水彩畫家在水天交際處，重重的抹上一筆灰藍色，顏料和著水漸漸擴散開來，天空一下子顯得有千鈞重。

我坐在沙地上拚命扯著抽筋的左腿。那個黑衣婦人又走了過來，第七次了：

「涼啊！少年的。」

我還是沒理她。忽然一陣爆笑聲在我耳畔炸開。我猛一回頭，看到隔壁帳蓬外面有一群人在玩著一種遊戲。四個日本男人，穿著青一色的白底碎花泳褲，在緊繃的褲頭上青一色的都擠出一團白白的肥肉，垂掛了下來。另外有四個把頭髮染上土黃色的女孩夾在他們之間開懷的笑鬧著。其中一個蓄著八字鬍的日本男人，用一條白色毛巾綁住了兩眼，雙手緊握著一根竹子的末端，大概就是所謂盲劍客之類的造型吧？距離他三步遠的沙地上有一個台灣產的大西瓜，好大好大的台灣西瓜。盲劍客亂揮手中的竹子，就像揮動武士刀一般，樣子威風極了。在一旁的日本男人和黃髮女孩叫著、笑著。哇嘿嘿嘿，呵呵呵呵。

盲劍客揮著手上的武士刀，砍著，砍著，砍著，砍著，拚命的砍著。陽光照在他手上的武士刀，映著血跡斑斑的台灣西瓜。汗水從他蒙著白布的額頭流下。他發狂似的剁著，剁著，剁著，剁著，拚命的剁著。台灣西瓜從裂縫中汩汩的滲出了血紅血紅的汁液，流了滿地都是。

哇嘿嘿嘿，日本青年笑著。呵呵呵呵，黃髮女孩也笑著。嘩啦嘩啦，海浪咆哮著。

旁邊有幾個小孩在玩堆沙埋人的遊戲。三、四個小孩捧著沙子往一個沙坑裡堆，坑裡面躺著一個瘦骨嶙峋的小男孩。一撮一撮的沙子從他腳、腿、肚臍、胸部到臉上漸漸覆蓋上去，然後人不見了，消失了。只剩得一絲絲起伏，很微弱的起伏。那些小孩興奮的把沙子往他唯一起伏的地方拚命的再蓋上沙子。我彷彿看到了一些藏在角落的悲劇。

嘻嘻哈哈，小孩們拍手跳著。

哇嘿嘿嘿，日本男人拍著大肚皮叫著。

呵呵呵呵，黃髮女孩笑彎了腰。

一個日本人用手掌往西瓜上劈，西瓜被劈開了。

「哇，空手道！」一個小孩用很羨慕的語調喊著。

幾個日本人把劈開的西瓜分著吃了。他們開心的啃著、咬著，大口大口的啃咬著，紅色的汁液染在他們嘴巴上，沿著下顎流到了赤膊的身子上。

玩堆人遊戲的小孩子用渴望的眼神盯著日本人手上的西瓜。小孩子把右手食指伸進口裡，就那樣癡癡的望著一口一口被啃掉的西瓜。一個日本人瞄到了小孩子的模樣，便把吃剩的西瓜丟給他，小孩如獲至寶般的用雙手接過來，在一旁的其他小孩也擁了過來，爭著那片吃剩的西瓜。

哇嘿嘿嘿，日本人指著小孩又笑了起來。

嘩啦嘩啦，嘩啦嘩啦，原以為是浪聲，卻是一場突如其來的暴雨。

原來在水面飄浮的遊客，一個個冒出頭顱，露出身子，紛紛狂奔上岸。暴雨像轟炸機上投下來的幾百噸黃色炸藥。轟隆轟隆。每個人都赤身裸體的往服務台跑，一片嘈雜聲，一片鬼哭神嚎。帳蓬垮了，躲在帳蓬內的人也紛紛逃竄。

暴雨毫不留情的襲捲整個白沙灣。整個海灘一片灰濛濛的。我一眼瞥見那個黃毛外國佬拉著那個穿三點裝的女孩往樓上雅座跑，樓梯口上寫著：「一個座位二十元」。我抬頭望望那雅座，那幾個日本人和黃髮女孩正坐在那裡喝著啤酒。我的四周擠滿了避雨的人群，又濕又熱又嘈雜。一個低低的聲音又從身旁冒出：

「少年的，茶葉蛋，花生，熱的。」

嘩啦嘩啦。轟隆轟隆。雨勢絲毫不減弱。

忽然收音機播出了男播音員的聲音：

「各位先生，各位女士，中華民國棒球隊連戰皆捷，已經在此間衛冕成功，再度蟬連世界冠軍，這是值得全國人民驕傲的一刻。各位先生，各位——」

或許太興奮的緣故，播音員的聲音顫抖著。

整個服務台掀起了歡呼聲和掌聲，震耳欲聾，久久不衰。

「這場暴雨怎麼下個沒完?」青敏把皮筏的氣放掉，然後折疊了起來。

「總是會停的。」我說。

「走，去沖洗一下身子，咱們早些回去。」青敏拉著我，排開人群，走向沖洗室。

雨勢漸漸緩和下來。

大義滅親記

每回走進了這座金碧輝煌的寺廟，氤氤氳氳的青煙繚繞，低低沉沉的鐘聲迴盪，一襲一襲袈裟穿梭，面對著一列一列盛著骨灰的罈子，總覺得死亡已和自己如此接近和貼切。我從架子上取出用紅布包裹的骨灰匣子，裡面裝的就是從小疼我的老祖母。每當我將匣子放在香案上，擦拭著布包上的灰塵，凝視著骨灰匣子上老祖母的笑容，就依稀覺得她還在我身旁。

有時我順便瀏覽架上其他的骨灰罈子，上面的照片總令我唏噓不已！有的是年輕英俊、神采飛揚的軍官，有的是綺年玉貌、顧盼神飛的少女，有的竟是滿臉稚氣、活潑跳蹦的小孩子。不曉得閻王的「生死簿」上是否常有錯誤，在有些人生命達到巔峰璀璨的一剎那，卻又無情的將他們召喚回去。人的生命原已短暫得如黑夜裡曇花一現，偏偏在正待開花之際，遭了辣手採擷。擺在祖母骨灰匣子旁邊的一個大理石罈子，上面的那張照片就是滿臉淘氣的一個大男孩，大約只有二十歲左右。那一雙炯炯有神的眼睛，給人一種灼灼逼人的氣勢，似笑非笑的嘴角，掛著一種玩世不恭的味道。我每次來這裡，總是遇到一個中年婦人，戴著墨鏡，蒙著淺藍色紗巾，站在這個大男孩的骨灰罈子前面，一遍又一遍的撫摸著，摸著摸著，總是忍不住從黑色的皮包裡掏出一條小手絹擦眼淚。久而久之，我們也有些熟了，見了面總會打個招呼。

由於好奇心使然，我特別注意到那個大理石罈子上面的幾個字：「亡弟雲彬之骨灰罈」。

終於有一次我忍不住和那個婦人聊了起來。

「他是你的弟弟？」我指了指那個罈子。

「……」她點點頭。

「真可惜，那麼年輕。看得出來他很聰明。」

「唉，或許是太聰明了。」她深深的嘆了口氣。

「是不是車禍？」

「……」她苦笑了一下，搖搖頭。

「生重病？」

「……」她抬起頭來，隔著墨鏡我無法知道她的眼神，不過她緊抿的雙唇告訴我：不要再多問了。

「對不起。」我搔著頭，有些窘。

「他是我唯一的弟弟，最心愛的弟弟。」她用喑啞的聲音低低的吐了這句話就走了，把我獨自一個人拋在五里霧中。

後來我終於知道這個叫做「荷玉」的婦人一輩子最悲傷的往事了。她也同意我用第一人稱把她的秘密寫出來，於是我便試著寫了。

大義滅親記

健華正在書房低著頭猛趕他的工作報告，我替他換了一杯熱茶，他頭也沒抬的打著格子。他就是這種蠻牛型的人物，工作起來什麼也忘了。我把他書房的門輕輕帶上，順便把門窗再檢視了一遍。窗外漆黑一片，滂沱的大雨早已浸濕了窗櫺。在連續的閃光中，隱約可見那株老油加利樹顯得搖搖欲墜的樣子，那一盞檯燈在樹影搖曳下，使藍色的燈罩變得鬼氣森森。我到處都下了鎖，才回到臥室裡。牆上的大掛鐘噹噹的敲了十一下，也該睡了，明天一大早還得洗健華、小玲、小華的一些衣服，就怕天氣一時好轉不來，衣服就不得乾了。

隨手撿起小華丟在地上的玩具手槍擺回桌上，小玲一手摟著印度黑娃娃（厚唇金髮的那一個，小玲最疼愛的洋娃娃），另一隻手放在胸口上，嘴角還有一抹笑意，大概又夢到她和黑娃娃去仙境遊歷了。看著他們姊弟安詳的睡姿，從心底升起一種難以名狀的滿足：一個年輕有爲的丈夫，兩個可愛的小寶貝，上帝已待我不薄，還能再要什麼呢？

一時還無睡意，順手便拿了一本小說翻翻。電鈴突然在這時候夾著風雨的呼嘯很淒厲的尖叫了起來，我下意識的拋開手中的書，披上一件大衣，走出房間。這麼晚了，還會有誰來？我正嘀咕著，健華也大步的跨出了書房說：「讓我來開門。」

健華把自己投入風雨中，穿過小院子，大聲的問：「那一位？」我沒聽到門外的回答，不過健華還是把門打開了。是一個穿雨衣、戴著鴨舌帽的男人，他和健華一起跑過院子闖了進來。

「荷玉，你猜是誰來了？」健華的大嗓門似乎很興奮。

我分辨不出那個男人的外形，可是他卻脫去鴨舌帽，對我喊著：

「大姊，是我。」

當我認清前面這個不速之客竟是多年不見的弟弟時，我按捺不住的激動，握緊他的手就跳了起來：

「唉呀，天哪，竟會是你，雲彬，雲彬！」

健華把雲彬身上的雨衣接了過來，用掛鉤掛了起來。

「太意外了，雲彬。」我遞了一條毛巾給他：「你不是正在福建唸師範嗎？怎麼才唸兩、三個月就不唸啦？爸媽他們都還好吧？」

「大姊，我自己也沒想到，一切都是臨時匆忙決定的，連爸媽都不曉得。」他擦著濕淋淋的臉：「由於局勢轉變得太快，我是跟著軍隊來台灣的。」

健華笑著對我們姊弟說：

「你們姊弟好好談吧，你們少說也有三、四年不見了。我到廚房下碗麵，雲彬剛下船，一定餓得很呢。」

「別忘了，順便下兩個蛋，還有一些肉在瓷碗裡。」我說。

「知道啦，我不會虧待雲彬的。」健華從廚房伸出頭來說。

我高興的拉著雲彬到房間，讓他瞧瞧他的外甥。他讚不絕口的說：

「大姊，你很幸福。」

我們肩靠肩的坐下，開始談著好久好久以前的往事。雲彬是我們家裡的獨子，從小嬌生慣養，加上他又聰明過人，一張嘴巴能說善道，很能博得長輩、師長的歡心。但是在我們那個舊式的大家庭裡，一切觀念都很守舊，他常在外面搗蛋，欺負別人家小孩，回家總是會挨打，所以他對家庭總有幾分敵意。不過因爲我大他四歲，而且最瞭解他，所以我便成了他幼年唯一的玩伴，附近那些山都有我倆的足跡。他想起了我們常常去玩的地方：

「大姊，記不記得蓬峰山？」

「當然記得。有一個峽谷，兩邊的石頭大得驚人，掛在峽谷上，好像隨時會垮下來。所以我們都是手牽手的跑過那一段路。路邊都是老松杉，傳說至少都有兩、三百歲。」

「還有那一座在雲堆裡的半雲亭，沒有路可以通上去，只是聽說有一條叫丹梯雲棧的窄道，我們始終沒找到，也就沒法子到半雲亭去成仙練佛了。」

「哈哈，對啦。」一提到這些遙遠的事，回憶之門便打開了，如數家珍般的抖了出來：「大觀堂的聽松亭，左邊是定光古佛道場，三君子堂、三寶殿……」

「三元殿，不是三寶殿。」他的勁也來了：「三元殿有一棵最老的樹，上面爬滿了藤蘿，記得我們都把它看成大妖怪。還有芳蘭谷，滿山滿谷都是綠葉紫莖的蘭花，一望無際，眞是奇景。還有全部都是深紫色的一線天……」

那一個晚上，我們有談不完的話，巴不得能通宵談個過癮，後來還是健華勸我們早些休息，我們才心不甘情不願的結束。

雲彬剛來台灣的這幾天，一個勁兒的往外跑，找從前的一些老同學、老上司、老朋友，仍然是一個懂得交際的小伙子。

有的時候他就住在老同學家裡，他有一個同學叫王強的，比他早半年來台灣，他們是最談得來的一對活寶。他說王強已經在替他找房子和找學校，這些日子他就忙著這些瑣事。大部分的時間，他還是睡在那間書房裡，是健華讓出來暫時給他用的。每到了晚上，他總喜歡一個人反鎖在屋子裡，他告訴我說，這是他這兩年來養成的習慣。所以我也就不去打擾他，讓他一個人在屋子裡，他到底在做什麼，我也就懶得過問了。

那個叫王強的同學，有的時候會扛著一些書籍來找雲彬，兩個人總是把房門關起來嘀嘀咕咕的，我眞是搞不懂他們又有什麼新花樣？難道說想搞個出版社不成，有一回我忍不住問，他只是笑一笑：

「也許是吧？」

後來房子找到後，王強就來替他搬家，他臨走前告訴我說：

「大姊，最近我大概不能來看你了。等我一切安定下來後，再來找你，我們繼續聊。」

「明天再走好了，陪大姊再聊一天，」我眞捨不得放他走：「我們還有很多話沒講完呢。」

「急什麼，大姊。」他拍了拍我的手：「以後的日子還長呢，現在我要趕著辦入學的手續。」

於是他就和王強走了。

雲彬剛走不久，健華匆匆的回來了。他一推開大門，就問我：

「雲彬呢？」

「剛才搬走。」

他不再說話。我這才發現他的臉色極難看，像牆壁一般慘白，他低著頭在客廳踱著方步，踱得很急促。

「怎麼回事？健華。」我看得出一定有什麼事情不對了。

他猶豫了一會兒，就一屁股坐在我對面的一張沙發椅上，沙發椅發出一聲無奈的嘆息。他示意我坐下：

「荷玉，有件事我不得不告訴你，你先有個心理準備。」

「難道……雲彬又闖禍啦。」我的一顆心忽然莫名其妙的撲通亂跑！因爲健華所服務的機構就是治安單位。

「是的，而且闖了大禍。」健華點點頭，顯得很鎮定。他從上衣口袋掏出一根菸，點燃了起來。

「……」我焦急的等他說下去。

「雲彬可能是匪諜。」健華重重的吐出一口煙圈。

「這……」我一時昏眩得跌入迷漫的煙霧中，隔著煙霧，健華那種神色泰然的樣子，使我不能相信他剛才的話。

「當雲彬剛來台灣時我就懷疑了。因爲上級曾通知我們留意這一批夾在軍隊中混來台灣的年輕人。」健華皺著眉頭：「當然，他們等於自投羅網。起初我還是抱著一線希望，希望這只是一種推測，可是昨天我檢查了他的房間，有宣傳單和書籍。我可以立刻逮捕他，但是卻希望他能自首。」

「那，那怎麼辦？」我這下子眞是慌了，早就沒了主意。

「你先不要打草驚蛇，我們是計畫一網打盡。我想雲彬只是年輕氣盛，受了別人利用，我會找個機會勸他自首，一切就沒事了。」健華遞過來一條手絹，安慰我說：「或許事情發生得太突然，但是你一定要鎭定，不要被雲彬看出來。」

雲彬哪，你怎麼聰明一世，糊塗一時呢？叫我這個做大姊的怎麼向父母交代？我又該怎麼辦呢？我在內心吶喊著，像是有一萬隻螞蟻爬在我腦袋裡，我亂極了。

整整一個星期沒見到雲彬的影子，健華四處找他，我也跑遍了所有他可能去的地方，可是都毫無消息，最奇怪的是王強也失蹤了。在一個冷颼颼的晚上，我收到雲彬的一封信，內容很簡單：

大姊：

我現在有生命的危險，請立刻按下列地址來找我。千萬記著別讓姊夫知道，讓他知道就一切完了。請看在我們姊弟的情份上，偷偷的來一趟。信看完請抄下地址後立刻燒毀。

雲彬匆此

景美××路××巷××號

當我收到信時健華恰巧不在家，我一想到有了雲彬的下落，急於想見他一面，也顧不了其他事情，燒了信後便叫了一輛黃包車按著地址趕去了。

這裡是很荒涼的地方，散散亂亂的幾幢違章建築，都是蓋的又矮又小又黑，像個雞籠般。按著地址我找到了一間竹籬笆圍著的屋子，一眼就看到了雲彬，形容憔悴的坐在裡面。我正想喊他，他先站了起來把我拖了進去。

屋子裡除了他之外，還有四、五個人，其中一個就是王強。他們的表情都很凝重，而且很沮喪。還是雲彬先開口：

「大姊，我們犯了一些法，現在外面風聲很緊，一直有人在監視我們。現在好不容易被我們逃離他們的監視範圍，所以我們不敢隨便出去，想了很久，才想到找你來幫忙。」

「你們……」我不敢讓他們知道我已經瞭解他們所謂的「犯法」是什麼。我記得健華警告過我。

「是的，大姊。你先別管我們犯了什麼法，其實也沒什麼。反正，大姊，現在我們連上市場都不敢，先麻煩你去買些東西填填我們肚子好嗎？」雲彬的臉色好難看。

「好……好。」我轉身便走。

「慢著。」王強從角落裡面冷冷的冒出一句：「林大姊，千萬別出賣我們，否則……」

「王強，別威脅我大姊！」雲彬狠狠的轉過頭：「我相信我大姊，所以才敢找她來。」

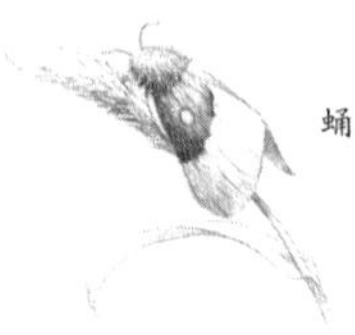

「你們放心，我不會出賣自己親弟弟的。」我嘴裡這麼說，心裡卻亂極了。怎麼辦？怎麼辦？我站在十字路口，不曉得下一步該往那裡走？上市場買些菜？還是打電話通知健華？電話一打，雲彬的命運可想而知，我是不能失去這個弟弟的，說什麼也不能失去他。我的一雙腳不聽指揮的走向雜貨店，買了一些罐頭，順便買了一些米。一回想剛才在屋子裡的那一幕，免不了還毛骨悚然。王強那種威脅的語調，弟弟替我爭辯的表情，還有那些呆若木雞的年輕人。唉，我能不能勸他們？不，不能，健華說我不能「打草驚蛇」。何況讓他們知道了，恐怕也不會再放我走了。我一邊走，一邊想著這問題。不管怎麼說，只要弟弟能平平安安就好，最後我下了結論。

從那次以後，我便常常溜去那兒替他們添購東西，我一直瞞著健華。我害怕讓健華知道後，把他們「一網打盡」。我每次都忍不住想勸雲彬，要他自首，可是我又不敢說，所以他一直以爲我不知情。我矛盾極了，我到底在扮演一個什麼角色？我只知道不能讓雲彬受苦，他是我唯一的弟弟，我有責任和義務要保護他，尤其是在他最危急的當兒，我們相依爲命。

直到有一天，雲彬交給我一封信，要我按著地址送去。我接過了他手中的信，內心綿延過一陣酸楚，想不到這一次我眞的替他們直接的工作了。我無可奈何的盯著雲彬，我想告訴他很多很多話。可是又不知從何開口？雲彬傻楞楞的望著我，兩隻茫茫然的眼珠，早已失去昔日的光彩，像兩個無底的深淵，空空洞洞，只飄著一絲徬徨，一絲無助，一絲哀求：

「大姊，這一回千萬要小心，不要被人盯上了。我們五個人的命就操在你手裡了。」

「雲彬，你……這樣下去不是辦法。不管你們犯了什麼法，還是自首的好，不然……」

我緊緊的握著那封信，我已經猜到這封信的重要性。同樣的，也加深了自己的犯罪感。

「快了，危險期快過了。這是最後一次求你，大姊，看在爸媽的份上，看在我們姊弟一場，這一回千萬千萬要小心。」雲彬的表情異樣的激動，這封信似乎對他們而言，有著決定性的重要。我下定決心似的拍拍雲彬：

「雲彬，只要你安全，大姊願意拿性命來交換，你放心好了。」

「謝謝你，大姊。」雲彬第一次露出了笑容，握緊了我的手。王強他們都微笑著向我點頭，我知道在這一刻，他們都把性命委託給我了。

我把信藏在口袋裡，走出了門。我眞不敢相信自己，在那時爲什麼勇氣百倍。我決定把這封信按地址送達。只要能救雲彬，我什麼也不怕了。

搭上了公車，我坐在靠窗的位置。涼風從窗口吹進來，直灌入我的衣領內，本來熱燙燙的臉一下子冷卻了下來。我忽然問自己，現在要做什麼？送一封信，一封可以解救雲彬的信，送完信以後呢？我不斷的反問自己。看在爸媽的份上，天哪，如果我也一起被逮捕，我的兒子小華，女兒小玲，還有我的丈夫健華不是也會被拖累嗎？他們能原諒我嗎？雲彬，你爲什麼出這種難題給我呢？你知道大姊爲了你可以不顧生命危險，可是不能不顧自己的國家、自己所有的親人啊。冷風呼呼的吹，下一站就到了，下一站就是雲彬要我傳信的地方了。我咬了咬牙，在前一站就下了車，打了一通電話給健華，我已記不清是怎樣把信交給健華的，因爲我已淚流滿面，神志不清了，我只記得健華立刻又掛了一個電話，然後就往雲彬住的地方去了。

就這樣，我失去了一個弟弟，一個我最疼愛的弟弟。我不必爲你形容我當時難過的情景，因爲那畢竟是二十五年前的往事了。

我把故事寫完後，和荷玉相約在這間寺廟門口碰面，把這篇故事交給她過目。「大義滅親記？」她忽然對我說：「多麼悲壯的名字，輪到自己頭上時，那種滋味並不好受呢。」

她把我的文章放進皮包，又從皮包裡取出那條淡藍色的紗巾罩在頭髮上，離開了這所寺廟，從她略為蹣跚的步子中，我知道她已經老了。我一直站在門口目送她離去，我知道自己永遠不會明白那種親手殺了自己最愛的手足的悲傷，永遠也不會了解那個殘酷時代的真相。

網

在我和詹力明之間，有一張用尼龍絲編織成的黑網。從網的這邊望過去，可以清楚的看到他移動輕巧的步伐，一揮手把落地又彈起來的球輕輕擊過來。他的動作始終那樣自然而有韻律，全身的每條神經和每塊肌肉都揉合著力與美，而且配合得天衣無縫。他是學校男子網球校隊的主將，而我也是女子網球隊裡的一員。當然，更重要的，我們還是同班同學。

隔著這張黑網，我可以欣賞他專心、認真的神態，他喜歡一甩頭，把垂在額前的那綹頭髮甩上去，然後嚷著：

「打球要用腦筋，孫欣華，永遠記得要攻心為上。」

大家都說我不像個女孩子，尤其是在球場上更像一條小蠻牛。我一向喜歡藉快速殺球取勝，想利用自己的體力來消耗對方的精神，可是遇上詹力明這種對手就不管用啦。每次和他練球，他總是面帶笑容，而我卻疲於奔命，到頭來一局結束，我總是落個「love」（網球記分術語：零分）。

「今天練到這裡為止。」他一手接住了我從左邊擊過去的一個反手球，從白色的運動褲後抽出一條毛巾擦汗：

「最近你進步不夠快，多加強drive（旋球）和tosh（緩球），早一點抓住對手的弱點，不要老用殺球。」

「是，詹教練。」我向他傻笑一陣，把手上這根牛筋線網的球拍收進了套子裡，向他揮手告別：「Bye了。」

每天傍晚我們總是這樣結束練球的。

一推開門，又看見微雲捧著一本書，半躺在床上，床頭邊那架手提電唱機上的唱片像一個笨重的黑色石磨，在纖細的針尖下，又緩又沉的扭動著、旋轉著，Joan Baez濃濃的哀怨和淡淡的輕愁就被一圈一圈的從黑色石磨上磨出來。

「又是Joan Baez？My God！」我一個箭步跨過去把唱針提起來，黑色石磨立刻戛然而止。Joan Baez的脖子被我狠狠的掐住，微雲猛一抬頭，兩個眼球凸了出來，好像被掐住的不是Joan Baez，而是她。在那一瞬間，我突然覺得她像極了唱片套上的Joan Baez，真的——那一頭披肩的秀髮，那雙深陷的大眼睛！

「真不懂，為什麼你那麼迷Joan Baez，你已經夠悲觀了，不應該再讓這些哀傷無奈的旋律環繞著你。」我把唱片拿了起來，放回套子裡，從唱片架上翻出一張我最喜歡的小唱片，

放在針尖下，突然爆裂出一連串的怪笑聲：

「哈哈哈哈——嘻嘻嘻嘻——」

這是一首「大笑之歌」，從頭到尾沒有一句「廢話」，全都是笑聲，可以把人一天積壓在心裡的煩悶和憂鬱抖得一乾二淨。

「你不懂Joan Baez，欣華。」她側了一個身子，仍舊是那句老話。

「我是不太懂。但是我只是憑直覺不能接受這些。像Portland Town，像House of Rising Sun，明明知道它們都是些好歌，但總覺得它們裡面缺少了些什麼東西，怪難受的。有時會使我喘不過氣來。」

她低頭不語，燈光下她影子在壁上晃動了兩下。整間房子陡然靜了下來。

「今天和詹力明練球有沒有心得?再一個星期就要比賽了呢。」微雲抬起頭，把話題轉變。

「老樣子。」我吹起口哨，從衣櫃裡翻出衣服，披上一條毛巾走向浴室：「不過和詹力明打球是一種享受，他很像一個……一個，唉，我也說不上來，像個Man吧。」

微雲笑了，我朝她扮個鬼臉。

別人永遠也猜不透，像我和微雲這樣兩種極端個性的人，為什麼處得如此融洽。她是獨生女，生性憂鬱、文靜、善解人意，整天不是捧著書就是聽那些哀哀怨怨的唱片。而我呢，可以三、四天不看書，卻不可以一天不打球，不然我這一身力氣白天不消耗，晚上可就睡不著了。認識微雲是早在高一的時候，我們個子一般高，所以總是毗鄰而坐，我愛講話，她愛聽話，因此我們一拍即合。同學三年中，如果我們一共說了一萬句話，那麼保證有九千九百句是我說的。那個教我們歷史的「坦克」每次都被我氣得吹鬍子瞪眼：

「孫欣華，你能不能讓你嘴巴休息片刻？難道你不累啊？你也不學一學你隔壁的杜微雲，你有她十分之一安靜就好了。」

上課我總打不起精神，下了課我的勁可就全來了。我會衝鋒陷陣的到福利社和別人擠油渣，買牛皮糖或甜不辣，我都是買雙份的，因為都是我「請客」，杜微雲「出錢」。

快要聯考的那段時間，因為在家唸不下書，有的時候乾脆就搬到杜微雲的家去住，和她一起複習功課。杜媽媽對於我也像自己的女兒一般照顧，從來沒把我當外人看。那段日子我唸書的效率和收穫簡直可以抵上高中三年的迷糊日子。加上微雲細心的替我複習，我竟然奇蹟似的和微雲考上了同一所大學，更巧的還是同一個系，這是我作夢也想不到的事。媽媽總說這是菩薩幫的忙，因為媽媽每天都替我燒香禱告。杜媽媽還擺了一桌酒筵請客，我和微雲並肩坐在一起，杜媽媽高興的合不攏嘴：

「我們家微雲啊，和欣華可真像一對姊妹，她們真有緣分呢。」

或許我們真的是註定「焦不離孟，孟不離焦」吧？

記得我和微雲搭夜快車北上來台北唸大學時，在月台上杜媽媽一把鼻涕、一把眼淚的拉著我的手說：

「欣華啊，我家微雲從小就沒離開過我一步，她身子單薄容易生病，這次到台北唸書，你們一定要住在一塊兒，你千萬要多照顧她啊……。」

「杜媽媽，你儘管放一百二十個心。」我很有自信的拍著杜媽媽的肩膀安慰她：「你看我，我比一個男孩子還要強上十倍，由我照顧微雲，誰也休想碰她一根汗毛。」

杜伯伯也只管用手帕擦拭紅著的眼眶，我也安慰他幾句。我的父母都沒來送我，他們知道我夠堅強，因為從小我就是這種個性，很能照顧自己的。

就在杜媽媽千叮嚀萬叮嚀下，我拉著微雲上了嘟嘟叫的夜快車，告別了家人，開始了我們在求學時代中最艱苦的一段旅程。

在學校附近我們合租了一間「雅房」，在微雲細心的布置下，這間房子顯得清新而雅緻。本來一張雙人床我睡上舖而她睡下舖的，後來我總喜歡把頭伸下去和她聊天，她也要抬起頭來聽，很不方便，於是我乾脆把棉被、枕頭一捲，也搬到下舖和她擠，上舖便空出來了。正好她帶了一箱書來沒處放，於是就把這些書排列在上舖的空床上。右邊從《紅樓夢》、《未央歌》之類的厚書一直排到左邊的一些小詩集，像《非渡集》、《掌上雨》之類的，反正我相信夠擺一個小型書展了。白色的牆壁上掛了一幅現代版畫，題目是「網」。畫面上是一張白色的大網，隱約中好像有個人在網裡面掙扎，表情很複雜。這幅畫是在一次畫展中，那位畫家送她的，因為他們談得很投機，後來微雲想買他這幅畫，他說難得遇上知音，就慷慨的送她了。微雲一直把這幅畫看成寶貝似的，掛在她的閨房。現在搬來台北，畫也跟著她帶來了，只是在坐車時畫框上的玻璃早已被震碎，還是到中華商場重新配過的。

書架上擺了一個淺藍色的花瓶，是我十七歲生日時微雲送我的生日禮物，現在裡面始終保持三、四朵暗紅色的玫瑰花，每到它們快要凋謝時，她就立刻換過幾朵新的。她說看了凋謝的花心裡很感傷。我常常笑她說，對花有感情的除了《紅樓夢》裡的林黛玉外，還有一個便是杜微雲。

在全國大專網球比賽的前一天，詹力明來到我們住的「雅房」裡，與我們商討比賽時要注意的事項和一些瑣事。這時微雲也在場。平時我們三人雖然都是同班同學，可是詹力明這個人總是獨來獨往，不太愛講話。我是因為和他練球所以才比較熟，像他和微雲恐怕只有點頭之交罷了。

「這是詹力明。」我有些開玩笑似的介紹：「這是杜微雲。」

「討厭，欣華。」微雲的臉好容易紅。

「咦？」詹力明忽然把視線停在壁上的那幅畫上：「這幅畫怎麼會在這兒？」

「奇怪了，詹力明，你這句話問得沒頭沒尾。」我頂了他一句。

「這幅畫我太熟悉了，因為這幅畫是我哥哥畫的。」

「真的？」微雲幾乎是用喊的，滿臉的驚訝。

「當然，這沒什麼好說謊的。他叫詹儒明，是一位版畫家。」

「對的，他是叫詹儒明。」微雲好興奮，這個世界有時顯得好大，有時又那麼窄：「難怪你們長得有些像，當初怎麼沒想到呢。」

「奇怪，這幅畫是我哥哥最珍惜的。那是在前年秋天，他的感情上起了很大的波浪，在異常矛盾的心情下所畫，我相信他是不會賣這幅畫的。」

「不是賣，是送的。」我插嘴道，並且把經過情形說給他聽。他頻頻點頭，而且目光開始移到微雲的臉上，微雲害羞得不敢正視詹力明。詹力明這時開口了：

「杜微雲，我想你繪畫的造詣一定很深，不然我哥哥不會只和你談了一次話就把畫都送給你，我哥哥那種人傲得很哪。」

「我自己不會畫，但是我喜歡看別人畫。」微雲說。

「欣賞也是門學問，有時比創作更難呢。」詹力明顯得很有勁，眼神裡那種熱切的光芒四射。

「我們微雲，不但懂繪畫，而且也喜歡音樂。」我在一旁替微雲吹噓。

「真的？」詹力明抬頭看排在雙人床上舖的那一列列書籍，他站起來走過去，細細的瀏覽了起來。

從那天晚上詹力明來過以後，他就成了我們這裡的常客了。他除了找我打打網球外，就和微雲聊天。他們聊天的內容我都沒興趣，什麼「必卡鎖」啦，「鑼慢鑼爛」啦，「踩可孵死雞」啦，看他們談得好投機，我就利用那些時間借微雲的上課筆記來抄。我上課不愛抄筆記，反正回來有現成的可以抄。

雖然我常和詹力明在一起，而且也很談得來，但是我們從來不談音樂或美術，我們談球網的張力和韌度，談「台維斯杯」或「溫布頓杯」，我真佩服詹力明，為什麼他對任何東西都這樣充滿了熱情？和他在一起，隨時都會感覺出他的那股狂和傲，可是卻不會令人畏懼，反而有一種想接近他的感覺，我想他真的具有某種吸引力吧？當我、詹力明、微雲三個人在一起時，就像是三個有交集的圓圈，憑著這些交集把我們串在一起，生活得很融洽。

有一次微雲得了一份獎學金，所以請我和詹力明去看《惡魔島》。當我們看到巴比龍被囚禁在沒有陽光的地下室裡，捕捉蟑螂做為食物時，微雲低下頭來一直看錶，我問她幹什麼，她說：

「為什麼不快點結束？我真擔心片子愈長，他所受的苦難也就越多。」

坐在她旁邊的詹力明在黑暗中卻低沉的說：

「希望片子長些，多讓我們體驗一下人類求生的慾望是如何的熾烈。」

我卻咀咒那混帳的典獄長，希望他不得善終。

大考完的某一天，我買了一大堆龍眼、沙士和微雲一同慶賀考試結束，順便也是酬謝她考前給我的「惡補」，如果不是她替我重點講解，單憑我每天打完球洗個澡倒頭便睡的那種德行，不「當」個二分之一才真有鬼咧。微雲忽然問我說：

「欣華，你覺得詹力明這個人怎麼樣？」

「詹力明？他很好啊。」

「光憑很好兩個字還不夠，能不能再詳細些？」

「他，又深沉又飄逸，眉宇之間有種使人莫測高深的味道，我不敢妄下評語。你呢？你認為他如何？」

「我……」她低下了頭笑一下：「我不知道。」

微雲起身去放唱片，我說：

「可別又是『窮背死』那女孩吧？」

「不，這回要換了。」她回頭對我淺淺一笑。

一首很輕快的曲子跳了出來，很陌生。

「這是什麼歌？」

「Love is a many splendored thing.」微雲說。

「Love？哈哈，愛是什麼？我不懂。在網球記分法上，零分就叫Love，因此愛就是零，就是一場空的意思。」

「你認為這樣嗎？」微雲偏著頭不以為然的說。

「什麼愛是恆久忍耐，又是恩慈。愛是不嫉妒、不自誇，愛是……」我想起書上的一段文字便背了起來：「反正，我不信這一套。哼，如果真的做到這些，簡直就可以和上帝去談戀愛了。」

「欣華，你沒談過戀愛，就沒有權利太早否認這些。或許愛本身的確不可能如此完美，那只能怪我們自己的一顆心被矇蔽了。」她淡淡的說。

「咦？」我像發現了新大陸似的：「微雲，老實告訴我，你是不是談戀愛了？」

「我？」她的臉蛋抹上一層酡紅的夕陽：「我，不知道。」

「是誰？你瞞不了我，哈哈。」我跳了起來：「快告訴我，全世界有誰如此幸運？」

「……」她把頭低得更低：「詹力明。」

「我的天，是他。」我真糊塗，我早該發現了的，只是我太粗心了：「我懂了，愛是什

麼？愛就是使一個人從『窮背死』變成『Love is a many splendored thing』。」

她笑著看我，我也笑著看她，她把頭低下。

第二天我遇上了詹力明，當然我不會「饒」他的：

「好哇，詹教練，談戀愛以攻心為上，要能控制對方情緒，攻敵之短。這一套你全用上啦？」

「你——」他好像不解似的。

「別忘了，多加強drive和tosh，別老用殺球，早一點抓住對手的弱點。」我再逼進一步。

「……」他擺出一副「無辜」狀。

「你和杜微雲——」我有意吊他胃口。

「你，你這丫頭真淘氣。」他笑了。

「你默認了吧？怎麼不告訴我一聲呢？我是微雲的榮譽監護人，她和誰談戀愛必經本監護人蓋章同意方可。」

「好吧，由你決定啦。」他笑著說。

「……」我故意上下打量他一番：「看你的眉毛、眼睛、鼻子還分得清楚，加上平日教導本姑娘打網球有功，就勉強通過吧。」

「哈哈。謝謝你，孫監護人。」

「慢著，你先別得意。詹力明，我鄭重警告你，」我一下子變得很嚴肅：「要是你不好好對待微雲，就是你跑到天涯海角，我也會抓你回來剝了你的皮！」

「你放心。孫欣華，這句話開玩笑可以，如果你真的這麼不信任我，我會生氣的。」他顯得很認真而執著。

「抱歉，詹力明，我只是害怕微雲受到傷害。你知道她太單純、太敏感。不過她和你在一起我很放心，我相信你的。」

「謝謝你。孫欣華，微雲有你這種朋友也真幸運。」

「算了，少來這套，今天中午罰你請我吃一頓飯。」

「沒問題，第四節下課我和微雲在教室門口等你。」

有些事情真是難以解釋的。從前我常常勸微雲和我去打網球，我怕她整天關在屋子裡看書會影響她的健康，可是她總是推說她一打球就會氣喘，不肯和我出去。現在卻不同啦，自從詹力明闖進她的生活圈之後，她常常自動向我借了網球拍去找詹力明打球。打完球回來整個臉蛋紅撲撲的，氣一直喘，但是卻顯得非常興奮和滿足。我開始相信書上所謂「愛的力量」了。我真羨慕他們，如果沐浴在愛裡的人果真都是那樣甜蜜，那我倒也真想嘗試一下哩。可是記得媽常埋怨我說：

「欣華呀，你再野下去，將來一定嫁不出去了，誰敢娶你這個瘋丫頭？」

我真太野了嗎？真的沒人敢娶我啊？我不信。不過，或許我真該靜下來看點書，我也該向微雲學學，學得更「像」女孩子一點。這個晚上微雲陪詹力明到圖書館唸書去了，我獨自一個人閒得也很無聊，隨手翻著微雲的札記，我唸著上面一段話：

「一個朋友來信和我談永恆。我回信說，永恆就住在我家庭院裡，但我卻找不到通往庭園的路。不是嗎？某些時候我們所追求的竟近得如此遙遠，於是很多人到遠方去收穫虛無。只有思想和感情才能使生命永恆。」

我把她的筆記本闔了起來。永恆？什麼是永恆？我從來不曾想過這問題，什麼又是虛無呢？我相信只要自己認真的去生活，就像在網球場上認真的去打好一場球一樣，就永遠不會有「虛無感」，或許那就算是另一種形式的「永恆」吧？哲學家們用畢生精力去尋找永恆，也許一個掃地的清潔工人或一個收破爛的乞丐他們早已尋到了。

我忽然看到壁上那幅詹儒明畫的《網》。白色的網對我而言原本是這樣的陌生，我只熟悉黑色的網——那張隔在我和詹力明之間的黑色網球網，可是此刻從白色網裡那個掙扎者的表情中我似乎體會了一些東西：人的思想和情感飄浮不定，像被一層一層的網籠罩著，當你突破了一層白色的網，另一層黑色的網又會罩下來，你掙扎著，於是你永遠感到虛無而不著邊際。一旦你能把握住自己的原則，堅定了自己的信念之後，你無須再掙扎，因為你已經找到了永恆。有人說談戀愛是跌入情網，愛情的網又何嘗不一樣呢？只是跌在網裡的人比較不容易控制自己罷了。

思索著這些問題，有了答案之後心裡很舒暢，我忽然覺得自己一夜之間成長了許多。看了看錶，已經十點多了，微雲也該回來了，她回來之後，難免又要和我談詹力明，她會重複著詹力明所說的每一句話，和每一個小動作，有些話她還不厭其煩的述說三、四遍，連我都能背誦了。現在我們之間如果有十句話，有九句半是她說的，很顯然的。一切都在改變中。每次我只要提到詹力明三個字，她的表情就有變化，有時更像觸電一樣的傻在那裡。我真不敢相信這會是杜微雲呢。

有一天上「心理學」，微雲坐在我的前面，而詹力明就坐在她的旁邊。當台上的陳教授講到最高潮時，忽然微雲從座位上陡地摔倒在地上，我本能的站了起來想扶她一把，可是我卻被眼前的景象嚇呆了。微雲的面如土色，口吐白沫，全身像彈簧一般痙攣抽動著！詹力明也不知所措起來，他連忙衝出教室去找醫務室的劉大夫來急救。當我看到微雲那種痛苦萬分的表情，就像一把鋒利無比的刀在割剜著自己身上的肉，我多麼希望那一刻滾在地上吐白沫的是我而不是她，至少我比她強健多了。詹力明面無表情，可是我知道，這正是他最難過的表情。事後，劉大夫說，微雲患的極可能是「羊癲瘋」。

微雲告訴我，這是她二十年來第一次，她說：

「就像作夢一般，事前一點徵兆也沒有，一切都身不由主的。」

「或許是你最近太勞累了，多休息就好了。別把這回事放在心上。」我若無其事的安慰她，但是卻有一層陰霾掃過我的心頭，因為我想到了一件很可怕的事實：「羊癲瘋」是會遺傳的。

後來詹力明陪微雲去打了許多補針，可是在兩個月後的一個下午，微雲又發病了，這一回比前一次更嚴重、更明顯。事後微雲痛苦萬分的拉住我的手說：

「別告訴詹力明，不要讓他為我操心。」

「不行。你不能自己受苦。」我很快的把這件事告訴詹力明，詹力明堅持帶她到一家醫院作了很詳細的腦波檢查，結果證實她所患的就是無藥可救的「羊癲瘋」——世世代代都會遺傳的「羊癲瘋」。微雲在得到這個宣判後，臉上並沒有絲毫表情，她望了望詹力明苦笑一下，詹力明拍拍她肩膀：

「沒關係的，微雲。」

倒是我沉不住氣，好想抱著微雲痛哭一場，一路上詹力明有說有笑的，故意沖淡這股悲哀的氣氛，但是越是這樣，我心裡越難受。把微雲送回了家，然後他悄悄的對我說：

「欣華，你要多安慰她，告訴她這種病沒關係的。拜託你啦。」

「……」我這時已經沒主張了，只有強忍住淚水拚命點頭。

「我再去找醫生想辦法，我不相信這種病不能醫。老天爺不應該不留點後路給我們走的。」他顯然有些激動了。

他走後，我想對微雲說些什麼，可是卻像有塊石頭堵在喉頭，一個字也吐不出來。反而是她先笑著對我說：

「欣華，這些日子真難為你了，我的這種病一發作一定好可怕，讓你心裡緊張，我——」

「不會的，不會的。」我握緊了她的手：「醫生說這種病很普通，只是因為太勞累了。」

她笑了笑，很勉強，比哭還要難看。我這張嘴變得又笨又拙，因為我太不會撒謊了，於是我只好默默的替她放了一盆洗澡水：

「洗個澡，早點休息吧，休息夠了，就不會再發病了。」

「……」她不再說話，拿了睡衣便走進浴室。

突然我聽到水龍頭嘩啦一下被扭開的聲音，自來水打在瓷缸壁上好響好響！我不知道微雲在搞什麼鬼，把聲音弄得這麼大。後來我仔細傾聽了一會兒，才發現微雲在浴室裡嚎啕大哭，她想藉著自來水的聲音遮蓋她的哭聲。這時我憋了一個下午的眼淚再也不聽指揮了，像自來水一般流瀉出來，我企圖用毛巾去擦拭，如果讓微雲知道我也如此脆弱，她會更受不了的。可是越擦越糟，一直到整個視野模糊不清為止。

第二天早晨，我和微雲都若無其事的去上課，可是我發現詹力明卻失蹤了。第三天、第四天，一直不見詹力明的影子。我心焦如焚，不知道他發生了什麼事情。第四天下課後，我獨自一個人跑去詹力明住的地方找他。門是虛掩著，我敲了敲，還沒等有人答應我就推門而入。昏黃的燈光下，詹力明枯坐在一張陳舊的書桌邊，頭髮蓬鬆而零亂，兩眼凹陷，桌上橫七豎八的堆了一些書，他像發了狂似的在那裡沒頭沒腦的翻著，沒注意到我進來。

「詹力明！」我低低的喊他。

「啊——」他像驚弓之鳥般抬起頭來，好憔悴的一張臉。

「詹力明，找書是沒用的，如果就憑你亂翻書可以治好微雲的病，其他醫院都可以關門大吉了。」我大聲的提醒他，我想他一定是急昏頭了。

「……」他霍的站了起來，嘴巴張開，沒說出一個字。

「詹力明，你要面對現實！」我變得很理智、很勇敢：「現在橫在你面前的只有兩條路：第一是繼續和微雲交往，第二是和她一刀兩斷。如果你選擇第一條路，我一輩子都會感激你，如果你走第二條路，我也不會指責你，因為這是任何人都會原諒你的。請你考慮一下。」

「……」詹力明頹然跌回椅子上，喃喃的說：「為什麼當我想要某些東西的時候，它又不免發生殘缺呢。」

「我知道你很為難，如果換上了我，我也不敢保證自己會選擇那一條路。我走了，一切都由你自己決定了。」

我真的走了，把詹力明一個人拋在那一大堆醫藥書籍裡。當我回首望他時，有一種感覺：那一堆書籍已經疊成了一層網，把詹力明罩了起來。

當我回到了「雅房」，發現微雲不在了，連同一些書籍和一只皮箱也不見了蹤影。我心裡突然有一種很不吉祥的預兆，她一個人會跑到那裡去了？一轉身發現她的書桌上平放了一張字條，是她留給我的：

欣華：

我去新竹一個朋友家了，別爲我擔心。我只是想讓自己安靜一下，這些日子的變化太大，我有些承受不了，如果不暫時換一下環境，我會發瘋。

生命多可笑，它給了一些你所要的，也同時給你一些你不要的，我們都沒有權利去取捨。

一星期後我會回來上課，到那時候一切都將告平靜。

微雲留字

字跡紊亂而潦草，看完了她這簡單的幾行字，我真茫然了。要不要去找她呢？新竹這麼大，她又是一個弱不禁風的女孩子，萬一老毛病又復發怎麼辦呢？我該不該去告訴詹力明？不，不能告訴他，告訴他只是加深他的焦慮，這些日子已經夠他受的了，不應該再給他增加無謂的困擾。要不要告訴杜媽媽呢？更不行。只要微雲發生一點芝麻小事，杜媽媽一定又趕來台北，除了鬧得一團糟外，一點也無補於事的。我匆匆決定把此事隱瞞下來。唉，微雲，你可別出事啊。我在心裡默默的祈禱著。

這時有個人出現在我的門口，是詹力明。他倚在門邊，天色有些晦暗，因此看不清他面部的表情，只聽到他慢吞吞的一個一個字吐著：

「欣華，我決定了。我選了那一條你會一輩子都感激我的路。」

「啊——你沒騙我吧？謝謝你，謝謝你。」我激動的跳了起來，拉著他的手：「我真替微雲高興。」

「微雲呢？」他四處張望，仍喘著氣。

「喔，她，她說她很想家，要回去一段日子。」

「回家？你，你沒騙我吧？」他一臉不相信的表情。

「我沒騙你，她很好，只是想家罷了。」我現在也學會撒謊而面不改色了，人有時是要撒謊的。

「這樣也好。等她回來後，一切都會像從前的日子般。其實人之所以會困擾，便是常把私人的利害擺在第一位，一切真與善都因此而被蒙蔽了。現在我想通了，天底下除了我之外。沒有更合適的人來照顧微雲，而且我也深信沒有一個女孩子能取代微雲在我心目中的地位。我這樣做，一定有許多人笑我愚笨，包括我的父母在內。但是我卻很滿足於這份有缺陷的愛。」詹力明靜靜的訴說著。

「你，難道沒考慮過遺傳的問題？」我問到一個致命傷。

「我覺得這是很腐朽的觀念，大不了我們將來不要生孩子，去孤兒院領養幾個小孩，日子照樣可以很美滿，你說對吧？」

「我——我也說不上來。不過，我還是那句老話，微雲能遇上你，是她的福氣，換了別人，一定又是悲劇收場了。」我很感慨的說。

「現在我有一種感覺，有一種柳暗花明又一村的痛快感。走，打一場網球去。」詹力明渾身也恢復了以往的那股勁，眼神裡又燃燒起希望的光芒。

「對，這些日子我們都陷在低潮裡，好久都不曾打球了。今天慶祝你的『重大決定』，我決定捨命陪君子，讓你瞧瞧我的drive和tosh。」我從床頂上拿出了網球拍。

「哈哈。」詹力明開心的笑了，他好久都沒這樣笑了。他真是個痛快的人，一切的決定都如此果斷而乾脆，又那樣有自信。

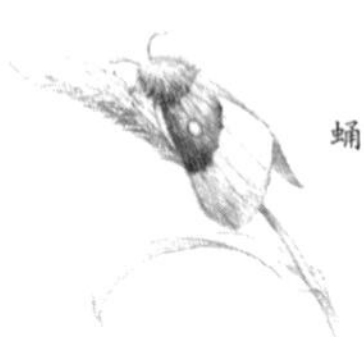

詹力明終於爬出了那層白網，現在橫在我和他之間的，只有那一層單純的黑網了。隔著這層黑網，我又可以欣賞到他那矯捷的身手和瀟灑、伶俐的動作了。不過我還是老惦記著微雲，不知道她現在是否一切安然無恙？

微雲不在的這段日子，我和詹力明常在一起打球。我忽然有一種很奇妙的想法，如果當初我們不認識微雲，不知道詹力明和我之間會不會發生感情？男女間的感情本來就很微妙，不是數學公式，也不是化學方程式，也許像是從前高中化學老師所說的那種無色、無臭、無味的氣體吧？當它來臨時是靜悄悄的，在你尚未察覺，或許它又悄悄的雲消霧散。在我和詹力明之間可能悄悄的來過，可是當微雲說她愛上詹力明後，我就盡全力去摒棄這些想法，因此如果有人問我喜不喜歡詹力明，我會矢口否認的。可是，有一天，在無意間我聽到了兩位同學的對白。

「你別看孫欣華那個人，表面上像個傻大姐，其實才是一肚子的鬼哩。」

「是啊，趁人之危，搶走了她最要好朋友的男朋友。」

「真是知人知面不知心。唉，詹力明也是個薄情郎，男人都是一個模子裡造出來的，他也好不到那裡去。」

「最可憐的還是杜微雲，交友不慎、遇人不淑哪。」

「那個孫欣華，橫刀奪愛。唉，好狠的心。」

「這個孫欣華，太不夠朋友，簡直……」

我不必向你形容當這些話一字不漏的傳進我耳朵，我吃驚的程度。我不敢相信這些粗俗不堪的話會出自那些高級知識分子。起初，我安慰自己，這只不過是一些喜歡搬弄是非的同學想製造一些花邊新聞罷了，只要自己問心無愧，又何必放在心上呢。可是這些謠言很快的傳遍了全班，甚至全系。詹力明當然也知道了一些，他氣得臉色發青：

「只要我們對得起自己，就算是萬夫所指，我也不怕。」

我沒有話可說，我不敢再和詹力明走在一起，別人怎麼說、怎麼諷刺，我都可以容忍，可是我只期求這種無稽的謠言，千萬不能傳到微雲的耳朵，她一定受不了的。

可是，當微雲從新竹回來時，行李箱還來不及放下，這些謠言便一字不漏的傳入她的耳朵裡。當我正興高采烈迎接她時，她的表情很木然。她對我苦笑著說：

「欣華，你成全了我。我在新竹時想了很久，我就希望妳能和詹力明……」

「不，微雲，你誤會了。詹力明他已決定……」我一時情急，結結巴巴的。我恨透了那些造謠的人。

「不要不好意思。欣華，我們是多年老朋友，我們情同姊妹。」微雲仍然是那種令人心碎的聲調：「這種結局很圓滿，我要感謝你，我不但不怪你，反而要謝謝你。」

「聽我解釋好嗎?難道你就相信別人的謠言，不相信我的話?」我近乎歇斯底里的喊

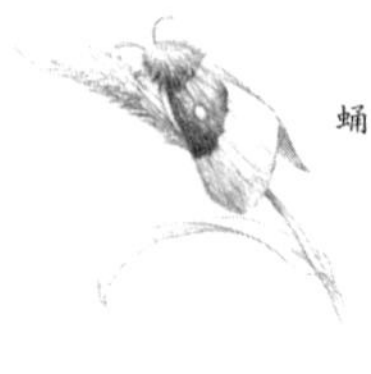

著：「聽我說，微雲，聽我——」

「不用了。」她打斷了我的話，突然用哀求的眼光凝望著我，神色淒涼，嘴唇顫抖著：「就算是一場誤會好了，那麼就讓它一直誤會到底吧，我只求你不要再解釋。我去了新竹一趟，好不容易才把這顆複雜紊亂的心平穩下來，你再一解釋又會把我搞得七葷八素，不知又要等到何年何月才能恢復過來。求求你，欣華，別說了，別說了。」

「我——」我呆若木雞，所有的話都塞住了。

我舉頭，目光與壁上的那幅版畫接觸，恍恍惚惚的又跌進了畫中的那張白色大網裡頭。我吃力的把自己撐起來，可是右腳一踏空，又再度陷入網洞裡。我伸手去攀扶網繩，卻有一種飄浮不實的惶惑冷徹骨髓。坐在床緣的那長髮女孩，現在變得如此陌生而遙遠，她竟會是杜微雲，我把冰冷的面孔緊貼著網洞，我的視野又模糊不清了。

今夜，星子與月亮都隱遁在烏雲後面，訴說著那千古不變的綿綿情話。

我一個人獨坐在校園裡這張冰涼的水泥石凳上，我的一顆心也冰冷得和水泥石凳般。多少年來，我都不曾獨自一個人這樣靜靜思考了，此刻我竟變得如此鬱悶而寡斷。

同學們不屑的眼光，朋友們尖酸的話語，微雲無助的表情，詹力明埋首在那些醫學書籍裡的痛苦模樣，就像一個巨大的鐵輪，從我的腦袋輾壓而過，我的腦漿從腦殼迸裂開來，盛在記憶匣子裡的歷歷往事也被擠壓了出來：

——「打球要用腦筋，孫欣華！」詹力明把額前那綹頭髮甩上去，這樣嚷著。

——「你不懂Joan Baez，欣華。」微雲側了一個身子，仍舊是那句老話。

——「欣華啊，我家微雲身子單薄，容易生病，你千萬要多照顧她啊。」杜媽媽一把眼淚一把鼻涕的叮嚀著。杜伯伯那紅紅的眼眶也在我眼前急驟的放大，放大。

——「Love is a many splendored thing.」微雲低聲唱著。

——「詹力明，你要面對現實！」我清晰的記得自己曾大聲對他叫著。

——「生命多可笑，它給了一些你所要的，也同時給你一些你不要的。」微雲去新竹時這樣寫著。

——「欣華，我決定了。我選了那一條你會一輩子都感激我的路。」詹力明一字一句吐著。

——「欣華，你成全了我，你成全了我！」微雲嘶喊著，表情木然。

——「杜微雲，交友不慎，遇人不淑，孫欣華橫刀奪愛、橫刀奪愛！」她們全都這樣喊著、叫著。

我拚命用雙手去掩遮耳朵，我不願意再聽到任何一句話，我狠狠的鎖住記憶匣子，碰然一聲。

月亮移動三寸金蓮從雲層後面探出頭來，大地又是祥和一片。我的心湖變得異常平靜。忽然有一句話在我耳畔繚繞，那是有一回在微雲的讀書札記裡所看到的。

「永恆就住在我家庭院裡，但我卻找不到通往庭園的路。」

我曾經輕而易舉的在生活裡尋覓到了永恆，真的，我千真萬確的找到了它，可是現在我又輕而易舉的將它失落了，雖然我深知，唯有用思想和感情才能再度找回永恆，但是，我迷失了方向。在白色的大網裡，我曾經用了感情，可是卻一再的撲空，一再的跌倒，永恆已離我遠去。

懷著一身的冰冷回到了「雅房」，微雲不在。

我開始收拾著行囊。我已決定要回到那多年不見的家鄉，陪伴著我年邁的父母過著悠閒、安寧的晚年。我離開老家太久了，也真該回去了，不知道那隻喚作「阿土」的捲毛狗是否長大了些？媽媽一定會倚在籬笆門口笑裂了嘴說：

「瘋丫頭，你還記得爸和媽哪？這幾年大學生活過得愉快嗎？這次回家，可要多待些日子再走吧？」

或許我會情不自禁的倒入她老人家的懷裡痛哭一場：

「媽，我再也不會回去了。」

我把最後的幾本洋裝書也塞進箱子裡。桌子上藍色花瓶裡的玫瑰明天又要凋謝了，微雲該記得會去換過新的吧。呵，微雲，或許我會有再度北上的一天，繼續我未完成的學業。希望那時候你和詹力明像從前一樣的幸福和快樂，也希望同學們不再用那種眼光看我。到那時候我仍舊會附在妳的耳畔悄悄的說：Love 在網球記分上就是零的意思，你會笑嗎？

遺傳

秋天的早晨，水泥地的籃球場上只剩八個高高的籃球架寂寞的對立著。

董其昌在罰球線外躍起單手跳投。

「刷——」清脆的進網聲。

他不等籃球落地，一個箭步衝到籃下接住球，一扭腰，一翻身。

「咚——刷——」又是一個乾淨俐落的擦板球。

忽然背後傳來一陣掌聲，他猛一回頭，一個胖嘟嘟的大男孩正朝他傻笑，兩片黑厚的嘴唇掀開來，露出整排黃板牙。那張幾個月都不曾刷洗過的髒臉，像一個掉在泥沼裡的大籃球。胖男孩用他那粗短而骯髒的食指向胸前指了指，好像示意董其昌把球傳給他。

「接好，哈比。」董其昌用力把球甩給在籃球場外的胖傢伙哈比。

哈比原地不動，只略一抬手，球在半空中劃了一條漫長的弧線之後，不偏不倚的掉進了球網裡。董其昌豎起一個大姆指向哈比晃了晃。哈比拍著他那略嫌凸出的大肚皮，得意的笑了起來。

「走，哈比，我請你吃茶葉蛋。」董其昌一手拾起了球，向哈比作了一個手勢，哈比便搔了搔頭傻呼呼的跟著他離開了大操場，走向學生活動中心。

哈比坐在活動中心的高腳椅上，一邊蕩著兩條腿，一邊剝著茶葉蛋棕色的外殼，很滿足的發出低沉的鳴聲。董其昌坐在紅色沙發椅上，打量著高腳椅上這個傻楞楞的胖男孩。多麼有趣的一個傢伙，一個又聾又啞的白癡。很少人知道他的來歷，只知道這個只會傻笑的胖男孩，不論晴天或雨天，從清晨到黃昏，都獨自一個人在大操場上閒逛。他玩得一手好球，只要是圓的球到了他手裡，總是像著了魔似的出神入化。雖然他沒有思想，卻也從不傷害別人，所以像董其昌這種常泡在球場的「球棍」，很容易便和他熟了起來。這所大學的男孩們給哈比取了各種綽號，例如「球王」、「體育系系主任」、「大呆瓜」等，而喊他「哈比」卻是董其昌的「專利」。因為董其昌小時候在一部卡通片裡看到一隻名叫哈比的灰色大狗熊，印象一直很深刻，他一見到這個白癡男孩，就直覺的喊他哈比，反正哈比是又聾又啞，他不會在乎，也不懂得在乎的。

哈比兩下子就把手中的茶葉蛋給吞了，然後又靦腆的豎起一根食指，董其昌會意的笑了笑，把手中已剝好的茶葉蛋又塞給了他。他對著董其昌傻呵呵的笑了幾聲，一大口又吞沒了第二個蛋。

「董其昌！」忽然從活動中心門口傳來如雷般的吼聲：「好傢伙，找你找了老半天，原來又窩在這兒。」

「是你——羅同。」董其昌抬起頭，只見一個碩壯的身影已經閃到他眼前。

「我們不是約好今天早上到果蠅培養室去檢查我們那組遺傳實驗的結果嗎？再不拿出來數一數，那些果蠅都快祖孫十八代了。」羅同似乎火冒三丈，對董其昌吼叫：「到那時候，看你拿什麼向藍教授交代。」

「唉，我不是告訴過你一千遍以上，我不是研究科學的料子。」董其昌從沙發椅上站了起來，滿腹牢騷的說：「我一走進培養室，看到那些積屍瓶、麻醉瓶、顯微鏡，我的一個頭就三個大。我寧願打一上午的球。你自己一個人去檢查不就成了。」

「不行。」羅同用粗壯的臂膀夾起董其昌，就往門外拖：「別組的同學報告早都交了，藍教授已經在催啦，只剩我們了。」

董其昌抵不過羅同的蠻力，只好一手夾起籃球，回頭朝哈比苦笑一下。哈比露出牙齒，牙縫裡還沾滿了蛋黃，向他揮了揮手。

進了培養室，董其昌和羅同各取了一架解剖顯微鏡，各佔一方觀察他們自己培養的果蠅。這一回他們要做的是「基因在染色體上輿圖」的實驗。

董其昌一邊揩著汗，一邊忙著記錄他所觀察顯微鏡下的結果。

「黃色身體、白色眼睛……」羅同用一隻探針，仔細的挑著接物鏡下那些已被麻醉了的纖細生命，喃喃自語：

「咦，有問題，怎麼……」

兩個人默默的數著果蠅，默默的觀察牠們的外形，默默的記下結果。

忽然，羅同好像發現了新大陸，拍手叫了起來：

「我這一組果蠅染色體曾經發生互換。」

「真的？」董其昌把目光從接目鏡筒中收回來。

「你看我的結果。」羅同興奮的把手中記錄交給董其昌，手還些微的發抖。

董其昌有些不相信，書本上的理論能如此輕易的在實驗室中得到印證，這還是頭一遭呢。他走到羅同的位置坐了下來，重新調整一下顯微鏡的焦距，便自己觀察了起來。

「遺傳真是門不可思議的學問。」羅同倚著窗子，很感慨的說：「基因、DNA、染色體，這些是奇妙的東西！」

董其昌緩緩抬起頭，十分讚嘆的說：

「羅同，你將來必可成為一位大科學家。」

「我？算了，還早八輩子呢。我倒覺得你頗有這份潛能呢。」羅同笑著扶了一下眼鏡

框。

「少挖苦人了。」董其昌把記錄本往桌角一摔：「我這輩子是與科學絕緣了。」

「為什麼？」羅同不解的問他：「我常聽你低估自己，說自己不是這塊料，說自己沒這種細胞，為什麼，為什麼？」

「為什麼？因為遺傳啊！」董其昌索性一屁股坐上桌子，神情顯得激動了起來：「我從小就有這種想法，尤其是修了半學期的遺傳學，使我更堅信自己的理論。」

「……」羅同瞪大了雙眼，看著董其昌。

「人是可憐的——不，應該說是任何生物都是可憐的。」董其昌的瞳孔裡染上了一層陰翳：「他們出生之後，就受了基因、受了染色體、受了DNA的控制。他們沒有權利，也沒有能力去改造自己的命運。所謂龍生龍，鳳生鳳，老鼠的兒子會打洞。你看，這就是生物本身無法逃避的大悲劇。太多太多的遺傳學知識，逼得我們不得不承認這件殘酷的事實。」

「……」

「記不記得上一次我們所做的人類遺傳實驗？」董其昌從桌上跳了下來，向羅同逼近一步：「你看，連我的耳垂，我的捲舌，我彎曲的小指，我的掌肌，我血管裡流的血液，連同我的思想，我的智慧，全都來自我的父母。」

「這有什麼不對？」羅同滿臉疑惑。

「我的父親生平不得志，乃一介窮書生，潦倒窮困一輩子，我母親也只不過是個目不識丁的鄉下婦人，他們能給我什麼優秀的基因？能給我什麼了不起的ＤＮＡ？」

「這就是你瞧不起自己的原因？」

「是的，我真後悔唸了遺傳學，它使我看透了自己、看扁了自己。」董其昌神情沮喪的低下了頭：「所以我也懶得再拚命唸書了，倒不如平常打打球，快快樂樂的當一個最平凡的人。人是不應該太強求自己的。我們永遠掙脫不了那分布在我們全身每個細胞裡的基因。這些基因豈只是如影隨形而已，根本就是根深蒂固，支配了我們一生。」

「……」羅同低下了頭，不再說話。

果蠅培養室的燈光似乎黯淡了許多。一堆果蠅的屍體飄浮在積屍瓶的酒精裡。麻醉瓶內飄出乙醚那種淡淡而又飄忽不定的香味。房間裡竟呈現一股陰森森的氣氛。羅同不再吭氣，只靜靜的收拾著桌上的實驗用具。董其昌仰起頭來，和牆壁上一幅人像的銳利目光接觸，畫中的遺傳學之父孟德爾神父，正用莊嚴而凝重的神情瞪著他。

董其昌終於又逃出了實驗室，回到了球場上。

那個白癡哈比還是忠心耿耿的站在一旁看他投籃，偶爾也露一手百步穿楊的絕招。董其昌總是對著哈比說話。雖然哈比一個字也聽不到，但是他似乎還能領略董其昌的友善，至少他還會買茶葉蛋分他吃，或請他喝杯冰紅茶。

日子就過得像哈比身上那件從來不曾換洗過的淺灰色衛生衣一樣，陰沉，枯燥而一成不變。而哈比的傻笑依舊，哈比的臉也永遠像掉進泥沼裡的籃球般。

學期快要結束的某一天，羅同跑來找董其昌：

「其昌，藍教授有事找你。」

「找我？」董其昌指了自己的鼻子：「找我這種壞學生，不會有好事的。」

「我也不知道幹什麼。他叫我來喊你，要你現在立刻到他的研究室去。」

「唉，八成是上回考試考太差了，要被死當了。」董其昌臉色很難看，有氣無力的。

他低著頭，懷著十五個七上八下的水桶，走進了果蠅培養室隔壁的研究室。藍教授正在批改實驗報告。

「老師，我——」董其昌站在門口低聲下氣的說。

「你——就是董其昌嗎？」藍教授用一對炯炯有神的眼睛，打量著這個站在門邊的年輕人。

「是的，老師。」董其昌蒼白的臉上擠出一絲假笑。

「這份報告是你寫的嗎？」藍教授從批改報告中抽出一份來，丟在桌上。

「這——」董其昌伸長了脖子去看，然後赧然一笑：「是的，是我寫的。」

「很好。」藍教授的嘴掀動了一下，露出了一種好像是鼓勵的笑容。

「……」董其昌猜不出是怎麼回事，桌上的報告的確是他親手寫的，但是他並沒有很用心去寫，只是開了一個夜車敷衍交差了事。

「從前我不曾注意過你，你的成績也不出色。不過這一次——」藍教授從靠背椅上站了起來，拍拍董其昌瘦削的肩膀：「我發現你很有天分，很有潛力，是一個不可多得的天才。」

「……」董其昌一下子像騰雲駕霧般飄了起來，可是又覺得很虛幻而縹渺。這怎麼可能？他真不知道應該大笑還是大哭，呆立在桌前，腳開始顫抖起來，手腳在褲腳上不安的搓著。

「雖然你的報告寫得很簡單，不太用心，可是你的天才不知不覺流露在字裡行間。」藍教授坐回原位，停頓了一下又說：「我很少這樣稱讚我的學生，你是第一個。記住我的話，好好在這方面下功夫，我從來不會看錯人的。」

「……」董其昌咬了咬嘴唇，以為自己還在夢中。

「真的，只要你肯下功夫，在這方面一定會有成就的。」藍教授又強調了一次。

「老師——我……」董其昌感到眼眶裡有東西在打著轉，他興奮得說不出話來。

「好，你可以走了。別忘了老師的話。」藍教授把報告收回抽屜，用讚美的眼光看著他。

「謝——謝謝，謝謝老師。」董其昌拚命點著頭，退出了研究室，回頭狂奔向教室，羅同正在教室焦急的等他的消息。

「好消息還是壞消息？」羅同顯得很緊張，扶著董其昌的臂膀：「怎麼，你哭啦？」

「我……我好高……高興……我……」董其昌結結巴巴的說不出個所以然來。

羅同知道是好消息，便拍了拍他，放心的笑了。

從那天起，董其昌把籃球的氣給洩了，然後鎖進櫃子裡。他開始認真的去上每一堂課，認真的抄著筆記。下了課總是第一個衝到圖書館佔位置。他喜歡角落靠窗的那一個位置，於是多少個黃昏，多少個深夜，他就像一尊石膏像般坐在那位置上不眠不休的唸著書。不到關門的鈴聲響，他是絕不肯站起來的，久而久之管理員就認識他了。有一次管理員忍不住走過去，笑著問他：

「小伙子，這麼賣命，想拿博士啊？」

「是的。」董其昌很肯定的點了點頭，然後自言自語的說：

「因為藍教授說我是天才。」

回到家裡，他還是不肯罷休，繼續挑燈夜戰。在父母的鼾聲中，在弟妹的夢囈裡，他卻將自己融入那深奧的書本中，在茫茫的知識瀚海裡秉燭夜遊。他常常放眼漆黑一片的窗外，不禁思索著：命運原是一片蒼茫漆黑而不可知的世界，有人用科學去探索它，有人卻用求籤問卜去找尋它；有些人早已軟弱的向它俯首稱臣，有些人卻不願受它支配而掙扎著。董其昌，在人生的舞台上，你是掛上那一種面具，扮演那一種角色呢？你又是想用什麼態度去面對人生呢？每次想到這些問題，他總是用力甩了甩頭，把思維從漆黑幽暗中拉了回來，又專心在課本上。

在一個暴風雨的夜晚，董其昌拖著疲憊不堪的身子在書桌旁唸書。枯黃的檯燈被窗縫裡滲進來的冷風吹得燈影搖曳，桌上零亂的洋裝書、字典堆砌在書架旁，像一堵高聳入雲又密不通風的圍牆，把董其昌圍困在裡面，他的頭突然感到昏眩欲裂，書本上的黑字在他眼前漸漸模糊不清。這些日子因為用功過度、體力透支加上睡眠不足，終於支撐不住，昏倒在書桌上。當他整個人撲倒下去時，右手向前一伸，把那堵用書本堆砌起來的高牆全給推倒了，唏哩嘩啦全都掉了滿桌滿地，震得燈罩搖搖欲墜。

不到一個月的時間，董其昌的功課已經趕上了原本第一名的羅同，一切的改變竟是如此的快速，快得叫所有同學瞠目結舌。羅同也常常給他打氣：

「你看吧，我就知道你有這份潛能。」

從此董其昌再也不會遇到哈比。雖然哈比依然是穿著那件淺灰色的衛生衣，風雨無阻的在球場上逛，只是沒有人再請哈比吃茶葉蛋，也沒人再向哈比豎姆指。

可是，哈比依然很快樂，因為他臉上的笑容從不曾消失……。

八年的時光，對一個年輕人而言，是如此的珍貴。它可以使一個人飛黃騰達，卻也可以使一個人身敗名裂。

八年後的松山國際機場，萬頭攢動。

有人掛著花環，掛著親人殷殷祝福，登上飛機。

有人掛著花環，掛著親人熱切企盼，走下飛機。

行李檢查室前的走道兩旁，擠滿了伸長脖子，興奮而焦急的人群。頭戴鋼盔的警察叉著腰在維持亂哄哄的秩序。

檢查室的玻璃門推開，引起人群的一陣騷動。走出一對金黃頭髮的外國人，他們笑著向人群揮手。看樣子是一對來台灣渡蜜月的新婚夫婦，一部分焦急等待的人發出失望的嘆息。

不一會，房門再度推開，走出一個戴著墨鏡、神采飛揚的年輕人，提著兩箱行李，四處張望著。

「董其昌！」人群擠出了一個壯碩的漢子，一手提著羽毛編成的花環，喘著氣衝到那戴墨鏡年輕人的前面。

「哇哈，羅同，是你。」年輕人放下手中的大行李箱，張開手臂，親熱的擁抱給他套上花環的壯漢。

「好傢伙，現在是馳名國際的遺傳學家董其昌博士。」羅同忘形的喊著。

兩旁的人被他這一喊，紛紛把眼光投向董其昌，不約而同的驚嘆：

「嘖嘖，這麼年輕的科學家。」

董其昌也旁若無人的猛搖羅同：

「你也不賴啊，堂堂的羅總經理，青年才俊呢。」

「哈哈哈哈。」羅同替他提起一只皮箱，兩人並肩踏出了機場。

上了計程車，董其昌立刻想要見到藍教授。他知道自己的一切成就，都要歸功於藍教授的那番話。

在計程車裡，董其昌打量著羅同。

「羅同，真想不到你竟會從商。」董其昌拉拉脖子上的鮮紅領帶，十分感慨的說：「我一直認為你會是個成功的科學家。」

「哈哈。」羅同依然爽朗如昔：「人的命運本來就不可捉摸的。當初我自己也料不到會走入商界。現在把大學時代的東西都忘光啦。」

「我也沒想到會有今天。」董其昌忽然回憶起大學時代和羅同在果蠅培養室裡的一切，忍不住又笑了起來：

「哈哈，基因，染色體？遺傳學博士？」

羅同像想起了什麼，也大笑了起來。

他們回到了母校，果蠅培養室依舊，研究室依舊。藍教授依舊，只是歲月在他們的外形上刻下了幾道痕跡。藍教授和自己已有成就的學生開懷的暢談往事，笑聲迴盪在研究室的小小空間。

忽然，藍教授像想起了什麼，收斂了笑容，鄭重其事的對董其昌說：

「董其昌，你的成功不用謝我，你要謝，謝羅同。」

「羅同？」董其昌側過頭來，羅同面帶微笑有幾分得意。

「不錯。」藍教授點燃一根菸：「記得我那次喊你到研究室來嗎？」

「當然，我畢生難忘。」董其昌面帶感激。

「其實那只能算是一齣戲。」藍教授噴了一口煙，似乎跌入回憶的深谷：「記得那一次因為你的報告寫得太敷衍，我當時大發雷霆，本來想把你當了。剛好羅同在我旁邊替我登記成績，他連忙替你求情，並且告訴我你的一切，他說你所欠缺的正是信心，他說你太迷信遺傳，相信自己永無成功之日。因此他苦苦哀求我，要我不妨試驗一次，騙你說你很有天分。因為羅同說，他真的相信你有天分。」

「我——」董其昌傻住了。他茫然的望著身旁的羅同，羅同向他點點頭。

「我一直相信自己是天才，至少我整整作了八年天才夢。我這八年就完全靠這一點信心來維持。」董其昌喃喃自語。

「現在夢醒了嗎？」藍教授噴了一口煙，開個玩笑。

「夢醒了，可是，也成功了。」羅同在一旁笑著說。

董其昌從研究室出來，遠遠遙望到籃球場，他走了過去。

他又看見了哈比，穿著淺灰色衛生衣，木訥的坐在升旗台的階梯上，傻楞楞的瞧著球場，球場沒有人。

哈比所患的是一種先天性呆癡症，又聾又啞，這些都是遺傳而來的，董其昌想著，不免產生濃濃的感傷。

「哈比，還認得我吧？」董其昌走到哈比面前，友善的伸出了手。

哈比露齒而笑，一張臉依然像是掉進泥沼裡的籃球，只是這顆籃球已不再光滑，上面明顯的有了幾條皺紋。

八年的時光，對哈比而言，就只是這些皺紋罷了。

哈比也伸出那隻肥大而骯髒的手，和董其昌握了起來。董其昌一甩頭，向他作了一個手勢：「走，好久沒請你吃茶葉蛋了。」

哈比從台階上跳了下來。太陽照在他那張幾年不曾刷洗的臉上，他還是快樂的，至少他那笑容依然不減。

笛・沙鷗

放暑假的日子，年輕人爬在山頂，潛在水底。而孟天爵卻面對著鐵籠裡的小白鼠發呆。小白鼠轉動著圓溜溜的小眼球，翹著幾根鐵絲般的鬍鬚，隔著鐵籠也瞅著他。鐵架上斜放著一瓶魚肝油，兩根注射筒，三個藥罐子，四袋飼料和一排試管。鐵架的下層堆了十幾本參考書，有些是向圖書館借的，有些是黃教授的。自從放了暑假，他就一個人關在房子裡做這個只有百分之十成功希望的實驗，眼看已經一個月過去了，成功的希望也越來越渺茫。他想起黃教授在期末考後拍著他的肩膀交付這個工作給他時說：

「雖然這個實驗成功的希望不大，但是只要有耐心，或許會有奇蹟出現。我相信我預測的理論是不會錯的。」

黃教授那充滿自信的口吻，和他那在風裡飄啊飄的銀白色鬍鬚，就是使孟天爵能鼓起勇氣閉門不出埋首做這項實驗的精神力量了。他走到編號三的鐵籠旁，伸手抓出一隻小白鼠，小白鼠四肢向外亂蹬，細長的尾巴捲了起來又伸平，他又從鐵架上拿了注射筒吸了半毫升的藥物，便狠狠的從小白鼠的腹腔刺了進去……。

他打開那扇窗子，深深吐了一口氣。這間臨時的實驗室裡到處充滿了腥臭味，剛開始幾天真想嘔吐，日子久了也就習慣了。再過一星期就可以知道結果，不管成功或失敗，至少這個實驗要告一段落。他心裡盤算著：剩下的日子要痛快的玩一陣子，不然馬上又要開學了。

當孟天爵記錄完第三號籠子裡二十隻小白鼠跑完迷津的時間，他已經知道自己成功了。按捺不住心中的興奮，他跳了起來，瘋子般喊著、叫著。只可惜爸媽和弟妹都到溪頭渡假去了，沒有人能分享他此刻的愉悅。他打開窗子向外面穿梭的車輛和行人連吼了三聲，然後坐下來開始整理這些數據和結果。他想，只要整理完就馬上去找黃教授。

花了一個下午的時間終於統計完畢，他鬆了一口氣。轉一個身子，又看見小白鼠用小眼球瞪著他。他向小白鼠拋了一個飛吻：

「哈哈，小白鼠，我成功啦。」

小白鼠沒理會他，伸展了一下細長的尾巴，轉頭吃牠的飼料去了。孟天爵忽然有一種被奚落、嘲弄的感覺。他站起來掛了一個電話給黃教授，想向他報告好消息。電話接通了，卻是師母接的：

「喔，你找黃老師啊？他去南部開會了，大概開學後才會回台北，有事開學再談吧……好的，那再見了。」

放下了電話筒，他感到相當沮喪、洩氣。

因為做完了實驗，第二天孟天爵起床起得很晚。刷牙洗臉吃飯後，他好像失去了些什麼，整個心靈空蕩蕩的，腦袋也像被誰掏空了似的，有經歷一場浩劫後的疲憊感。他顯得急躁不安起來，於是走到唱機旁，從唱片架上挑了一張蕭邦的《仙女》。他想或許仙女那聖潔、嬌朵的姿容可以洗滌蕩清他心中莫名而起的焦慮。可是當聖樂裊裊昇起，孟天爵卻跌入濃霧迷漫的深淵底下，他一躍而起，啪的一聲關掉了唱機。換了一張「木匠兄妹」的熱門專輯。他想或許他們抒情式的發洩可以暫時麻醉一下他此時的煩躁和鬱悶，可是他又宣告失敗。當木匠兄妹用無奈的音調唱著：

「救命，我需要有人來拯救我！」

孟天爵再度躍起，這回他差點把唱機給踢翻。

我怎麼啦？我到底怎麼啦？

日子又過了一天。小白鼠仍然在籠子裡用小眼球瞄著他。他坐立不安、無所適從。和昨天一樣，書和唱片對他已無效。

打開窗子，才發現外頭雨傾瀉得像瀑布般。他奪門而出，揮手攔了一輛計程車，車頂上有三個藍字：「冷氣車」。

「到那裡？」三角臉的司機問他。

「隨便。」他兩眼無神的凝視窗外慘白淒迷的雨。

「什麼？」三角臉疑惑的回過頭來。

「……到西門町吧。」他隨口說。雖然是夏天，他卻冷得直打哆嗦。

從冷氣車裡鑽出來，他又將自己投入雨網中，下一步往那裡走呢？

雨茫茫然的滴著飄著，他吃力的仰起頭來瞥見巨幅的電影廣告牌，有個惡魔張著血盆大口猙獰的笑。

就看場電影吧，他想。

於是一口氣他看了三場電影。然後他漫步在陸橋上，雨比剛才小多了。迎面晃來了一個長髮長鬚的年輕人，摟著一個臉塗得像石膏像而且又戴著金黃色假髮的女孩，尖聲怪叫的和他擦肩而過。接著走來一個把大盤帽壓得低低的高中男生，背著一個好長帶子的書包，書包便在膝蓋上撞來撞去，書包上用紅色墨水歪歪斜斜的塗了一個紅心，又寫了三個英文字：「I Love You」。

孟天爵惡劣的心情忽然達到了極點，像溫度計裡的水銀猛然降至零下幾度。他竟然有一種從陸橋上跳下去的衝動。

我瘋啦？我瘋啦？他吶喊著。冰涼的雨滴使他清醒了些。

淋著雨走回家。信箱裡躺著一封濕漉漉的限時信，信封上的字跡已被雨水洗得模糊不清，但依稀可辨認出發信地點是花蓮。他撕開了信封。

天爵：

在這個低氣壓籠罩，東南西北風亂吹的仲夏夜，我獨自一人在此偏遠的海邊過著與世隔絕的生活，就像《失去的地平線》裡的「香格里拉」。悠閒的日子令人寵辱俱忘，俗念全消。想吾兄乃一忙碌之人，若實驗已結束，我倒有意邀請吾兄來此和小弟相聚，分享這份寧靜。一來可讓此地海風洗洗你在都市污染的身心，二來我們又可以過過那種抵足而臥，地北天南言不及義，八道亂說唱片亂放的日子。反正有這麼一點味道：我煮一壺酒，備有新鮮魚蝦，等你光臨。

你老掉牙的朋友　上

「有這麼一點味道。」這句好熟悉的口頭禪，只有姜明輝會說。姜明輝，老薑。孟天爵想著，錯不了，這傢伙。

籠裡小白鼠瞅著他、瞄著他、瞪著他。外頭的雨唏哩嘩啦又大了起來。

幾乎是毫不考慮的，他開始收拾著行李袋，留下一張字條給還在溪頭渡假的家人。第二天一大早，鎖上了門便啟程動身趕去了花蓮。

孟天爵到了花蓮，一路上向人打聽，又換了兩次車，才到了一處飄著陣陣魚腥味的濱海處。他按著信上的地址找到老薑住的小木屋——他的「香格里拉」。

老薑穿著汗衫短褲，正在窗口看武俠小說。當他發現孟天爵在門檻邊時，瞪大了一雙像小白鼠般的眼睛：

「啊——我操，你是從天上降下來的啊？怎麼連回信都沒回就來了。」

「有這麼一點味道。」孟天爵模仿著老薑的口頭禪：「看你信上形容得如此逍遙自在，我恨不得插翅飛來。我在那裡快悶出病來了。」

老薑連忙接過了他手中的行李箱，指了指屋角的一個小櫃子上的葫蘆狀酒瓶：

「你看，我操，此陳年老酒專為君留，魚蝦也是新鮮的。你先洗個澡，今晚咱們可以把酒臨風，好好聊聊了。」

孟天爵回首遠眺，離此不遠處，就是海灘了，一望無際白茫茫的一片。他瞇著眼睛自言自語：

「我想，我早就該來這裡了。」

「有這麼一點味道。」老薑說著，便從桌子底下抬出了一個大西瓜，切了一盤放在桌上。他忽然想起了什麼似的說：

「對了，天爵，黃教授那個新構想成功了嗎？」

「在收到你限時信的前兩天我剛做完這個實驗，我想大概是成功了。」孟天爵拿起一片西瓜。

「真的？」老董抬起頭，看著窗外：「我常覺得黃教授是個有著可怕才華的怪人。他的新構想總是如此驚世駭俗，好像有一天他會成了宇宙的主宰。」

「宇宙的主宰？」孟天爵楞了一下：「雖然我不信神，可是我也從不敢對科學抱太樂觀的態度。人類常想藉著高超的智慧來駕馭自然，可是卻常常迷失了自己，這種犧牲未免太大。」

「我操！想不到像你這樣的高材生，黃教授最得意的門生，科學界未來的天才，也會有如此想法。我以為你受了黃教授的薰陶，快成了科學怪人了。」老董一邊收拾著零亂的房間，一邊還不忘挖苦孟天爵。

「別提這些了。你不知道我這些日子突然焦躁不安，不知道為什麼。」孟天爵啃了一口西瓜說：「這幾天，我想單獨一個人到海邊去找靈感。」

「找靈感？我操，難道你也會寫詩、寫小說不成？」老董一副不相信的樣子，把尾音拖得好長。

「不，我一竅不通。誰規定只有詩人、小說家才有權利找尋靈感？」孟天爵把西瓜皮往窗外用力一扔，很不服氣：「我倒認為越是埋藏在心靈深處的東西越珍貴，如果用詩、用小說來抒發這份情感，已經影響到這份靈感的完整。」

「真看不出來呢，好像真有這麼一點味道。嘖嘖。」老董扮了一個怪相說：「好吧，明天早上你就一個人去海邊找你的靈感吧，不過別迷了路哇。」

晚上，孟天爵和老薑都喝了一點酒，天南地北的聊至深夜，一直到兩人都有了些微的醉意，才爬上床抵足而眠，一覺睡到天亮。

孟天爵一個人走在沙灘上，靜靜傾聽著潮水聲，除此之外，整個沙灘靜悄悄的。方方稜稜的細沙在陽光下閃閃爍爍，從無垠的這頭鋪延向無垠的那頭，有規律的起伏褶皺，成了流蘇般的輕浪。偶或有漁人踩踏的足跡，卻早已被剛才的一陣風所抹去。他幾乎產生了一種錯覺：這裡已經不是地球，而是月球，甚至是更遙遠的火星。在他過去二十年的生活中，從未有過像此刻陌生而寧靜的氣氛，這種感受真是前所未有的。

遠處叢林裡有個黑點正向他這裡移動，像《阿拉伯勞倫斯》裡荒漠上的那個旋風般的黑點，逐漸在他眼前擴大、擴大，當他看清楚了這黑點，卻恍若跌入夢境般，因為他發現這「古怪的星球」上並不只有他一個人，另外向他走來的這個人竟是穿著黑衣黑裙的女孩，她有著一張蒼白卻惹人憐愛的臉龐。

「喂，你好。」孟天爵先向她搭訕。

「你是這裡的遊客？」女孩甩一甩披肩黑髮，用疑惑的大眼睛瞧著他。

「不，我……我是我朋友的朋友，我──」孟天爵一時不知如何解釋自己的身分，尤其是當他接觸到那雙深不可測的眸子，便像著了魔般語無倫次起來。

那黑衣女孩笑而不語。海風輕拂她纖細的柔髮，髮梢便迎風飛了起來。蒼白的臉上，兩顆眼睛如同兩口深井。

「我叫孟天爵，正在大學唸書。因為放了假，才想到來朋友家住幾天，我的朋友叫姜明輝，他住在那間小木屋裡。」他企圖打破這份僵局，自我介紹起來。

「……」黑衣女孩輕輕點著頭，抿著嘴不說話。

「我一個暑假都和小白鼠生活在一起，做實驗時感到煩躁，做完實驗感到空虛，我早該來這裡。老實說，這裡是香格里拉。」孟天爵苦苦思索，找著話題。

「住在這兒不怕變得比較消極？」黑衣女孩抬起頭說了第二句話。

「也算不上消極吧。」他掀了掀眉毛：「現在，我倒有一種超脫一切而昇華的感覺。」他把兩手高舉向上做成一個V字形，他忽然想起了實驗室裡的小白鼠：

「我現在就好像被關在籠子裡的小白鼠被放逐到一片廣闊的草原上。我自由極了！快活極了！」

「……」黑衣女孩微笑著看他。

「我常常突然會感到人活得沒多大意思。我原以為科學和物質文明會帶給我安定的力量，於是我信仰它。可是現在我倒寧願一輩子住在這海邊。」孟天爵踢起了一把沙子，他看看身邊這女孩真奇怪，老是不說話，於是乾脆自顧自的說了起來：

「對了，我想起一首詩來，背給你聽聽：

曬網夕陽斜，攜壺入荻花，

平生誤識字，恨不作漁家，

此時此景，我倒真能體會呢。」

「這是元朝李存的詩句。」黑衣女孩輕描淡寫的說：「但是這只是一種錯覺，你還是屬於文明社會裡的人，你還是要鑽回你那老鼠籠裡面。」

「這……」孟天爵暗暗吃了一驚，剛才那首詩是他在一幅國畫上背下來的，怎麼這女孩也曉得？而且這女孩的每句話都像把犀利的刀，毫不留情的插入他的致命傷。他有些不服氣：

「看來，你對詩詞的造詣一定頗深了？」

「……」女孩淺淺一笑搖搖頭，兩個小酒窩凹了進去。

「我雖然是唸科學的，可是家父是位國畫大師。」孟天爵似乎有意要賣弄自己的家世：

「因此我從小就受了家父的薰陶。當他鋪了一張紙要作畫時，我就趴在桌上替他磨墨。我喜歡家父筆下的山川鳥獸人物，總是那樣飄逸瀟脫。那種豪放卻又內斂的意境，在西洋畫裡很難找到。尤其是加上幾句詩，那種詩中有畫，畫中有詩……」

「……」女孩子皺皺眉頭，似乎在嫌孟天爵嚕嘛。孟天爵很「機警」，他立刻把話停住。

但是才過一會兒，他又開始了：

「記得小時候，家父常畫一幅布袋和尚側臥的圖，我挺喜歡那胖和尚的大肚皮，像個吹脹了的汽球。」他自己先笑了起來：「後來長大之後，卻對這幅畫上所題的幾個字發生興趣。雖然它蘊藏了深奧的哲理，卻表現得如此簡單。」

「哦？」這回女孩子似乎發生了興趣，兩口深井發出光芒：「你說說看。」

「行也布袋，坐也布袋，放下布袋，何等自在。」

「……」女孩子頻頻點頭，似乎正咀嚼著這十六個字。後來她俏皮的一笑：「那你現在可是放下布袋，何等自在囉？」

「哈哈。」孟天爵開懷的大笑，拍著肚子，正如同布袋和尚拍著他的大肚皮般。他知道自己遇上了一個相當聰明的女孩。

「其實，我覺得，」女孩忽然收斂了笑容，很嚴肅的說：「人有一些布袋是一輩子都放不下的。」

「……」孟天爵若有所悟，不再開口。

天邊幾朵烏雲飄來。一艘油漆脫落而斑斑駁駁的漁船停泊在沙灘上，這種角度看去，就像是一幅油畫，線條很鮮明而突出。孟天爵指了指那艘漁船說：

「我們爬到那艘船上去好不好？」

女孩天真的笑了起來，露出一口雪白的貝齒，點了點頭。於是他們像兩個青梅竹馬的小孩，跑向那艘船，他扶著她爬了上去。

此時遠處有幾隻白色的水鳥低低滑翔，恍若在五線譜上勾勒著音符，悠閒、安逸而輕巧。

「這些是什麼鳥？」他問。

「最前面的那隻叫岳納珊。」她指了指那群低飛的鳥群。

「岳納珊？」孟天爵立刻想到《天地一沙鷗》，恍然大悟：「你是說沙鷗？」

孟天爵興奮的踮起了腳跟，用一手遮著額頭像孫悟空般的遠眺著。對於一個在城市裡長大的孩子，從來也不曾夢想過能在海邊看到沙鷗——那似乎是只能蹲在家裡看《彩色世界》才能見到的東西。他目不轉睛的盯著鷗群：

「哇，太美了，看牠們遨然飛翔的模樣，真令人羨慕。我恨不得插上翅膀也變成沙鷗。」

「是嗎？」她側過頭，用眼睛如此問他。

他抿著嘴思考一下，立刻又糾正了自己的想法：

「喔，不對。牠們此刻正聚精會神的找食物，牠們只求填飽肚子而已，應該不會很逍遙的。沙鷗也和人一樣，和所有的生物都一樣。」

孟天爵心裡有些難過，他察覺自己也只不過是「人」這種生物罷了。他的優越感忽然蕩

然無存。

地平線在海的那一端。兩隻沙鷗正朝著地平線的方向飛去，可是不管怎麼飛，牠們始終無法縮短牠們和地平線之間的距離，因為地平線也一直不斷的在延伸。孟天爵忽然又感傷了起來：

「假如把地平線看成一個最高的理想，那麼沙鷗這輩子休想達到那個目標。人類研究科學也一樣，朝著那個不會失去的地平線去努力奮鬥，縱然他們有信心，可是事實終歸是事實，他們永遠也別想達到那個目標。這是人類最大的悲劇。」

「你很像一個受過科學訓練的人，」女孩子一手扶著船緣，一手掠了掠額前的髮絲：「凡事都要講道理，而且要扯上一點科學。」

「我……」他搔了搔頭有些臉紅：「只是這些問題常常困擾我。」

「我也常站在這兒看沙鷗，但是我比你樂觀。」

孟天爵仍然凝視著低飛的沙鷗。

忽然烏雲漸密，一層層陰影像黑幕般罩在海面，罩在漁船上。正懷疑今天的太陽怎麼提早下山的當兒，豆大的雨點嘩啦一下，一點也不動聲色的灑了下來。

孟天爵反射似的從船緣跳了下來，拉起黑衣女孩的手就往後面的一個大岩石奔跑。跑了二十多步，正好岩石邊有個深深的凹陷，好像一個天然的蔽雨棚。他們鑽了進去，但是衣服都濕透了。

「其實，我很喜歡淋雨。」她微喘著氣。

「我也一樣，」孟天爵拉了一把濕黏的衣服：「如果你是個男孩子，那我們現在就衝出去讓雨淋個痛快。可惜，看你這麼單薄的身子，淋一下雨就會病倒的。」

她臉上閃過一層陰翳，卻很快化為一種不服輸的嬌嗔，可是究竟她還是默認了。她抬頭指著外面白茫茫的一片：

「那些沙鷗都不見了。」

孟天爵順著她手勢望去，果然不見沙鷗的蹤影。白茫茫的大海上密密織著白茫茫的雨絲，氤氤氳氳的像蒸騰的霧氣。

「牠們也避雨去了。」他說。

「沙鷗不見了，不見了……」她喃喃自語。

「對了，我又想起了一首詩。」孟天爵忽然興致勃勃的，好像在濛濛細雨的海邊，只有談詩詞比較有情調：

「水畔人家竹繞扉，明月江上棹船歸。

一篙打得蘆花響，驚起沙鷗拍拍飛。」

孟天爵自我陶醉的搖擺著腦袋。

「……」女孩凝視遠方，眸子裡閃耀著異樣的光彩。雨仍然密密的編織著它們編不完的網。

孟天爵不知道女孩子是否注意到他背的詩，於是又抓抓濕淋淋的頭髮，自我解嘲一番：「其實住在都市裡的人，永遠看不到沙鷗，他們只會拿掃帚趕鴨子，強打鴨子上架，正是：一掃帚打得鴨籠響，驚起群鴨拍拍飛。」

女孩子終於笑了笑，孟天爵有幾分得意，他覺得自己還頗有「幽默感」。

雨停了。他們從岩石的凹洞裡鑽出來，空氣中夾雜著大雨過後所特有的那種濕濕熱熱的沙土味。

「衣服濕透，風又大，我該走了。」女孩說。

「欸，我還沒請教尊姓大名呢。」孟天爵笑著說。

「我？你就叫我『欸』好了。」

「欸？哈哈，不錯。好吧，欸，你住在這海邊嗎？」

「不，我住在海底。」她向海底指了指。

「那你一定是東海龍王的女兒了。」

「……」她笑著點點頭。

「不管你是誰，我有一句很冒失的話想說。」孟天爵鼓起了勇氣，大膽的注視著她：

「能和你在一起聊天，看沙鷗，我好像生活在另一個世界裡，我好耽心它稍縱即逝。我……我希望還有機會遇到你。」

「這……」女孩猶豫了一下：「有此必要嗎？」

「有的。真的，有此必要。」孟天爵斬釘截鐵的說。

「……」她低頭不語。

「這不算是苛求吧？你知道，我很快就要離開這裡，回到你所說的籠子裡。我只希望能和你多聊幾句，真的，僅此而已，別無所求。」孟天爵的聲音竟有些喑啞。

「好吧，今晚七點。」她一甩長髮，肯定的說：「就在這裡，我會再來。」

「真的？」孟天爵變得像小孩般：「不能騙我哦，七點整，我準時來。」

黑衣女孩朝他笑笑，轉身便朝原來方向走去。海風將她衣角吹得飄啊飄的，在那一剎那，孟天爵真覺得她是海龍王的女兒。他呆立海邊注視著黑點逐漸變小，然後消失在那一端的樹叢裡。

回到小木屋，孟天爵把這一天的奇遇一五一十的告訴了老薑。

老薑哈哈笑了起來：

「我操，天爵，你艷福不淺，遇上一個女鬼啦。」

「胡說。我還拉過她的手，是暖暖的，是人，不是鬼。」

「我也在海邊遇過這女孩，總是穿著全黑或全白的衣裙，我認識她。」老董賣了一個關子。

「你知道她的來歷？」

「她姓陶，叫陶玉雁，原來是在北部一所大學唸哲學的學生，後來大概因為體弱多病就休學了。她的舅舅在這兒有幢別墅，就是那堆叢林裡紅色磚瓦的那間。」老董朝窗外指了指：「上個月陶玉雁就搬來這兒和她舅舅住一塊兒，據說是來養病的。」

「這簡直就像電影小說裡的情節嘛，難怪她臉色好蒼白。」孟天爵用手撐著頭，不可思議似的笑著。

「哈哈，就有這麼一點味道。」老董用食指揩了一下鼻子。

「我總覺得她給人一種莫測高深的感覺。」

「是的，的確有這麼一點味道。」

「雖然她不愛說話，可是每句話都有一種說不出的魔力。」孟天爵似乎在回味著。

「我操，我看你是著了她的魔了。」

「我已經約了她，就在今天晚上。」

「你真快啊，天爵，嘖嘖。」老董又扮著鬼臉。

「別那副德性，我只想和她聊聊，不像你一肚子鬼。」

「難說咧，知人知面不知心哩。」

「老薑，我們相處三年了，你知道這方面我是相當保守……」

「這不叫保守，這叫不動聲色，以退為進。我操，武俠小說裡功力越高越是如此。」

「留點口德吧，老薑。」

晚飯孟天爵隨便囫圇吞了些飯菜，抹了抹嘴唇，才六點半，就趕去了海邊。

原是絢爛的紅霞，因沙鷗的匿跡，卻也變得鬱鬱寡歡，它為層層捲雲所滾燙的金邊也褪了色。遠處參差的叢林佇立在沙上，如同一把把正待熄滅的黑色火炬，頂上彷彿還冒著黑色濃煙，把原本蔚藍和金黃的天空，薰成一大片灰濛濛的。

星星若隱若現，海風依然夾雜著鹹鹹的魚腥味。

七點整。陶玉雁仍然一襲黑衫，在細軟的微風飄著輕盈的體態。

他們誰也沒先開口。

泊泊的舟聲在深夜的海邊迴蕩，是一闋深奧難懂的詞曲，它悄悄訴說著滄海桑田的故事和宇宙的秘密。平凡人的耳朵在此時是不管用的，只有一顆最敏銳的心，才能傾聽到那來自千億年前最原始的呼吸。

遠處深紅色燈塔的倒影映在海面，在黑山黑水的烘托下，晃動著咄咄逼人的光芒，是亞瑟王臨終時，叫貝地維爾所擲入湖底的那把寶劍，靜悄悄的伴著星子守著黑夜。

孟天爵側臉凝望身旁的女孩。就是這雙眸子，好像要把人看穿了似的眸子，如今在寂寂濃夜裡，卻彷如迷失叢林的一雙小粉蝶，鼓著白色的小翅膀，鼓著滿眶的迷濛。雖然她近在咫尺，卻又彷彿遙不可及。

「欸！」孟天爵打破了緘默：「我知道，你叫陶玉雁，聽我朋友說，你是住在這兒養病的？」

「……」她點了點頭。

「有沒有繼續唸書的計畫？」

「難說。我知道我的病很難痊癒。雖然醫生、舅舅都安慰我說靜養一段日子就好，但是還是自己最瞭解自己。」

「別這麼悲觀。其實自己一個人在海邊唸書，收穫更大。」

「我並不悲觀，你知道。」她看著自己的手指：「就算生命的火即將熄滅的一刻，我依然樂觀。」

「……」孟天爵無言以對。

「我很慶幸自己能有一段靜靜思考的時間。你應該羨慕我，許多人忙碌了一生，從來不曾靜靜思考過一些人生中最重要的問題。」陶玉雁仰著臉笑笑，毫無牽掛。

「……」孟天爵默默不語。

「你聽。」陶玉雁忽然壓低了嗓門。

孟天爵吃了一驚，耳朵豎了起來。

一陣管樂器的聲音不知從東南西北那個方向飄蕩過來。

「是簫聲？」他問。

「不，一定是笛聲。」陶玉雁肯定的說：「簫聲通常比較低沉、悲切，這種是笛聲。」

劃過漆黑的長空，笛聲斷斷續續地流過黑色海面，清清脆脆的滾落在緘靜寂寞的沙灘上。陶玉雁的眼瞳在那一瞬間閃爍著晶瑩的波光，緊抿著的嘴角，使得孟天爵全身流竄過一道戰慄的電光石火。是海風吹得笛音如此顫抖，亦或是自己心絃因笛音而驚悸？孟天爵將目光投向一片無垠的穹蒼，他懷疑這笛音是來自一處黑雲瀰漫的山頂上，操縱人類命運的先知正用乾癟無色的嘴唇吹奏著這根笛子。這種心絃的震撼，是曠古未有的，是盤古用來開天闢地的巨斧？敲打在地殼上，一條銅蛇緩緩探出頭來，孟天爵感到天旋地轉。恍恍惚惚下了一場淒淒冷雨，枯黃的葉片唿唿嗦嗦落自乾瘦的枝椏。寒風颳起陣陣塵沙，在瑟瑟裡，有誰能替他去撿拾那支支離離破破碎碎的殘冬？在雲譎波詭的笛音中，孟天爵感到奄奄一息，生命之火在他心靈幽暗處已將熄滅。

笛音忽而飄渺，忽而蕭颯，忽而昏瞑，逐漸萎弱癱軟了下來，猶如一根殘燭在風中晃動著最後一絲火焰，由橘紅而慘綠，漸成青白……。

孟天爵跪倒在青白的燭焰下，臉色如同燭焰，汗水濕透他衣衫。隱約中一條潺潺的靈溪，蜿蜒曲折的繞過叢林翻過山頭流向迷濛的遠方，他用微弱的目光瞥見一道波光出現在靈溪中，那是陶玉雁眼瞳中的波光！千真萬確的。他抬起頭來，發現兩道矯捷的白色影子在靈溪上轉了一個大彎翻了一個身子，向上直飛而去。那是沙鷗，是沙鷗，千真萬確的。潺潺河流急轉而下，頓成滾滾波濤、洶湧而來，一瞬間雲蒸霞蔚、光芒萬丈！孟天爵從昏厥中蘇醒過來。生命之光在他心中再度點燃，發出熊熊火焰。

禁錮的靈魂爬出了黝黯霉濕的泥沼。他嗅到了生命之泉的芬芳。生命之泉汩汩淌出的是活命水，他就是手持活命水的王子，奔馳於閃爍耀眼的金子大道之上。

不知何時，笛聲消失。陶玉雁正朝著他微笑。

他摸摸面頰，竟已濕了一大片。

從口袋裡掏出了手帕，揩去了面頰上的淚水，然後對她傻笑：

「這笛子吹得真好。」

「剛才那首曲子是『鷓鴣飛』，從前我聽過。」

「從前你在海邊聽過這笛聲嗎？」

「沒有。」她搖著頭：「從未有過。」

「我從前只想像過畫樓吹笛的景象，卻不知在深夜海邊聞笛是這般扣人心絃。」

「你剛才哭了？」

「我……」孟天爵張大了嘴：「我也莫名其妙。朋友、同學都說我是鐵石心腸、最理智。可是今晚的笛聲，我……」

「我瞭解你此刻複雜的心情，」陶玉雁笑笑：「或許這笛聲是為你而吹的呢。」

「你瞭解我？笛子為我而吹？」孟天爵不解的問。

「……」陶玉雁點點頭：「當然，我們也沒有必要去知道笛子是誰吹的，因為那已經無關緊要。」

孟天爵仔細的又打量了身邊的女孩。他不瞭解她。

乳白的月光輕抹在她半仰而蒼白的臉上，直挺的鼻樑上那潮濕的瞳孔裡閃著晶亮的黑，猶如一泓星夜下的汪洋，蘊藏著無限深邃與玄奧。

緘默的沙灘已找不到一絲笛音滾落的痕跡。

「今晚已經吹了太多風，我想該走了。我有點吃不消了。」陶玉雁臉色變得慘白，在月光下分外可怕。

「我送你回別墅。」孟天爵走近了一步。

「不，不用。」陶玉雁搖了搖頭。

「天這麼黑，你——」

「不用耽心，有星光。從前晚上我也常一個人到沙灘。」她笑了笑，依然有幾分俏皮：「不過從前都沒聽過笛聲。」

「那我們明天？」

「……」

「明天早晨我們到這兒看晨曦一定很美。」他有些興奮。

「不。」她說：「我想，明天我不能來了。」

「為什麼？」

「不為什麼。」

她拉了拉衣領，向前走了幾步，回頭看著孟天爵：

「就這樣分手不也很好嗎？」

「這──」孟天爵伸出一隻手，卻又縮了回來。

兩分鐘後，黑夜吞噬了那黑衣女孩，消失在黑漆漆的叢林中。

孟天爵懷著一顆複雜的心，走回了小木屋，一語不發。老薑逗他講話，他都只搖搖頭說：

「我很疲倦，我要睡了。」

事實上，這一晚他翻來覆去，根本沒睡著。

他的眼前飛滿了沙鷗，耳邊充滿了笛聲。

第二天一大早他就揉著紅腫的雙眼去了海邊，他不相信陶玉雁真的會不來。

太陽緩緩探出頭來，她果然沒來。

太陽緩緩縮回頭去，她仍舊沒來。

晚上不再有笛聲，不再有黑衣女孩的影子。

他一個人在海邊，只剩沙鷗飛翔在地平線上。

孟天爵終於失望的整理行囊，向老薑告別：

「謝了，老薑。你給我一段最難忘的時光。開學後再見吧，不過有件事想麻煩你……」

「瞧你失魂落魄的樣子，我知道，一有陶玉雁的消息，我就通知你，是不是？」老薑有「這麼一點」同情的「味道」。

「……」孟天爵點了點頭，苦笑一陣。

「唉，真搞不懂。你變得好多。好了，走吧，我送你一程。」老薑接過孟天爵手中的行李箱，便大步跨出了小木屋。孟天爵低著頭走在後面。

孟天爵回到台北，又走進了他的實驗室。

小白鼠依舊用圓溜溜的小眼睛瞪著他。

他翻了翻桌上的實驗數據和結果，打了通電話給黃教授。很意外的，是黃教授自己接

的：

「哈哈，是天爵啊？實驗做完了吧？」

「老師，告訴你一個好消息。」他又顯得很興奮：「我成功了！」

「真的？」黃教授帶著不相信的口氣：「那先恭喜你啦。你把你實驗的整個過程說一遍，再把結果報告一遍。我已經等不及了呢。」

「好的。」孟天爵用肩膀和面頰夾著電話筒，雙手去拿桌上的報告，然後開始大聲唸給黃教授聽。

當他才報告了一半，只聽到黃教授在電話機的那一端打斷了他：

「慢點，你把第四步過程再說一遍。」

孟天爵楞了一下，便重複的唸了一遍第四步的過程。

「錯了，錯了。」電話筒那頭傳來了黃教授的吼聲：

「藥品配錯了。你白費了一個暑假，全都做錯了。」

「……」孟天爵呆立在電話機旁，臉上毫無表情。他想了想，最後才吐了幾個字：

「對不起，黃老師，我太粗心了。」

然後他掛斷了電話，頹然跌坐在椅子上。

「你白費了一個暑假，你白費了一個暑假！」黃教授的話在耳畔反覆著。

孟天爵也覺得有些怪異，怎麼自己一點也不難過。從前只要做一個小實驗失敗，他都會沮喪得三天吃不下飯，這一回如此大的失敗，他竟然一點也不傷心。他百思不解，一個實驗的失敗，一個暑假的浪費，可惜嗎？孟天爵反覆的問著自己。

許多人一生都是失敗的，許多人整個生命都浪費了，而我，區區這一點失敗，這一點點浪費算什麼？孟天爵自我安慰了一番，想著便推開窗子，猛吸了一口新鮮空氣。

他恍恍惚惚的看到了兩隻沙鷗正飛向地平線，拚命的飛，拚命的飛，鼓著雙翼，勇往直前。他隱隱約約的又聽到了那笛音，他好像又聞到了生命之泉的芬芳。

註冊那天，孟天爵在圖書館門口遇到了老薑。老薑似乎有話要講，把他拉到一旁，從背包裡掏出了一個卡式錄音帶塞給他：

「這是陶玉雁留給你的遺物。」

「這……」孟天爵感到一陣頭昏眼花。

「……」老薑把頭低了下去。

「什麼？你，你再說一遍。」孟天爵看著那個小小的方盒子，腦筋突然呈現一片空白。

「好吧，你仔細聽著。」老薑用手玩弄著手中的錄音帶：「在你走以後的一個多星期，我遇到了陶玉雁的舅舅——就是那幢別墅的主人，他紅著眼睛告訴我說：陶玉雁終於逃不過病魔無情的折磨，她離開了這個煩囂的塵世，去了那個安詳而和平的樂土，臨去前，她把這

個錄音帶交代她舅舅，說要送給一個叫孟天爵的男孩……。」

「……」孟天爵接過了老薑手中的錄音帶，說不出話來。

「據她舅舅說，這錄音帶裡面是陶玉雁自己吹奏的一段笛子，曲名是『鷓鴣飛』。」老薑繼續說：「某天晚上，陶玉雁離開別墅之後，交代她舅舅要把這段笛聲用擴音器播放出來。」

孟天爵把錄音帶緊握在手掌中，沒有再說一個字。

他走回了實驗室。

依舊是一瓶魚肝油，兩根注射筒，三個藥罐子，四袋飼料。

小白鼠依然用圓溜溜的眼球瞪著他。

他望著籠裡的小白鼠發呆。然後他奔回臥室，撲倒在彈簧床上嚎啕大哭了起來。

蛹之生

1

北上的火車一路隆隆前進，把道旁的青山、綠樹一股腦的往後拋。唯一拋不掉的是殘存了一夏季的蝴蝶，像一朵朵會跳躍的蘭花。車窗縫裡透進來一絲陽光，便映在車廂裡每個旅客的臉上、身上。當然，它也映紅了坐在最前排的兩位留著平頭的大男孩。他們看起來毫無倦容且精神抖擻，但是他們彼此似乎並不認識。其中一個高高瘦瘦穿著藍條襯衫的先開口：

「請教貴姓？是不是北上唸書的？」

那個穿著白上衣、黃卡其褲、塊頭很大但顯得有些邋遢的男孩，把手上的書本闔了起來，先看了看眼前這個高瘦的男孩，然後再看一眼自己的這身打扮，忽然朗聲笑了起來：

「我叫秦泉，秦始皇的秦，泉水的泉。今年才考上政大中文系。看樣子，你也是……」

一字一句像是晴天霹靂。

「我姓趙，叫趙一風，一是一二三四的一，風是颳風下雨的風，和你一樣是freshman，師大生物系。」

於是他們便聊開了，從自己的高中生活，談到大專聯考線上的掙扎和對未來的憧憬。一下子竟熱絡得像多年不見的老朋友。

「聽說台北大學生很羅曼蒂克的，郊遊、爬山、舞會、泡咖啡廳，還有——罩馬子。」秦泉把手上的書揮了揮，是一本新潮文庫的書——《沙特自傳》。封面上戴著眼鏡的沙特便在趙一風眼前晃啊晃的，幾乎把眼鏡給晃掉。

「我也聽說是這樣。不過那可能是你們文學院的事，據說我們理學院的學生功課繁重，比高中時還苦，根本沒時間去玩。何況我離開家時，爸爸一再交代我，唸大學一定要把書唸好，多充實自己，不要被那些五花八門的活動搞昏了頭！」趙一風望著窗外，似乎回憶著年邁的父親那天晚上給他的訓誡。

「那你老爸還真不錯。我老爸打從我唸高中開始就實行民主憲政。他說，高中生就該開始練習獨立思考的能力。所以我就整天捧著沙特、祈克果、卡繆的書啃，越啃越不對勁，覺得和同學格格不入。於是我就把這些書都鎖進抽屜，開始到我老爸的書房找中國的線裝書來唸，像《淮南子》、《楚辭》、《莊子》等……」秦泉顯得有些眉飛色舞：「別人都說我狂，我想狂就狂吧，總比那些鼠輩們畏畏葸葸的好。高二那年我編了一年的校刊，最不服氣的，就是那些稿子都要經過訓導處審查，好像怕我思想有問題似的。其實，就算偏激了點，也是

給學校善意的忠告啊！」

「其實審查並不代表言論不自由，只是因為我們還太年輕，往往流於謾罵，而沒有建設性。大部分高中生，還寫不出真正有分量的東西。我覺得還是多充實自己、多唸點書，才有資格講話。並不是唸了幾本沙特或卡繆就可以有獨立思考的能力。」趙一風澆了秦泉一盆冷水，秦泉頓時耳根有些發熱，拳頭還握得緊緊的，似乎還想說些什麼，可是又說不上來。嘴仍張著，大概還是不服氣吧。不過面對著剛認識不久的趙一風，似乎又不便發脾氣，於是他吁了一口氣，把拳頭鬆了：

「也許你對。希望將來唸了大學，能讓我有建立自己價值標準的能力。」他轉了一個話題：「對了，你考的系是不是你的興趣？」

「還好。」趙一風笑了笑：「我從小就喜歡大自然的一切蟲魚鳥獸，所以選了丙組。不過當初我還把醫科填了第一志願，是姊姊要我填的，她說當醫生好賺錢。人總是矛盾的？還好少考了幾十分，不然現在就準備和國父同行啦。」

「我考中文系，倒是第一志願，我老爸很開明，他自己也是學文的，他說，你喜歡唸中文就去唸吧。本來我的分數大可進那些所謂熱門的系。別人都笑我傻，其實，傻就傻吧。有一天，當全世界都只有聰明人時，也就是世界末日了。」說著說著，秦泉又激動了起來，拳頭又握緊了：「大多數的人都盲目崇拜西方的文化、模仿西方，他們認為自己的東西是老古董、不值錢。可是他們唸了幾本中國古書?充其量也只不過是《論語》、《孟子》、《唐詩三百首》、《古文觀止》、《紅樓夢》之類的，他們連瞧不起自己文化的資格都沒有。」

趙一風面對著這麼一個陌生人，忽然覺得他像自己的老朋友般親切。雖然他說話口氣很狂、很偏激，但是卻給人一種很有見地的感覺，趙一風喜歡這種朋友。

「秦泉，我看你老喜歡握拳頭，是不是常打架?」

「好小子，你亂會猜的，我正是高中拳擊校隊，中乙級，平常喜歡打抱不平，予豈好打哉?予不得已也。」他揮了揮大拳頭，像誇耀他過去的戰績:「不過，唸大學後大概要收斂收斂了。大學生?噢，聽起來似乎該是很斯文的。咦，對了，我第一眼就有預感，你會打籃球。看你的身材像是那一型的。」

「好小子，你也很會猜嘛。」趙一風猛拍了他肩膀一下:「我高中也是打校隊的。打前鋒，南征北討的參加過幾次重要戰役。」

於是他們兩個人不約而同的笑了，互相重新估量了對方一下，頗有英雄惜英雄的滋味。

他們越談越投機，最後兩個人決定到台北租房子時，最好能住在一起。雖然秦泉喜歡一個人安靜的寫寫文章、看看書，不過在遇上趙一風後，他決定「捨命陪君子」了。

趙一風和秦泉各提了兩個大箱子，穿梭在車輛、人群中四處找紅紙條招貼，累得滿頭大

汗。最後他們看中了公館的一個「吉屋出租」，他們抄下了地址，叫了一輛計程車，把箱子往後堆，按著地址找去了。

計程車停在一家朱底白條的大門前面，秦泉把行李搬下車，趙一風便去揿門鈴。裡面傳出像銀鈴般悅耳的女孩聲音：

「誰啊？」

「是我們，租房子的。」秦泉在門外叫著，太陽曬得他有點煩躁不安。

大門開了，探出了一個留著清湯掛麵的女孩頭來，兩顆烏黑的大眼睛溜啊溜的，嘴角掛著一抹笑。一眼看去就讓人覺得很俏、很淘氣。她面對兩個大男生，竟然毫無懼色，一彎腰擺了一個請進的姿勢，倒把兩個男生嚇了一跳，便傻呼呼的跟著她往裡面走。那女孩穿著天藍色喇叭褲，寬大的褲管隨著她輕盈的步子左搖右晃的，秦泉低聲的對趙一風說：

「台北的女孩子究竟不同啊。」

趙一風會心的笑了一下。

「哥哥，有人來看房子了！」那女孩向屋內喊了一聲。不一會兒一個穿花格襯衫的男孩子便跑了出來。中等身材，戴著一副寬邊眼鏡，文質彬彬的書卷味很濃。他招呼趙一風和秦泉走進客廳，帶他們到左手邊的一間房子去：

「你們看看滿不滿意？我相信還不錯。因為家父家母經常跑香港、美國做生意，留下這幢房子太大，只剩我和妹妹兩個人，所以才想到租一間給學生，也好有個照應。」

秦泉佇立窗前，滿院子的番石榴樹，還有幾盆虎尾蘭和劍蘭。他覺得有點像老家的庭院，有一種親切感。於是他很滿意：

「這裡很安靜，空氣也很新鮮，趙一風，咱們就在此定居吧？」

趙一風看看這裡設備都很齊全，十分滿意，便也點了點頭。

「還沒請教兩位……」那個大男孩扶了一下鏡框很有禮貌的問。

於是趙一風和秦泉便大概介紹了一下自己的姓名、學校。

「唉呀，真巧。我哥哥今年也才剛考上大學，台大經濟系。本人，名叫楊秋蘭，不過大家都叫我小蘭，叫慣了以後，我差點連自己的名字都忘了。有一回考試，我乾脆就在姓名那一欄填上小蘭，後來連老師都叫我小蘭了。我哥哥嘛，他——」小蘭沒等他們介紹完就嘩啦一下打開了話匣子。

「好了，你有完沒完？我自己會介紹自己，不然你又要加油添醋的把我形容一番，我可受不了。」那個剛考上台大經濟系的男孩子打斷了他妹妹的話，也不管她在一旁氣得乾瞪眼，直跺腳：「我叫楊祖業，大概我的父母希望我能繼承祖宗的大業吧。很高興能認識你們，相信我們年齡相同，一定可以相處融洽……」

「少來那一套了，哥哥，你的名字和你的人一樣俗氣。爸爸也真是的，好像怕自己財產被別人繼承了似的，給你取這種名字。」小蘭好像有意報剛才哥哥打斷她話的一箭之仇，又滔滔不絕的說了起來：「我忘了介紹本姑娘的學歷，本人乃北一女高二的高材生，將來有志於從事外交工作，做一個女外交家。」

「就憑你？算了。如果大學有說話系或抬槓系的話，我可以高薪禮聘你去當系主任，想當外交家？恐怕下輩子吧！」楊祖業的嘴也不饒人，小蘭氣得就要衝過去打哥哥，楊祖業早有準備，拔腿就跑，一閃閃到秦泉背後！小蘭一拳便打在秦泉手上，秦泉故意大喊一聲，小蘭立刻縮回了手，兩朵紅霞竟飛到面頰上，秦泉揉著手說：「小妹，謝謝你的見面禮啦。」

趙一風和秦泉看完這對活寶兄妹打鬧，便笑著走進他們的新房間打點行李，準備開始過他們的大學生活了。

2

大一生活一開始就被那些社團的廣告給弄得眼花撩亂，趙一風聽了父親的話，沒敢報名參加任何社團，以免「搞昏了頭」，但班上同學舉辦的慶生會、月夜健行、大露營他都參加了，玩得也很盡興。他們班上男女生人數很平均，不像工教系缺女生，家政系缺男生。所以康樂股長陳西山辦起活動來也特別賣力，同學參加的也很踴躍。當然，也有少數人是從來不曾參加的，譬如有個叫吳霜的女孩子就是一個。提起吳霜，陳西山立即滿腹牢騷。當初新生訓練時，陳西山就曾偷偷指著吳霜對趙一風說：

「這女孩子很不錯，有氣質、有靈性。」

趙一風卻不以為然：

「看女孩子不能老憑外表，什麼氣質、靈性的，我可不信這邪，不講話怎麼知道？」

陳西山卻搓著手笑了起來：

「這你就外行了。有沒有靈性看眼睛，有沒有氣質看鼻子和嘴唇，我是過來人，信不信由你。」

趙一風知道陳西山是唸了一年「中原」後又重考的，難怪常常以「過來人」自居。趙一風便挖苦他一句：

「那麼你兩眼無神、扁鼻子、大嘴巴，你一定最缺乏氣質和靈性了！」

「這……這你又錯了。君不見查理士布朗遜？兩眼無神、扁鼻子、大嘴巴正是目前最流行的男性魅力，叫做性格！哈哈，性格！」

也許就因為陳西山是「過來人」吧，所以他比同班的其他男孩子成熟得多，很懂得如何向女孩子獻殷勤。但是他每回辦活動，約吳霜去，吳霜總是說：

「對不起，我有事不能去。」

這種釘子碰太多了，陳西山到了後來也只有搖頭嘆息的份了。其實他是「過來人」，他早知道每所大學裡面、每個班級內，喜歡參加活動的總是那幾個人，活躍的也總是那幾張熟悉的面孔，而獨來獨往的也是那幾個人。畢竟每個人都有權利選擇自己的生活方式，別人是無權過問的。但是大家對於吳霜從來不曾參加班上的活動，覺得的確有些過分，於是有關她的謠言也特別多：

「吳霜有個男朋友是某大化工系的，天天看他們出雙入對，所以沒時間參加班上的活動。」小魚是包打聽，各種情報資料收集最多，但也最不正確。

「吳霜的父親是某大公司董事長，家財萬貫，所以眼睛長在頭頂上，驕傲、自大，不屑與我們為伍。」這是從吳霜初中同學的哥哥的朋友的姊姊那裡傳來的可靠情報。

「吳霜是虔誠的基督徒，每天要到教堂，不能一天間斷，不然她相信主會懲罰她。」這是對她比較有利的謠言。

「吳霜……」

反正，最後的結論是：吳霜的這種態度惹起「人神共憤」！

男的新鮮人聚在一起，話題總離不開女的新鮮人。趙一風、秦泉、楊祖業三個人在一起的時候，當然也常常喜歡談談自己班上的女孩。

像楊祖業班上嗓門最大的女孩，綽號叫「宇內無敵」的，還有秦泉班上最外向的那女孩，綽號叫「瘋婆」的，和趙一風班上的那位「冰霜美人」——吳霜，在他們這個小天地裡都是「赫赫有名」的，連小蘭都知道，小蘭常常問他哥哥：

「哥哥，今天『宇內無敵』有沒有把你耳膜震破？」

楊祖業總是擺出做哥哥的威嚴：

「鬼丫頭，不懂事，別偷聽我們男生說話！」

秦泉告訴小蘭說：

「我們班上的『瘋婆』是全校聞名的，你遇上她可還是小巫見大巫哩！」

「可惡，你好壞！你是指桑罵槐，我那裡會像瘋婆？我這麼文靜，那一點像瘋婆？你說，你說。」小蘭總仗著自己是小妹妹，逼得秦泉下不了台，秦泉只好舉起雙手投降：

「好啦，好啦。我承認：小蘭是全世界最文靜的女孩！」秦泉故意把文靜兩字誇大的說。

「這還差不多。」小蘭雙手叉著腰，想裝成生氣的樣子，卻又忍不住噗嗤一聲笑了出來。但是她卻沒聽到秦泉低聲的補了一句：

「如果文靜兩個字的定義改變時。」

楊祖業聽了哈哈大笑，然後扶了一下眼鏡說：

「好啦，全世界最文靜的女孩，請你回到你的閨房唸書去，我們也要唸書了。」

這時小蘭才很不情願的走開，回到自己的房間，用力「碰」的一聲把門帶上，楊祖業搖了搖頭。

說來也奇怪，自從和趙一風住在一起後，秦泉寫的小說題目便離不開昆蟲的名字。因為秦泉每次有了新的靈感，就會急著告訴趙一風。趙一風便會發表自己的意見，然後又畫龍點睛似的給他一個有關昆蟲的啟示。所以無巧不成書的，秦泉的小說幾乎每篇都用了一個昆蟲的名字。譬如有一次，秦泉描寫他父親是如何把他們撫育成人，又身兼母職（因為秦泉的母親在生下秦泉後幾個月後便溘然長逝了），吃盡了各種苦頭的情景。趙一風便告訴他，有一種昆蟲叫負子蟲，是當雌蟲產卵之後，把一顆一顆的卵放在雄蟲的背上，讓牠負起保護後代的責任。於是秦泉便把他那篇文章定名為「負子蟲」。又有一篇小說是秦泉描寫一群老處女住在一起，所發生的一些故事。其中主要的是刻劃她們的心理狀態。於是趙一風又提示他，有一種叫山妖的昆蟲，全部是雌的，在牠們的生活圈中沒有雄的蟲，所以是「女人國」，於是秦泉便把山妖那種古怪的動作加在文章裡面，使得文章增色不少，再加上一個題目——「山妖」，便風靡了許多讀者。他們紛紛寫信來，有的讚美他，有的則罵他太「缺德」。不過他們都有一個共同的疑問：為什麼他的文章都是採用昆蟲的名字？當然，沒有人會知道這個秘密，他們都稱秦泉為「昆蟲作家」。所以秦泉常跟趙一風說：

「如果不是你，我的小說總差那麼一點象徵性，上回在北上的火車遇見你，大概是天上文曲星的安排吧。」

秦泉雖然才大一，卻已經是個極富盛名的作家了。提起「輕泉」，一些老作家都搖搖頭說：「長江後浪推前浪。」他擁有不少讀者，他每次發表一篇小說，報社就要替他轉一批新的讀者來函，他經常為此苦惱。因為他除了專心寫小說外，還要應付學校的考試，加上他自己每天又規定要唸幾個小時的書，所以沒太多時間看信和回信。有一回他開玩笑似的對小蘭說：

「小蘭，我聘你為我的私人秘書，替我處理讀者來信，每個月的月薪是我稿費的一半，如何？」

想不到小蘭竟當真了，而且很慷慨的說：「我才不希罕你的薪水。我免費為你服務，不過有個小小條件，你的作品我要第一個過目。」

「那太簡單了，不過怕你哥哥會不同意。那會浪費你不少時間的。」

「少婆婆媽媽了，我願意做誰也管不了，等到我不想做時，哼，就是你給我磕頭我都不幹。」她甩了甩短髮，一副任性的模樣。

後來楊祖業知道了，說：

「有一天秦泉得了諾貝爾文學獎時，少不了在作品的序裡提到私人秘書一筆，到那時候小蘭可就神氣啦！」

於是小蘭便名正言順的成了秦泉的「私人秘書」了。她每次放學回家後，就到秦泉書房「上班」，沒有信的時候就「休假」一天。而秦泉也履行他的諾言，草稿打好了就給「私人秘書」過目。小蘭心腸軟，每回見到比較悲慘的結局時就會提出抗議：

「這個結局太悲慘了，我不喜歡。你不要讓男主角死嘛，受傷就好，好不好嘛？」

可是經過一番「討價還價」之後，秦泉總是維持「原案」，他喜歡處理生死之間的衝突不肯妥協。雖然他們之間偶然有這種小的爭辯，但究竟他們相處還是很愉快。

大一快結束的時候，秦泉的一篇小說——〈濁流〉發表在某報副刊之後，引起了軒然大波！因為他裡面大膽的揭發了目前大學生的許多缺點和弊病，譬如考試舞弊、整日空談、言不及義、思想貧乏而且污染等，像平地起了一聲雷，震撼了許多大學生。平日那些正派的學生個個拍手叫好，可是更有許多人無法原諒他，其中竟有許多是他往日的好朋友，因為他們覺得秦泉這篇文章很直接的影射到他們。於是他在一夜之間，雖然聲名大噪，但也在一夜之間，失去了許多友誼。

秦泉回家後，非常的沮喪，他一向最愛自己的朋友，可是這回他為了仗義執言，冒了得罪朋友的危險還是決定發表這篇文章。他們罵他是「一將功成萬骨枯」，又罵他是「為了滿足自己的發表慾，而不惜犧牲自己的朋友。」當他親耳聽到了這些話，整個心陡然縮成一團，然後又一下子脹得好大好大，擠得他呼吸急促起來。這些話重重的刺傷到了他，於是他買了他有生以來的第一包菸，回到家裡猛抽起來。搓熄的菸蒂堆滿了菸灰缸，他被嗆得連夾香菸的手指都顫抖起來了。小蘭放學回家，剛放下書包正想到秦泉這裡報到，看看有沒有新的讀者來信。可是當她一跨進門，便接觸到秦泉那佈滿血絲的眼睛。煙霧由他鼻孔和嘴裡蓬蓬冒出，整張臉在煙霧中扭曲得很厲害。她被這景色嚇呆了，平日她那種癡憨和天真早被嚇到九霄雲外，於是她囁嚅著：

「秦……秦大哥，怎麼回事？」

秦泉從煙霧瀰漫中緩緩的抬起頭來，心中漲滿的氣球在那一剎那找到了發洩，便炸了開來！他突然粗暴的喊著：

「滾出去！我以後再也不要寫小說了！我也不要你這個鬼秘書了！滾出去！我要把讀者的信全部燒掉！我……」

小蘭睜大了眼睛，像被人狠狠的摑了兩記耳光，整個臉熱辣辣的。她不敢相信這些話會出自秦大哥的口裡。她咬著手指，咬著咬著，豆大的眼淚便順著手指撲簌簌的滴了下來，於是她轉身就奔回自己的房間，關起了房門痛哭起來。

這時恰好趙一風興匆匆的從外面回來。手上正拿著那份報紙，剛好看見了這一幕，像丈二金剛摸不著頭，於是他衝進去指著秦泉說：

「秦泉，你發什麼瘋？你怎麼可以對小蘭這麼兇？」

秦泉像酒醒似的楞了一下，接著便滿臉懊喪的樣子。他喃喃的邊說邊頓足：

「我真該死，真卑鄙！竟然找小蘭做出氣筒！」

他站了起來，用手抓著自己的頭髮，在房間裡急躁的踱步。趙一風一把將他抓住，問他究竟是怎麼回事？於是秦泉便把事情的原委告訴他。一聽之下，趙一風真是氣極了：

「秦泉啊秦泉，虧你還唸了這麼多書？連這點道理都不懂。小說如果不能描寫活生生的社會、描寫活生生的人群，那麼小說便失去了意義。何況小說最終極的目的是要對於現狀有所批評以求改進，我正要慶幸你敢向罪惡挑戰，想不到你自己反而先倒下去了！」

秦泉低頭不語，往日那種慷慨激昂的樣子早已消失無蹤，現在他真像一隻鬥敗的公雞。趙一風不放過他，因為他實在太生氣了，把手上的報紙撕成兩半往地下一扔：

「如果你為了怕失去朋友，迎合大家，那麼你就東妥協、西妥協，那麼你的作品便成了騙稿費的商品，你將成為一個『稿匠』，而不是『作家』。到那時候，就算你贏回了所有的友誼和光榮，便將失去我這個朋友。」趙一風頓了一下，氣得有些口吃，好像要把喉核都給吞了下去：「當然，我這個朋友並沒有什麼優點，但是卻有一點比你其他朋友強，就是我有接受別人批評的雅量。」

趙一風喘了一口氣。他隱隱約約聽到小蘭的哭聲，於是他放低了聲音：

「小蘭毫無條件的替你回讀者的信，替你做了那麼多事，到頭來你還莫名其妙的找她出氣。叫她怎麼不傷心呢？」

趙一風氣呼呼的走出房門，到對面小蘭的房門口，輕輕的敲了敲，沒有回聲，他瞪了秦泉一眼便走出去了。

秦泉知道小蘭受了這麼大的委屈，一定不會原諒他的。他曾經敲了小蘭房門達五、六次之多，都沒有回聲，於是他在慚愧之餘，便匆匆留下一張字條，把行李收拾了一下，趁楊祖業和趙一風不在時，悄悄的搬走了。

等楊祖業回來，發現秦泉不在時已太遲了。他拾起壓在玻璃墊下的字條，字跡很零亂：

小蘭：

眞對不起你，不過請你相信我當時是在失去理智的情況下才對你那麼兇。一個人在失去理智時是應該無罪的，對嗎？希望讓我知道，你已經不生我的氣了。

祖業：

眞不知該怎麼向你說。我傷害了小蘭的自尊心。我知道連你這個做哥哥的都從來不敢罵她一句，我眞該死。請你代我向她祈求原諒。

一風：

我寧願失去所有的朋友也不願失去你。我會牢記你的一番話，繼續努力。希望有一天，我們仍有機會住在一起。我們住的這間房子眞好，可惜我已沒資格再踏進去一步了。

秦泉　留

後來楊祖業和趙一風都曾經到指南山下去找秦泉，要他回來住，楊祖業對他說：

「小蘭已經不生你的氣了，希望你能回來住。她願意繼續當你的秘書。」

秦泉搖搖頭：「我在外面已經找好一間房子，因為見了小蘭會尷尬。」

趙一風也勸他：

「唉，何必小孩子氣呢。小蘭是個小女孩，生完你的氣又開始想念你，你不回去她才難過呢。」

不管好說歹說，秦泉仍然堅持不回去。趙一風也摸透了他的牛脾氣，知道說服已經無望，只好放棄了：

「好吧，那我會常來看你，我們仍舊是好朋友。」

秦泉握緊了趙一風的手：

「謝謝你。」

於是後來趙一風就獨自一個人住在那間番石榴圍繞的房子裡了。

3

趙一風唸大二時，小蘭已經升上高三了。自從秦泉搬走之後，小蘭似乎很少再有從前那種活潑、快樂的模樣。楊祖業說，大概她快考大學了，不敢再撒野了。其實天曉得。雖然小蘭天天都盼望秦大哥能再搬回來住，她能再當他的「私人秘書」，可是她卻從來不願在趙一風或哥哥面前提到「秦大哥」三個字。所以日子也就在各人忙碌中過得很快。

這一陣子正是學校系際籃球賽的日子。趙一風是系隊隊長，在連勝兩場之後，他們遇到了物理系。

這一戰是決定性的一戰，所以雙方都很賣力的打著。物理系的個子都很高大，趙一風雖然高，但體重不夠。當比數是二十四比二十四第十度平手之後，趙一風跳起來抓一個防守的籃板，被對方用手肘頂了一下，整個人便摔了下來，扭傷了足踝，痛得直喊換人。當他被換下來時，旁邊有人遞了一條毛巾過來，他接過來便猛擦著汗，不經意的抬起頭來，竟然接觸到一對很懾人心魄的眼睛，是吳霜。咳，真是奇蹟，天大的奇蹟！吳霜竟會出現在這種場合。她竟會來替系隊加油？這將是小魚她們的頭條新聞了。趙一風用充滿疑惑的眼光看她：

「咦，今天你怎麼有空來看球賽呢？」

「喔，不，」她的呼吸還不太均匀，蒼白的臉上，泛出一絲紅暈：「我不是來看球賽的，我是來找你的。他們告訴我說你在球場打球，所以我才趕來。」

「找我？有什麼要緊的事嗎？」趙一風用手揉著碰傷的足踝。場內戰況越來越激烈，輸了四分。

「其實也沒什麼，是我個人的一點私事。」

「……」趙一風看著她，腦筋很快的閃過好幾個可能性：想向我借筆記？不對，她的筆記比我抄得好。那麼想約我看電影？算了，別胡思亂想了，人家大小姐，怎麼會自動約你去看電影？那麼……於是他莫名其妙的笑了。

——「追平手了！追平手了！」啦啦隊大叫。

「你笑什麼？」吳霜也笑著問他。

「沒，沒什麼，我是笑追平手了。」

「我先問你，你晚上有沒有空？」紅暈褪去後，她變得有些調皮了起來。

——「贏了，贏了兩分！」啦啦隊跳了起來。

「這……」趙一風這一驚可非同小可。莫非這位高不可攀的富家千金真的自動約我了？可是小魚她們不是說她有個化工系的男朋友嗎？莫非是吹了？不管怎樣，至少在頃刻間，他的足踝似乎比較不痛了。

「事情是這樣的，我有個弟弟今年考大學，想請個家教，我想了很久，覺得你很適合，所以……」

——「又輸了！糟了，誤傳，快攻，兩分，輸四分了！」

「喔……」趙一風心裡的溫度計陡然往下沉，沉到零下去了：「原來如此。」帶著幾許「失望」。不過趙一風繼而一想，也許這是吳霜找機會接近我呢。對啦，就是這麼回事。於是趙一風下了「結論」後便顯得很愉快（男孩子常常會自作多情的）。他重新打量了眼前這個「冰霜美人」，她站在那裡，像一朵睡蓮在月光下的銀湖中冉冉開放，在那一剎那間，他想起陳西山所說的「氣質」和「靈性」，現在終於能體會了，究竟他也成了「過來人」了。

——「又追平手了！截球！抄球！對！遠射！兩分！又贏了！」

突然，他為自己的失態連忙掩飾：

「時間是有的。不過我倒有一點想請教，你為什麼會找我？我的功課在班上並非很好，你大可找別人啊？你不怕我誤人子弟嗎？」

「功課好是一回事，有真才實學又是一回事，雖然我和你不熟，但是我可以憑直覺判斷。」吳霜似乎很肯定的說。

「直覺？」趙一風覺得很有趣，難道她也相信「直覺」，像他當初「直覺」吳霜很不錯一樣？他又笑了：「吳霜，老實說，我一直以為像你這樣的女孩子，一定很討厭我這種Type的男孩子——喜歡出鋒頭、當領導人物、打球。我給你的印象應該是輕浮、不實際、無知而沒有深度才對啊！」

「為什麼要這麼說？有些人說話可以說的天花亂墜，但是除了暴露自己沒有程度外，只有惹人一笑！也有的人整天不講一句話，看起來頗有深度，其實明眼人一看便知他也不過草包一個。所以有沒有深度並不在乎這個人是用何種方式來表達自己。難道說外向、活潑的人就缺乏深度，是輕浮；而深沉、內向的人就表示程度高？這根本是兩回事嘛！」

「天哪！」趙一風在心裡暗暗吃了一驚，想不到這位冰霜美人的見解還很獨到呢。反正，她一定有點喜歡我了。趙一風在心裡這麼想，很有把握似的。

——「嗶——時間到了，贏了！贏了！」人影晃動、跳躍！

「就這麼決定了。」吳霜看了看錶，似乎還有其他事情要趕著辦，匆匆寫下了地址：「一星期三次，待遇一千元。看在同學的面子上，就請幫這個忙吧。」

「All right！」雖然聽起來，吳霜的口氣有些命令式，但是卻也很乾脆。所以他也這麼爽快的答應下來。但是他也不明白為什麼自己那麼容易就答應了這個全班「人神共憤」的女孩子。

回到家裡，趙一風連忙把這消息告訴楊祖業，楊祖業拍著他肩膀開玩笑說：

「好傢伙，替董事長的兒子補習，又得美人青睞，豈不人財兩得？哈哈！Congratulations。」

「你扯到那裡去了，滿腦子打的經濟算盤，真不愧為經濟系的高材生！我現在只不過是拿人家薪水的家庭老師，如果我不是有利用價值的話，吳霜說不定連正眼都不瞧我一下呢。」趙一風口裡雖然這麼說，心裡卻也飄飄然，就好像真的「前程似錦」了起來。

「你不但有利用價值，而且利用完了還有剩餘價值，那就是噹噹噹噹。」楊祖業用手勾著趙一風的臂膀，擺出一副新郎新娘步入禮堂的模樣，口裡哼著結婚進行曲。

不巧小蘭剛好闖了進來，看見哥哥的怪模樣，笑得眼淚都掉了出來，連忙問是怎麼回事？知道以後，就神秘的對趙一風眨眨眼：

「趙大哥，小心囉，這可能是一段Love story的開始哩。」

被楊家兄妹你一句我一句，黑的也變白的。那天晚上他真的作了一個很美的夢。夢裡吳霜披著白紗，他牽著她的手走向地毯的那一端，旁邊楊祖業在噹噹噹噹的哼著結婚進行曲，小蘭也樂得拍手大笑，那情景好像是小孩在辦家家酒。第二天一覺醒來，想起昨夜的夢，忍不住拍拍自己的後腦，搖搖頭罵了兩個字：

「荒唐！」

星期二的晚上，他按著吳霜給他的地址找去。在趙一風的想像裡，吳霜應該是住在一幢花園洋房裡，花園裡有幾隻惡犬，外面排了幾輛豪華的轎車，而吳霜正在裡面彈著鋼琴。可是按著地址找，越找巷子越窄，越窄就越納悶，終於在一個死巷子找到了那個地址，他猶豫了一下，不管他，先按了鈴再說。來開門的不是傭人，是吳霜：

「嗨，你真準時。」

「第一天報到，當然不敢怠慢，以後可就不敢保證囉。」趙一風笑著說，他低著頭開始打量這四周的環境。一間很窄、屋簷很低的日式房子，擺了兩張小桌子，兩把陳舊的藤椅。其中一張桌子上陳列了一排很整齊的書，看上去都很熟悉，一定是吳霜的。另一張桌子邊，坐著一個大男孩。穿著卡其制服，低著頭在唸書，看見趙一風進來，便抬起頭來，一張很清秀的面龐呈現在趙一風眼前——和他姊姊長得像極了。不過這種臉還是長在女孩臉上比較適合，長在男孩臉上雖然可以算是美男子，但缺乏了那一點味道。

「他叫吳強，你叫他小強好了。小強，這是趙老師。」吳霜倒了一杯開水：

「很抱歉，只有開水招待。」

「自己同學，客氣反而見外了。」趙一風接過了杯子，心裡的一個結卻無法打開，吳霜怎麼看都不像是住這種房子的人，但是又不便多問。於是便坐在小強旁邊，翻翻小強桌上的東華本數學。

「考那一組？」

「甲組。」

吳霜這時穿上了鞋子，提起了皮包：

「趙一風，我有事先走了，一切就拜託你啦。」

還沒等趙一風說話，吳霜的身影一閃，便消失在門外一片漆黑中了。趙一風看了一眼小強，故意裝出輕鬆的口吻問：

「你姊姊有約會啊？」

小強搖搖頭，沒說話。趙一風想了想，就開始上課。小強領悟力很強，稍一提示就懂了。所以教起來也很輕鬆，九點鐘準時下課。

滿懷一肚子的疑問回到家裡，楊家兄妹迫不及待的在門口接他，想聽聽這個「人財兩得」的愛情故事第一章。

結果這個故事的第一章是：趙一風聳聳肩，兩手一攤，搖搖頭，苦笑。

後來他仍然按時去，但是每回吳霜都不在家。他實在不懂吳霜那來的這麼多「應酬」。於是他便想辦法「套」小強吐露一些，小強卻守口如瓶。於是趙一風也就懶得再多問了，反正按時來教，按時領薪水就好了，幹嘛管別人的私事。只是來了這麼多次，竟然毫無機會接近吳霜，根本和沒來她家以前一樣，毫無「進展」，這倒是趙一風當初沒料到的。當然，趙一風不是那種想靠裙帶關係的男孩子，但無可諱言的，他對吳霜已經產生了一種相當奇妙的感覺：想接近她，又不願主動接近她。

最近忙著期中考，趙一風好久都沒去看秦泉了。這一個禮拜天一大早就騎個車子往木柵去，想問問他最近有沒有新的創作？順便和他聊聊他對「冰霜美人」的疑惑。可是當他到了秦泉的住處時，和秦泉一起住的蕭志彬卻帶給他一個很壞的消息：

「秦泉的父親在三天前去世，秦泉前天收到電報就連夜趕回嘉義奔喪去了。」

這個消息像一記悶雷般劈在趙一風臉上，他站在那裡默然了許久。他很清楚秦泉的父親

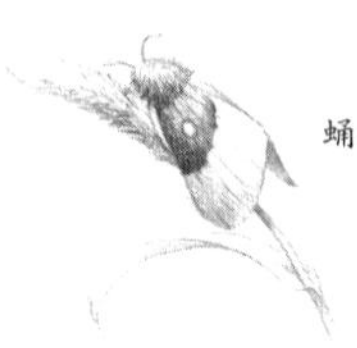

在秦泉心目中的角色——秦伯伯剛退休不到三個月，曾經坐過牢，罪名是家中藏有一些有關社會主義的書籍，在授課時提到馬克思主義並沒有用批判的口氣——這些都成為別人檢舉他的證據。秦泉曾經給他看過一些很陳舊的書，其中有克魯泡特金的《麵包與自由》。秦泉告訴他，爸爸出獄時還一直有人跟蹤，所以心情相當鬱悶。趙一風匆匆告別了蕭志彬，便把這個消息告訴了楊祖業和小蘭。

小蘭聽到這個消息後，呆呆的站在那裡，忽然她掏出了手帕嚶嚶地飲泣了起來，楊祖業伸出一隻手扶著小蘭，口裡喃喃的說：

「沒想到，真沒想到。」

趙一風和楊祖業分別寄了一封慰問信和奠儀到嘉義去，小蘭雖然沒寫信，但是她難過之情，趙一風和楊祖業都看得出來。這幾天她連飯都有點吃不下，晚上寫功課時也神情恍惚，不知道她在想著什麼。

一星期後，秦泉的手臂上掛著一塊麻布回到了木柵。看起來，他整個人瘦了一圈。回來後，除了偶爾去上上課外，剩下的時間他便徘徊在道南橋上，看醉夢溪的溪水，看修長的竹子映在溪中的倒影，看蘆花在風中翻滾著白浪。他感到疲倦不堪，心靈空虛極了，父親的死，對他而言，像是一本翻到最後一頁又厚又紮實的線裝書；那令人冷澈心骨的棺材，便是那泛著黃斑的封底。陳舊古老的色澤，枯萎死亡的色彩。他一直不敢回想這幾天連夜南下奔喪的情景。那兩個紙紮像酒缸的白色大燈籠，在鬼氣森森的孤燈夜雨下飄搖著，他守著那個他一直稱呼他為「老爸」的冰涼屍體，才第一次深深體驗「老爸」的生命是如何在重重挫折下卑微地結束的。他一直到退休之後才獲得沒人跟蹤的自由，這樣的自由才不滿三個月，他就揮揮衣袖，一口氣也來不及嘆的走了。他是騎腳踏車時被一輛卡車從後面撞翻的。在斷氣的那一瞬間，老爸心裡在想什麼？有怨嗎？還是無奈？過去他一直認為老爸是一顆壓不扁的銅豆，事實上，銅豆垮了，徹底的扁在車輪下了。他已無心去過問綠葉何時飄零、花草何時消長？他覺得這些對他已失去意義。遠處三、五群夾著洋裝書的學生走過，不時傳來陣陣嘻笑聲。你們笑什麼？你們笑什麼？秦泉莫名其妙的發怒起來：你們除了渾渾噩噩在醉夢溪畔飄蕩外，還會做什麼？還能做什麼？他平日最看不慣的就是有一些人像浮萍一樣，在醉夢溪畔飄啊飄的，好像人活著就是這樣飄啊飄。但是，秦泉，你現在不也是像失去了根的浮萍嗎？你不也是失去了努力的方向了嗎？你有什麼資格指責別人？想到這裡他不免垂頭喪氣起來。他忽然感到身邊有個人，但是他連抬頭看他的力氣都沒有，可是那個人卻先開口了：

「喂，還認識我吧？」

秦泉猛一抬頭。一個女孩穿著粉紅色的上衣、白色褶裙，看起來像一朵雲彩。她的臉上還是那調皮的笑，一絲也沒改變，依舊那樣熟悉，依舊那樣令人難以忘懷，那是在一般大學女孩臉上所找不到的一種癡傻的稚氣。

「是你，小蘭？」秦泉脫口而出。

「秦大哥，我知道你內心難過。我……我希望你能搬回去和趙大哥一起住。也許心情會開朗些。秦伯伯在天之靈，一定不希望看見你這副沮喪的樣子。你應當振作起來，搬回去後，我一定不會惹你生氣的。」

於是秦泉又想起上回那件事，有點赧然：

「別再提上回那件事了。」

小蘭抓著秦泉的袖子搖著：

「只要你答應我搬回去，我們就忘記過去的不愉快，一切重新開始好嗎？」

秦泉那悒鬱的眼光接觸到小蘭那對無邪的大眼睛，在那兩潭清澈見底的湖水中，他可以感到彷彿有清晨花瓣上的露珠，流梭著永恆不變的晶瑩和亮麗。

他深深嘆口氣，眼睛透出感激的光芒，然後點了點頭。

「你答應了？哇，好棒。走，我幫你去整理行李，現在就走。」小蘭好興奮，臉蛋紅紅的：「不過，我最近正準備聯考，恐怕暫時要向你請兩個月的假。」

「請假？」秦泉有些不懂。

「私人秘書啊！」

「喔！原來如此。」秦泉笑了。臉上的雲翳在那一笑間給撥開了。這是他這一個多星期以來第一次露出笑容。他像抓住了一些什麼東西似的——就在小蘭眼眶中的露光中找到的。他忽然覺得今天醉夢溪畔的竹子和薑花很動人，比往日都動人。

4

民國六十一年上學期，釣魚台事件發生。

當趙一風把第一張標語貼在公告欄上，他真是激動得全身熱血沸騰，貼完海報後仍久久不能平息。當他下午再經過公告欄時，上面密密麻麻的貼滿了震撼人心的標語。趙一風站在那裡噙著淚水一張一張、一字一句的讀著。他昏眩了許久，只聽到身旁有女孩子的啜泣聲。他想找個地方好好靜下來，平息一下起伏的思潮，於是他走向街對面的圖書館。陽光平平鋪在那片青綠色的草坪上，一大群年輕人正圍著教官，熱烈的在討論著。趙一風也擠了進去，只聽到教官揮著汗用沙啞的聲音喊著：

「我知道各位同學一定非常悲憤，一定無法忍受。其實我和諸位的心情一樣。但是我勸各位同學不要輕舉妄動，不要示威遊行，這些都於事無補的。現在我們所需要的是理智和冷靜。大家先回去做自己的事，別讓悲憤沖昏了頭，忘了自己該做的事！」

這番話並沒有收到任何效果，激動的學生還是圍在那裡不肯散去。陽光真刺眼哪！趙一風瞇著眼睛，臉上的肌肉忽然抽搐了起來，眼前一片灰濛濛的。他猛一抬頭，所有的悲憤都

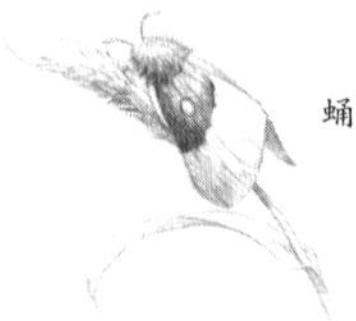

在那一剎那間化為深淚，簌簌奪眶而出：理智？冷靜？坐視自己的領土任人宰割，還有什麼比這種屈辱更大的？他咬咬牙，我們一定要採取報復行動！讓他們知道我們決不可以受到侮辱！

這時街上傳來一陣喧鬧聲，在烈日下顯得煩躁不安。趙一風走出圖書館大門去，有一隊整齊的隊伍停在師大校門口。他看到了一些拿在那些學生手中揮舞的標語牌：「保衛釣魚台」、「誓死擁護政府」等，是台大的學生。他們高聲的唱著激昂的愛國歌曲，他們高喊著：

「師大的同學，你們為什麼不站起來？」

這一句話像把鋒利無比的劍，血淋淋的插入了趙一風的心臟！他感覺自己正淌著血，汩汩的淌著血！他咬緊牙關看著這支示威遊行的隊伍，突然他發現楊祖業也在隊伍中。他像一個瘋子般，在隊伍裡面喊著、叫著，完全失去了平日那種斯文的樣子。他依稀可以看見淚光閃耀在他年輕的臉盤上。趙一風喊了他一聲，他沒聽見。

趙一風像決定了什麼似的，拔腿就往宿舍跑。他找到了陳西山，告訴他說他決定明天早晨發起一個示威運動，請陳西山幫忙。陳西山毫不考慮的答應下來，於是他們又找了幾個同學，開始分頭進行各項工作。陳西山負責去借擴音器和標語牌、旗幟，而趙一風則負責寫標語和漫畫，剩下的同學則四處通知同學明天集合的地點和時間，一切行動都積極的籌劃著、進行著。

在一切都準備妥當之後，趙一風拖著疲憊的身子回到了家裡，準備晚上好好睡一覺，明天「轟轟烈烈」的幹一番。

當他推開了門，聽到楊祖業正用喑啞的聲音向小蘭描述他們示威的經過，臉上的激動並未退去，淚痕也未乾。而秦泉坐在一旁看著書，似乎對楊祖業的話不感興趣。趙一風把自己的計畫告訴楊祖業，楊祖業興奮的拍拍趙一風的肩膀：

「我明天的課不去上了，我參加你們的行列！」

小蘭揮著手說：

「我也去！」

「歡迎加入。」趙一風說，但是他瞄了秦泉一眼，覺得頗為納悶。以秦泉那種烈性子、火爆脾氣，怎麼會不動聲色？照理說在這種情況下，他是會比任何人表現得更激烈的！難道他根本不關心國家大事？於是趙一風忍不住了，抓著秦泉的肩膀就問：

「秦泉，你怎麼沒意見？難道你不氣憤？你不認為這是我們莫大的恥辱？」

秦泉這才把頭抬起來，忽然把手上的書往桌上重重一甩：

「不氣憤？哈哈！我能夠不氣憤嗎？我可以告訴你們，昨晚一整夜我都沒睡著。我一直在想，我們該怎麼做？示威？遊行？貼標語？喊口號？我並不反對這麼做，但是你們這麼

做，除了能發洩內心的氣憤外，又能換來什麼？」

一連串激昂的話語從半空中迸裂開來！

「那該怎麼辦？像你一樣坐在這裡看書？看書能把釣魚台看回來嗎？」楊祖業很不服氣，也大聲吼了起來。

「也許能。」秦泉把熊熊的目光掃向楊祖業：「要別人不欺侮我們，只有一條路：自己國家強大起來！多看書，能使自己的眼光更遠大、思想更周密、更能明辨是非善惡！如果想搞學生運動、搞示威遊行，我並不反對，但是如果單憑一股血氣之勇，而沒有知識做基礎，毫無目的盲目搞，到最後只是一場鬧劇而已。」

「那現在難道我們就忍耐嗎？」趙一風反問他。

「忍耐不是苟安、妥協，忍耐並不可恥！只懂得高聲喊叫而不肯埋首努力、力爭上游才真的可恥！年輕人可愛之處，就是他肯為一個高貴的原則去死，但是現在還沒到時候。」

「夠了，夠了！秦泉，你是在唱高調，作家唱的高調比誰都好聽。如果你怕因為示威會影響你自己，就乾脆說一聲吧。」楊祖業站起來，旱地拔蔥式的動作：「我認為台灣的大學生，個人本位主義太重，根本是冷血動物，我們言語倒像一個英雄，行動起來卻畏縮得像條狗。沒想到，秦泉，你也是這一類……」

「好吧，楊祖業，我請問你，」秦泉也站了起來，轉向楊祖業：「你反共嗎？」

「反共？廢話，我當然是堅決反共的！從小，我們就知道反共。」

「好，那麼我請教你，你懂不懂馬克思的理論？或者，資本主義的利弊？你知道辯證唯物、階級鬥爭嗎？你對中國共產黨究竟知道多少？你對高中時代所唸的『三民主義』又真正瞭解多少？你知道克魯泡特金是誰嗎？你讀過他的書嗎？」

「這，我——」楊祖業脹紅了臉，張口結舌，無以回答。

楊祖業、趙一風、小蘭都被秦泉的這一連串的問話問得啞口無言。趙一風想起兩年前在北上的火車上認識秦泉時，給他的第一印象是非常狂妄、偏激。而現在卻顯得穩定、成熟多了。

秦泉突然很嚴肅的對趙一風說：

「記不記得兩年前我們在火車上剛認識時，你對我說的一句話。你說：要多充實自己、多唸點書，才有資格講話。一直到現在，我都把它當做座右銘來勉勵自己。」

第二天，師大同學發起了寫血書運動。趙一風從樂群堂經過，看見一條長龍排得好長好長，其中竟有一半以上是女孩子。她們挽起袖子，那種不怕流血的樣子對這些連一點疼痛都會叫喊的女孩來說，已經夠叫人佩服的了。本來負責的同學在桌上擺了一套筆墨硯台，想讓同學簽了名後再滴下自己的血印，可是同學們都不用筆墨，而直接用自己的鮮血來簽名，有些人覺得不夠，還在旁邊多加了一、兩行字，如「還我釣魚台」、「誓為政府後盾」之類的。趙一風並沒去排隊，他看見吳霜和小魚她們也都在隊伍中，他向她們打招呼，小魚問他：

「為什麼男生反而比女生少？」

趙一風拍拍自己胸脯：

「男孩子將來要效命疆場、為國犧牲，會流乾全身每一滴血，我不在乎這一點點血的。」

5

在一次激烈的競爭中，大學的窄門又差點給幾萬考生給擠破了。

小強和小蘭都踏進了那道窄門。小強考取了中央大學土木系，而小蘭如願以償的考取了外交系，和秦泉一樣每天都要進出道南橋了。

放春假時，小蘭提議要去爬大屯山，楊祖業、趙一風、秦泉也一致同意。趙一風說：

「女孩子太少，一比三，不行。」

秦泉像識破了什麼，忽然笑了起來：

「哈哈，你想找吳霜一起去就說一聲，何必什麼一比三，二比四的？這是一個好機會，而且我們都還未見過你的冰霜美人呢，本人同意你約她參加。」

趙一風心裡倒有點這個意思，但是被他一下點破，反而不肯承認了：

「我可沒有這個意思，吳霜對我而言還是一個謎，現在我和她仍然保持剛進大學時的那種純粹同學關係。雖然替小強補習了一年，卻仍然無法接近她，不過你既然這麼說，我就去約約看，連小強一起約去好了。」

「我找馮青青一起去，她喜歡寫生。」楊祖業說。

「馮青青？是不是頭髮披肩的那個藝術系的女孩子？」秦泉常聽楊祖業提起這個名字，覺得很熟悉。

「對啦，就是她！我哥哥死追活追的那個女孩！」小蘭嚷著。

「少胡說。我可沒追她，只是交交朋友罷了。」楊祖業連忙解釋。臉上竟也飄上一絲紅暈。

「交交朋友？少噁心了，你們男孩子最會找藉口了。追就追嘛，什麼做朋友。」小蘭撇撇嘴。

結果，當趙一風向吳霜提起這次大屯山之行時，她說有事不能去，碰了一鼻子灰，他好失望。倒是小強興致很高，答應和他們一塊兒去。最後的人數是二比四。

那一天，下了公路局的車子，一行六人浩浩蕩蕩的向大屯山進發。小蘭背個水壺，頭上戴了一頂白色寬邊大帽，走在最前面，一蹦一跳的，口裡還哼著歌。秦泉提著幾盒西點在她後面，聽不出來她在唱什麼歌，好像是她自己編的。馮青青揹了一個畫架，楊祖業一路上直

嚷著要替她揹，她一直說不必。趙一風肩上扛了一個捕蟲網，背上揹了一個旅行袋，裡面全是毒瓶之類的採集用具。小強和趙一風走在一起，一路上興奮的談著他自己的新鮮人生活：

「有一回和一批銘傳的去郊遊，她們說男孩子身高要一百七十公分以上才准去，聽了真不服氣。後來班上所有不到一百七十公分的男孩全去了，反而是一百七十公分以上的人沒去。結果那一趟郊遊真是絕透了！哈哈！」

趙一風微笑著，靜靜的聽他講新鮮事，偶爾只插上一、兩句話。他在小強的臉上、身上找到了唸大一時的自己，有如剛放出柵欄的小野牛般有勁，好像有用不完的精力似的。

「趙大哥，我姊姊常常在我面前稱讚你呢。」

「真的？」趙一風心裡雖然微微一驚，但並沒表現出驚訝的樣子：

「你倒說說看，怎麼稱讚法？」

「她說你與眾不同。不管平常唸書也好、打球也好、辦事也好，都非常認真，而且很出色。她說你在學校裡鋒頭十足，但是卻很謙虛，不會很狂。」

「謙虛？哈哈，謙虛有的時候正代表更多的驕傲呢。」趙一風說完，用袖子擦額上的汗！今天的太陽還真不小。

小蘭喘著氣，回頭問秦泉：

「還差多久才能休息啊？我好累呀，肚子也有點餓。」

「快了，快了。」楊祖業在後面叫著：「你再唱兩首歌就到了。」

大屯山的蝴蝶種類很多，有一群一群，也有三、兩隻輕輕滑過的。趙一風揮起捕蟲網往前跑了幾步，對準左前方飛得較低的兩隻鳳蝶用力一網，忽然馮青青喊了一聲：

「等一下！」

可是已經太遲了，趙一風熟練的一箭雙鵰——說時遲那時快，兩隻鳳蝶已經在蟲網內拍動著翅膀掙扎著。這種蝴蝶黑底紅紋，雍容華貴的像個貴婦，你能想像兩個貴婦被人用網子罩住後掙扎的情景嗎？趙一風用手指在鳳蝶胸部輕輕一捏，兩隻活生生的生命在一瞬間便成了二具死的標本了。

馮青青搖搖頭：

「你們學生物的人實在好殘忍！」

小蘭也皺著眉頭說：

「你看牠們飛翔時多美、多詩意，都被你破壞了。」

「小姐，這並非是一個光憑對美的感受就能活下去的世界。」趙一風一邊把蝴蝶放進袋子裡，一邊繼續的說：「我們需要美、需要善、更需要真。我也喜歡蝴蝶的艷麗，把這份美帶進科學研究的領域中，是一種完美，而不是殘忍。」

「我討厭物質文明，討厭科學！它們已經逼得藝術焦慮不安！」馮青青順手摘了一片樹

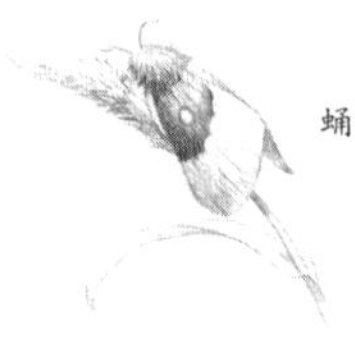

葉丟到腳邊：「雖然它們帶給我們一日千里的物質享受，可是在人類心靈方面卻遭到空前的浩劫。」

「那該是一種平衡，不是浩劫。」秦泉想了想，這麼說。

「對的，是一種balance。」趙一風把蟲網在空中一揮：「人類在科學方面的驚人成就一定用某一方面犧牲來換取，我相信身為萬物之靈的人類一直在做著拆東牆、補西牆的工作，明知那是一個死角，卻偏要鑽。只要地球存在一天，他們就不肯讓腦筋有片刻的休息。」

他們就這樣你一句我一句的討論這種永遠沒有標準答案的問題。忽然楊祖業指著前面說：

「我們就在那塊空地休息吧。要畫圖、要採集悉聽尊便。」

那塊平坦的草地，一邊是長滿古樹的巉岩，一邊卻是密不通風的竹林。山峰的嵐氣氤氳，如同向晚湖濱幾戶人家的炊煙裊繞。

馮青青立刻取下身上的畫架，楊祖業幫著她架起來，馮青青指指對面那片竹林：

「這裡很不錯，值得畫一張。」

小蘭一邊喘著氣，一邊脫下草帽當扇子用，小強幫著趙一風在草地上鋪塑膠布。而秦泉放下手上的西點，把帶來的一張唱片放上唱機，於是「雷·康尼夫」便在大屯山的半山腰唱起：

「Hey Jude don't make it bad.」

是誰說過，只有在山中，音樂才是無塵的。小蘭也跟著輕輕和了起來。馮青青在畫紙上用鉛筆打著底稿，楊祖業在一旁欣賞。但是他不太懂馮青青為什麼喜歡把竹子畫成那樣扭曲，也許這就是所謂印象派、立體派吧？他很外行，所以他沒敢插嘴亂問。不過他很喜歡看別人畫圖，他很佩服畫家們把世界上一切動人的景物都收入筆下。但是偏偏他父母沒給他一點繪畫的基因。所以也只有止於欣賞的地步了。也許是這緣故，因此在他潛意識裡，便有結交學藝術的朋友的傾向。他覺得可以從他們那裡拾回一些他已經失落的東西。

「馮青青，將來畢業後想幹什麼？當職業畫家？」

「噢……」馮青青很專心，眼睛一直盯在畫紙上，好像沒聽到楊祖業在問他。她把長長的秀髮往後一甩：

「你剛才說什麼？」

「我是問你將來想做什麼？」楊祖業很有耐心的重複一遍。

「想在畫室過一輩子！」馮青青用手掠了一下長髮，把畫筆擱了下來：「學我們這一行的，有兩個極端，一種是走賺錢的路子，去搞美工設計之類的；另一種是走純粹藝術的路子。不過後者的路程是艱辛的，多少曾經有崇高理想、遠大抱負的年輕人，瘋狂的把自己投入創作、摸索的領域中，卻受到殘酷現實的打擊，紛紛敗下陣來，棄甲曳兵而逃。我雖然不

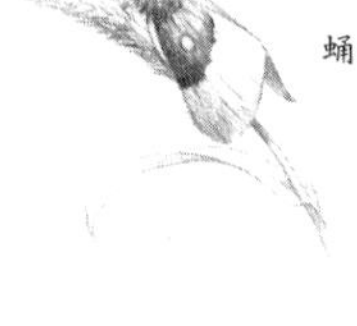

敢說將來能克服這些困難，不過……」說到這裡馮青青又掠了一下長髮，笑了起來：

「如果我能找到一個會賺錢的丈夫，他出去賺錢，我天天把自己鎖在畫室內，畫自己想畫但是沒人要的東西，那樣子不也很理想嗎？」

「有道理！」楊祖業也笑了：「但是如果你的丈夫是那種俗不可耐、滿身銅臭味的人呢？你可以忍受嗎？」

馮青青用嘴輕輕咬了一下筆桿，看了楊祖業一眼，想了想，搖搖頭：

「那我寧願一輩子不嫁人，到尼姑庵裡當尼姑去。」

「哈哈，那我負責出錢替你在大屯山頂建一座青青庵。」

「好哇！」馮青青好像很認真的跳了起來：「你可不能騙我啊，我們勾勾手發個誓。」

於是他們同時伸出了小指，煞有其事的勾了起來。小蘭在一旁看到了，就抿著嘴偷笑。

秦泉拿了一副撲克牌，要替小蘭算命，小強在一旁觀看。秦泉把十幾張牌攤在地下：

「你心裡先想好一個你最喜歡的男孩子，然後我可以算出你們將來是否成功。」

「這……」小蘭的臉微微泛紅：「人家沒有喜歡誰嘛，叫我想誰？」

「隨便想一個嘛，反正好玩。」小強在一旁等看好戲，所以催促著。

「這種事怎麼可以隨便想，我可不像你們男生，可以愛天下的女孩子！」

「誰說的？」小強不服氣。

「別吵了，反正只是一種遊戲，何必當真？如果你不肯想，那我們換一種方式玩別的好了。」秦泉打著圓場，他知道有些女孩對這種事相當認真。

「想就想嘛！」小蘭嘟起小嘴：「我就隨便想一個好了。」

於是她閉起了眼睛，伸出一隻白嫩嫩的手放在牌上面，表情好莊嚴，就像聖女貞德被綁在十字架上的表情。小強在一旁忍不住笑了起來。祈禱完畢，秦泉便開始「算」了起來：

「你很喜歡他，他也很喜歡你。不過，」他故意停頓了一下：「是你先追他的。」

「你亂說！」小蘭揮起手就要打秦泉，秦泉連忙伸出手來擋：

「我只是照牌面的意思解釋，你怎麼可以那麼不講理？再打我就不算了。」

「那你不可以胡說。」小蘭收回了手：「你繼續算吧。」

「你們父母雙方都同意了。」秦泉繼續說，小蘭臉又有些紅了，但是她似乎很高興。小強說：

「恭喜啦！我羨慕那位男孩子。」

「但是，」秦泉又翻起一張牌，表情一下嚴肅了起來：「你們並沒成功。」

「為什麼？」小蘭忽然緊張的問。

「我也不知道。這張牌並不能告訴我理由。」秦泉把手上那張黑桃二在手裡把玩著。

「……」小蘭整個臉沉了下來。

「生氣啦?小蘭。」秦泉發現了不對，連忙問她。

「沒有。」小蘭低聲的說。

「唉呀，你們女孩子就是這個樣子，明明是開玩笑的，何必那麼認真呢?何況你不是隨便想的嗎?」小強看氣氛有點不對，也幫著打圓場。

小蘭用手撫弄地面的酢漿草，頭始終沒抬起來，酢漿草隨風搖頭擺腦。命運原是掌握在每個人自己的手裡，可是它有時卻躲在黑暗中像幽靈般偶爾出現，使人抓不著也摸不透。年輕的女孩呵，為什麼要深信自己的命運已寫在牌上呢?秦泉從手提袋裡抽出一張古典音樂唱片放了上去，是貝多芬的《命運交響曲》。

「小蘭，你真是相信命運嗎?」

「……」小蘭點了點頭。

於是命運之神便重重的敲起門來，像一聲一聲巨雷滾落在岩邊，令人窒息而心悸。

「小蘭，看你這麼認真，是不是真的有男朋友了?怎麼沒告訴大哥呢?我可以當你的參謀，我敢保證壞的男孩決逃不過秦大哥眼光的!」

「我沒有男朋友。」小蘭說。

「那就得了，有什麼好難過的?」小強說。

「我們女孩子的心理，你們男孩子永遠不會知道。」小蘭仰起頭來，看著秦泉。陽光掛在她臉上，卻分不開她緊鎖的眉峰。

「我知道啦。是晴——有霧——時多雲——轉陰——偶陣雨。」小強一個字一個字的吐出來，逗得小蘭也笑了。

這時馮青青已經在畫紙上抹上一大片一大片的顏料，楊祖業仍然聚精會神的在一旁欣賞，連姿勢都沒改變多少。他有時隨著馮青青的眼光向遠處瞇著眼望，有時隨著馮青青的畫筆又回到畫紙上，當然他也會順便偷看馮青青作畫時的表情，很嚴肅，嚴肅到有些令人害怕，但她眉宇間那份飄逸的神采卻深深吸引了楊祖業。她偶爾也側著頭向楊祖業笑笑，那種笑讓人覺得多情而不流於輕薄，天真而不流於浮躁。楊祖業癡癡的望著她，有時覺得連眨一下眼睛都是一種浪費。

風從山谷那邊吹了過來，樹上的一些細枝條就隨著風搖啊搖的。小強仰起頭來看著這些樹，忽然有一個金黃色的東西掉了下來，不偏不倚的打在他的頭上，他嚇了一跳，隨手就把那東西撿了起來，它像一顆果實般大，可是又不是果實，於是他拿給秦泉和小蘭看，他們左看右看也看不出什麼名堂，於是秦泉便向樹叢裡喊了一聲：

「趙一風！」

不久，趙一風扛著捕蟲網從樹叢裡鑽了出來，看他累得滿頭大汗的樣子，似乎頗有斬獲。秦泉把這個閃耀著黃金般色澤的東西遞給趙一風：

「我們的昆蟲博士，鑑定一下這是什麼玩意兒？」
趙一風把那東西放在手掌上觀察了一下：
「是一個蛹。」
「蛹？」秦泉、小強、小蘭異口同聲的叫了起來。
這時有幾隻白底黑斑的大型蝴蝶從他們頭頂上輕輕滑過，像跳華爾滋那樣動人，趙一風突然伸手指了指這些蝴蝶：
「也許是這些大胡麻斑蝶的蛹！」
馮青青和楊祖業不知道什麼時候也湊了過來。馮青青臉上閃著異樣的色彩：
「啊，這真是不可思議，上帝造萬物真神奇。我常覺得上帝比人類聰明，祂創造了許多東西是人類所不能創造的。」
趙一風拿著那個蛹，呆呆的仰望天空緩緩移動的白雲，好像想到了許多事。於是他放下了捕蟲網，坐了下來，大夥圍著他也都坐了下來，趙一風便開始回憶一件事：
「記得大二時，我選修了一門昆蟲學。那位教授開了十二本參考書要我們唸，許多同學都因而打了退堂鼓。可是那學期卻是我收穫最大的一年，我常常一個人埋在圖書館裡面對著那些參考書，可以從早到晚不出門，中午只啃麵包、喝白開水，那種樂趣，只有陶醉在其中的人才能領會。每當晚上踏著一地的月光和樹影回家，就有一種很充實的感覺。」

其他人都瞪大了眼睛，好像連呼吸都停止了，他們傾聽著趙一風的回憶：

「記得那年期末考有一個題目是：試述蛹的意義和內部變化情形。我記得很清楚，這一題我答了整整一張試卷！而且我還記得我的第一句話：『對於完全變態的昆蟲，蛹是取食生長與求偶繁殖的中間過渡期。』考試完那天回家，躺在床上睡不著，忽然腦筋裡面反覆出現著那句話：取食生長與求偶繁殖。當時我就想，人活在世界上，如果只是取食生長與求偶繁殖那該是多麼可悲。但是有數不清的人從出生到死亡，真是做了些什麼？想了些什麼？充其量也只不過像隻昆蟲而已。後來我忽然有了很奇怪的念頭，我在初中、高中時長得很快，從一個小孩搖身一變就成了一個青年，我是不是在取食生長呢？將來大學畢了業，早晚要成家立業，於是我將有小孩子，那我是不是又在求偶繁殖呢？那我大學四年又算是什麼呢？我常常想，四年大學對任何一個人而言，都有重大的改變，所以好像昆蟲的蛹期。從蛹要變成蟲，它的內部要經過一場大掙扎和大革命的！」

「我不喜歡你這種比喻。」馮青青忽然插嘴。

「是的，連我自己也不喜歡。人類是永遠不肯承認自己和其他動物是列在平等地位的。譬如其他生物只要侵犯到人類的利益，人類便設法殺害牠們，這是人類自私心理在作祟。」

「我有點懂你的意思。如果不是這個蛹，醜陋的毛毛蟲就不能變成美麗的蝴蝶。」小強似乎領悟到了什麼。

「別忘了。也有很華麗的毛毛蟲，經過蛹期後，變成又醜又髒的蛾呢。」趙一風意味深長的補充說明。

「但是，也有蛹會死掉呢。」小蘭忽然這樣說。

「你怎麼變得這麼悲觀？」秦泉轉頭過來問她。

「哦！」楊祖業忽然恍然大悟似的喊著：「I get it, I get it.」

這時，「披頭四」忽然在唱針轉動下大吼著：

「You say want a revolution.」

是的，從幼蟲變成蟲，要經過這個蛹期。蛹的外表看起來雖然靜止不動，可是內部卻起了很大革命。革命有的時候是好，有的時候卻很糟。

「我把這個蛹帶回去，不久就會變成一隻豪華的蝴蝶了。」趙一風說著便小心翼翼的把這個金色的蛹放進了袋子裡。

當滿山的綠葉染上了晚霞似的柿子紅，而蝶影消失在暮色蒼茫中，這六個人才依依不捨的下了山，坐上公路局的班車回到台北，但是他們六個人的心情和來的時候卻迥然不同了。楊祖業的腦海裡一直抹不去馮青青側臉過來對他笑的模樣和那份飄逸。而馮青青呢？她始終無法忘懷楊祖業要替她蓋「青青庵」的事。秦泉一直想不透小蘭今天算命時為什麼會突然緊鎖眉頭。趙一風回家後忙著整理標本，今天他的收穫最大，但是他卻仍然為吳霜沒能參加這次爬山感到有些悵惘。而小強呢，正忙著把這回爬山所發生的每件事詳詳細細的說給姊姊聽，尤其是那個打在他頭上的蛹。而小蘭的心底在想什麼呢?只有她自己知道。小蘭在無憂時像個快樂的天使，一難過起來卻又那麼容易感染給別人。雖然他們各自懷著不同的心情，可是卻有一點相同的，那就是第二天他們又各自開始唸書，開始工作了。

6

上回爬大屯山回來後，秦泉便有了新的靈感，那是趙一風在山上所說的一番話啟示了他。他決定要以「蛹」為題目，寫一個中篇小說，內容準備以他們幾個朋友的大學生活為主幹來發展。但是他計畫慢慢的來寫，反正他現在才大三，至少要在畢業後才能完成這篇作品。上回他寫了一篇〈螳螂之死〉，大約三萬字，是在他父親逝世後極悲傷的心情下寫完的。內容就是寫他的父親如何為了培育下一代而犧牲自己，像雄的螳螂為了保全下一代，情願讓自己作為懷了孕而行動不方便的母螳螂的食物一般偉大。

當他寫到悲傷處，曾幾度擱筆無法繼續寫，小蘭也在他旁邊默默的陪他流淚，然後安慰他，鼓勵他繼續寫。終於這篇文章像他那篇〈濁流〉一般，轟動了整個文壇。如果說是秦泉的才華使得這篇文章能賺人眼淚，那倒不如說是他和父親之間真摯的感情打動了每位讀者。於是讀者的信又像雪片般飛來，忙得小蘭團團轉，回信回得手發痠發麻。秦泉在一旁覺得很

過意不去，就說：

「小蘭，慢慢的回，不要那麼急，休息一下。」他看了一下腕錶：「我請你去看場電影，現在還來得及趕一場四點五十的。」

「好哇！」小蘭收拾著信：「我也好久沒看電影了。」於是小蘭很快的換了一套衣服，和秦泉匆匆的趕去西門町了。

電影院前面人山人海、大擺長龍，雖然距離開演還有半個小時，恐怕已經買不到票了，秦泉對小蘭說：

「碰碰運氣吧。」

於是他們便排在長龍的尾巴上。這時的秩序有些紊亂，雖然有警察先生在維持，但也難免顧此失彼。這時有個彪形大漢從後面往前擠，一副霸王硬上弓的姿態在插隊。別人看他的樣子，不是地痞就是流氓，誰也懶得去管他，以免「吃不完兜著走」。但是秦泉卻無法容忍這種事情，高中時那火爆的脾氣又犯了，他大喊著：

「喂，前面的那位先生，請別插隊！」

那大漢頭也不回。這時大家都用好奇的眼光看著秦泉，小蘭扯扯秦泉的衣袖：

「看你，這麼愛管閒事，一個大學生，犯不著和這種人生氣。何況這些壞人可不好惹呢。」

「就是因為大家都不敢管閒事，所以才使得這些人敢在大庭廣眾之下為所欲為。」秦泉大聲的說著：

「大學生又怎麼樣？連這點事也學會了睜一隻眼閉一隻眼，哼！可笑的妥協！」越說越氣，於是秦泉走上前去，拍了拍那大漢的寬肩膀：

「對不起，先生，請別插隊！」

那個大漢這下子才轉過臉來，粗眉大嘴，一副猙獰的面孔：

「×伊娘，想打架啊？」他挽起袖子，露出粗壯的臂膀。

「你這個人不講理嘛！」秦泉絲毫不肯讓步。

大漢在眾目睽睽之下，一時下不了台，於是便惱羞成怒，先發制人，揮拳便往秦泉的臉上揍了過去。秦泉沒防到這一著，於是結結實實的挨了一拳，他定了定神，忽然覺得眼前這個大漢就像他高中時代在拳擊台上和他比賽的選手，秦泉左拳虛晃了一招，接著一記右鉤拳便擊中大漢的下巴。頓時旁邊的人群亂哄哄的，怕自己遭到傷害，都往兩旁閃躲，但又捨不得離開，想看一場免費的「拳擊比賽」。大漢正想還擊，秦泉又是一記重重的直拳，打得大漢眼冒金星往後跌。小蘭這時跑來拉住秦泉的手：

「秦大哥，我們快走，你闖禍，會被記大過的。」

「不，這種人是該教訓教訓。」

正在說話之際，忽然大漢在地下撿起一塊尖銳的石頭，朝著秦泉就狠投了過來，秦泉慌忙的閃躲，在小蘭的尖叫聲中，他感到左手臂上一陣疼痛，這時尖銳的哨聲劃破了嘈雜的叫喊聲，一個頭戴鋼盔的警察跑了過來。那個大漢拔腿就跑，被警察一個箭步趕上抓住，一個「過肩摔」，那個大漢像條狗熊般被摔在地上四腳朝天，警察便用擒拿術制服了他。秦泉用右手扶著左手手臂，一滴滴血便從右手指縫間滲了出來，小蘭連忙揮手叫了輛計程車，扶著秦泉趕到台大醫院急診室。好在傷口不深，塗了點藥用紗布包紮一下就好了。不過在臨走前，小蘭聽到那位醫生很感慨的說：

「唉，這些年輕人，沒事幹就打架。」

回家路上，小蘭一直怪秦泉：

「你看，多不公平。你主持正義，換來這種後果，多划不來，以後你一定不要再管這種事了。」

「……」秦泉看了小蘭一眼，不再說話。

秦泉並沒有聽小蘭的忠告，他又做了另一件事。那是在他傷口還沒復原的某一天。

那是一個沒有星星的晚上。秦泉正從同學家裡出來，想到那家挺有名的米粉攤吃碗米粉，於是他從漆黑的小巷子拐進去，低著頭快步的走著。風冷冷的灌進他的衣領內，他乾脆把衣領豎了起來，用一手緊抓住領口。

當他再拐進一個巷子時，忽然為眼前的一幕景象止住了腳步。兩個男的正圍著另一個女的。拉拉扯扯，看不清楚是在做什麼，他想也許是他們之間私人的糾紛，不用我多管閒事，於是繼續往前走。可是前面那個女的看到秦泉走過來，突然喊了起來：

「先生，救命啊！」

秦泉先是一楞，繼而熱血向上衝，直竄上了腦門！於是他放下手上的書，快步跑了過去：

「住手，你們想幹什麼？」

那兩個男的仗著人多，便窮凶極惡的說：

「媽的，這小子欠揍。」

話沒說完，其中一個高個子就側面飛出一腳，朝秦泉臉上踢來，從基本動作上看，是學過「跆拳道」的。秦泉反射動作般用左手一擋，這一腳不偏不倚便踢在他的傷口上，他有一種痛徹骨髓的感覺。另外一個胖子也圍了過來。秦泉想，這一場架又免不掉了，於是他對那個女的說：「喂，你先跑。」

那女的卻站在一旁呆若木雞。秦泉也顧不了這許多了，忍著痛咬緊牙關準備迎戰。高個子又踢出一腳，秦泉往後退，胖子趁虛攔腰一抱。高個子跨前一步，狠狠的給了秦泉一記重拳，打得秦泉嘴角冒血。秦泉奮力掙脫了胖子，狠狠的給了胖子一拳，再轉過來面對高個子，他趁高個子一個後旋踢撲空後，逼了過去，也狠狠的回敬了他兩拳。究竟是學過拳擊的，這兩拳真不輕。高個子和胖子是明眼人，知道今晚遇上了剋星，還是選了三十六計裡的最後一招——溜。當然他們嘴裡仍然唸唸有詞，不外乎「走著瞧」之類的「戰敗語」。

秦泉用袖子把嘴角的一絲血跡揩掉，看了那個已經嚇呆的女人一眼，蹲下身子把地上的書拾了起來，拍了拍上面的灰，一聲不響的走了。

他沒走幾步，聽到後面有急促的腳步聲趕了上來，一個女孩子的聲音從身後傳了過來：

「謝謝你，先生。」

秦泉回過頭來，苦笑一下：

「沒什麼，應該的。」

在月光下，他這才看清楚了被他救的女孩子，有著一張極吸引人的臉，雖然臉色在月光下顯得有點慘白，似乎猶有餘悸，但是她的那種氣質，卻是使人忍不住要多看一眼的那種。

「我看你受了傷，要不要塗些藥？」那個女孩子說。

「沒關係，這是我原來的傷口。」秦泉下意識的摸了摸左手手臂的紗布：「記得下次千萬別走這種黑巷子了。多行夜路必見鬼的。」

於是他們一邊走一邊聊了起來。秦泉看她的打扮很樸素，就問她：

「小姐，你還是學生吧？」

「是的，我還在師大，唸生物系。」
「什麼？這麼巧？那你該認識趙一風吧？」秦泉瞪大了雙眼。
「趙一風？」提到這三個字，那女孩子露出很驚訝的表情：「不但認識，而且同班。」
「那你也一定和吳霜同班了？」
「吳霜？」她眼睛亮了一下。
「是啊，那個冰霜美人啊？」秦泉進一步解釋。
「冰霜美人？她並不美啊！」那個女孩似笑非笑，卻滿臉疑惑的說。
「那我就不知道了。我是聽趙一風說的。」
「……」那女孩想了想：「你貴姓，我倒忘了請教。」
「我姓秦，你貴姓？」
「我姓梅，梅花的梅，叫梅庭過。庭院的庭，過是走過的過。」
「好名字。我猜你父親一定是詩人。」秦泉很有把握的說：「我喜歡和詩人的女兒做朋友。」
「對了，你說你姓秦。我記得趙一風有個很有名的作家朋友叫秦泉，你是不是秦泉？」
「在下就是。」秦泉鞠了一個躬。
他們分手後，一路上秦泉好興奮，好一個英雄救美的故事。他想，趙一風也真差勁，班上有這麼漂亮、這麼有詩意的梅庭過，怎麼沒聽他說過？不過這樣認識也相當戲劇化！當他回家後，趙一風已經睡了，他只好一個人抱著棉被去尋夢了。

就在第三天，秦泉收到了一封信，信封上寫的是「梅緘」：

秦泉：

謝謝你那一晚救命之恩。不過有一點很抱歉，為了想多向你打聽一點對吳霜的批評，我向你撒了一個不大不小的謊，因為我就是吳霜。

有得罪之處，請多多原諒。我會親自登門道謝的，但還不能肯定那一天，因為我很忙。

吳霜

天哪！這怎麼可能？這個世界未免也太小了。秦泉一手拿著信，一手拍著自己腦門，忍不住大笑了起來：

「哈哈，梅庭過，梅庭過，『沒聽過』，好一個沒聽過。果然我是沒聽過。上當了！上當了！」

秦泉越想越好笑，便把這消息告訴小蘭，小蘭笑秦泉是「偷雞不著蝕把米」（秦泉認為小蘭亂用成語）。於是他們便想了一個計策，以牙還牙由秦泉寫了一封信約吳霜，請她看在

「救命之恩」的份上一定要赴約，並且要讓她在見面時驚奇一下。

當然，吳霜是赴約了，她在百忙中赴約了。只是她見到的不是秦泉，而是趙一風。

這一次的見面，雖然是在帶點兒惡作劇的情況下發生，但是對吳霜和趙一風兩人，卻是非常重要的。兩個沒有緣分的人，就是讓他們朝夕相處也沒有用。但是若他們彼此之間早已傾慕在心，那只需要一根火柴，就可以使幾磅的炸藥炸開、火花四濺，這一次的約會，便可以算是一根火柴吧？小蘭曾經勸了趙一風多少次：

「臉皮厚一點，問她什麼時候有空？」

而趙一風總是覺得有些「低聲下氣」，不肯做。現在卻在小蘭一手導演之下成功了，而且「進展」迅速。

7

當然，趙一風和吳霜常在一起的事，在班上，甚至系裡面的確引起不小的騷動。一個是全系鋒頭最健的人物，一個是全系聞名的「冰霜美人」；他們之間的事，成了同學們聊天最熱門的題材，但是時間一久，大家也就漸漸不談了。就像任何轟動一時的新聞，經過無情的歲月，終將趨於平淡一樣。

上「組織學」時，趙一風正抄得起勁，忽然一個小紙團丟到他面前，他撿起來把它展開：

「我有一個晚上的自由時間，陪我看場電影好嗎？」是吳霜的筆跡，他回頭朝吳霜笑了一下，吳霜把頭低了下去。這是吳霜好難得的一次空閒，雖然今天晚上趙一風本來打算去美國新聞處聽一個演講的，現在當然毫不考慮的取消了。

秋天的傍晚，夕陽最柔，晚風最輕。

趙一風和吳霜並肩的走著，吳霜的手觸到了趙一風的手，趙一風便把她的手握在自己的掌心裡：

「上了一天課累不累？」

吳霜輕輕的搖了搖頭，朝他淺淺一笑：

「平常累慣了。」

「我看你身體並不很好，以後不要那麼累，要懂得愛惜自己。」趙一風看著吳霜清瘦的面龐，心中有些不忍。

「……」吳霜不再吭聲，而緘默了下來。

當他們趕到東南亞時，被巨幅廣告下的長龍嚇到了。

趙一風笑著問吳霜：

「看下一場吧？」
吳霜把頭一側：
「可以不看吧？」
「隨你便。不看更好，可以和你多聊些天。」
於是他們手拉著手，散步到台大的校園。椰林大道旁高大的椰子樹，在黃昏裡緩緩搖擺著長髮。夕陽的餘暉從那些向四邊成拋物線的長髮之間怯生生的擠了進來。這正是最後一堂下課的時間，那些三五成群年輕而活潑的影子，把偌大的校園平添幾許熱鬧，他們找了一處栽滿杜鵑花的草坪坐了下來。
吳霜是側著坐的，於是她的整個側面輪廓便清清楚楚被後面的綠葉襯托了出來。趙一風覺得此刻說話會破壞這份寧靜，所以他就靜靜坐在那裡細細的欣賞著。趙一風想：她的側面比她的正面更美，鼻子很挺、眼睛很亮，只是嘴唇似乎應該再小一點。不，就是因為大了點，才不會像中國古代那種仕女圖上千篇一律的櫻桃小嘴，太小家子氣、很俗。趙一風想到「增一分則太肥、減一分則太瘦」的形容句子，算是上帝的傑作吧？不，根據遺傳學，應該是父母的傑作。一想到父母，趙一風心中的許多疑雲又湧了上來，大一時同學之間不是盛傳她是某某董事長的女兒嗎？但是從她所住的地方看來顯然不太像。如果她是清寒人家的子弟，那又有點不對。為什麼她和小強都不喜歡提到自己的父母呢？莫非——莫非他們是孤

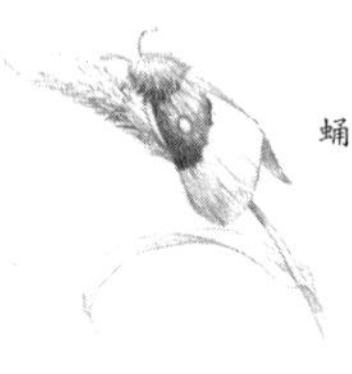

兒?不，不。這個謎在他心裡也醞釀了很久，不問個水落石出，憋在心裡怪難受的，於是趙一風下定了決心，今晚一定要問她。否則這個謎就像他們之間一道無形的牆擋在那兒。只要一天不除去，趙一風的心裡就像被罩著一層陰影。

「喂，吳霜。」他輕輕的喊了一聲。

吳霜正在沉思著，被他這麼一喊好像吃驚不小，把頭轉了過來。

「我們之間，似乎不該隱瞞什麼，有句話不知道該不該問?」趙一風開門見山的說。

「喔?當然可以問，只是我想我並沒隱瞞什麼。」她的嘴角仍凝著笑意。

「就是關於你的父母，你似乎從來也不肯提起。還有你每天晚上都不在家，還有你總是那麼忙，還有……」趙一風一口氣全都抖了出來，像把鯁在喉嚨的魚刺一根一根的吐了出來。

「還有……你是不是在審案子呢?」吳霜臉上的彩霞收斂，暴風籠罩。

「我不是在審案子，吳霜，只是我覺得你一定有些事沒告訴我，如果你有什麼困難，為什麼不讓我也分擔點呢?難道你連我也信不過，這樣子我會很難受的。」趙一風站了起來。

吳霜的嘴角抽搐了一下，微蹙著眉心，沒說什麼，只是低著頭坐著。他們之間有一段不算短的緘默。趙一風焦急的等待她的回答，而吳霜卻是像在回憶著什麼。不過，趙一風發現吳霜的眼角開始有些濕潤，肩膀微微的顫動了一下，輕輕的哭了起來。趙一風連忙蹲下去，在口袋裡翻了半天，摸出一條手帕，正要遞過去，卻發現上面有他的汗跡，只好又塞回了口袋，他搔搔頭：

「吳霜，真……真對不起，我不該這麼大聲吼的。」

吳霜站了起來，抬起頭來，泫泫然爬了一臉淚水：

「我要回去了。」

趙一風一時也不知該說什麼，便扶著她走出了椰林大道。一路上他們沒有再說一句話。送她回家後，趙一風便在心裡狠狠的罵自己：趙一風啊，你真是傻瓜，這麼美好的一個黃昏，竟被自己給搞砸了，唉，真是太煞風景。不過，繼而一想，早晚還是要問的，不問永遠也不能鬆心，但是，實在不該在夕陽下、椰子樹畔、杜鵑花旁這樣吼叫的。真蠢！真笨！於是趙一風狠狠的揍了自己一拳。

第二天上課，在教室裡趙一風見了吳霜，本來急著想問她昨天還好嗎？可是還沒來得及問，吳霜便避開他走到另一端坐下了。這一堂課，趙一風根本沒心聽講，他不時的朝吳霜那裡看，吳霜也好像心不在焉似的，一隻筆在本子上亂塗亂畫，好不容易捱到下課鐘響，吳霜站了起來，走到趙一風前面，突然從皮包裡拿出一個沉甸甸的信封，交給趙一風，然後掉頭就走出了教室。

在許多對好奇的眼光下，趙一風沒敢拆開信封，他把沉甸甸的信封夾進了筆記本裡，出

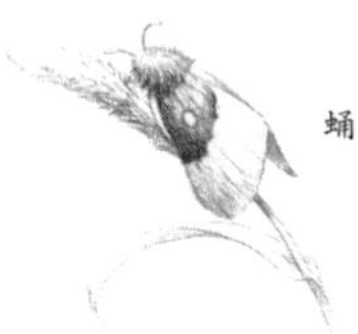

去推了車子，就急急忙忙的騎回家了。一進家門，他跌跌撞撞的衝進房間裡，小蘭看他昨晚和今天這種失魂落魄的樣子，猜想大概與吳霜有關，不過她不敢多問。趙一風把房門關上，迫不及待的把信撕開，裡面是好幾張信紙，他展開了信紙，吳霜秀麗的字便一個一個的跳躍在他眼前：

一風：

眞對不起，昨天我在你面前失態了。不過請你相信，我並不是一個喜歡哭的女孩。從前也許是，但是那對我而言，好像已經很遙遠了。這些年來，我敢說，我比一個普通男孩還要堅強好幾倍。

我知道班上同學一直都不大諒解我，他們一定覺得我不肯參加班上的活動、不肯和大家合作，就像一隻索居的孤雁。其實，我是非常渴望得到每位同學的友誼，但是現實環境卻不允許我有太多和大家共處的時間。友誼誠然可貴，但是卻有比友誼更可貴的東西，這就是我寧願在背後遭到指責，也不肯向任何人訴苦的原因。我覺得一個人如果爲了一個理想去吃苦、受折磨，只要他覺得值得，別人是否能諒解都不重要。所以我始終不願意在別人面前提起，包括你在內。現在卻不同了，如果我再堅持不說，我可能會失去你，因爲我不夠坦誠。你應該曉得你在我心目中的地位。現在你將成爲三年來我第一個傾訴的對象，那是你的不幸。因爲每個人都有權利不知道發生在其他人身上的不幸，就像你可以把赤色大陸飄來的浮屍、越戰遍地屍骨的消息關掉不聽一樣。如果你已經後悔的話，可以不要看下去，一把火燒了它，我不會怪你的。

趙一風下意識的頓了下，他似乎預感到一個悲劇故事的來臨，悲劇總是不受歡迎的，要不要燒掉呢？可是它卻發生在吳霜的身上啊。於是趙一風繼續看下去：

我從小生長在台南。那時候在台南只要提到吳英杰，眞可算得上是家喻户曉的人物了。吳英杰，就是我的父親。那時候他經營塑膠業，在台南算得上是數一數二的大富豪。他的分公司遍布全省各地，還包括了南洋幾個地方。所以他很少住在家裡，大部分時間都在外面奔波。我的母親是個精明能幹的人，藉著父親的財力，她在當地婦女界是個舉足輕重的領導人物，因此她也有了她自己的事業。所以我和小強雖然有讓別人眼紅的家庭，可是我們從小就很不快樂。

當然，服侍在我們身旁的傭人很多，家庭老師也一大堆。爸爸要小強學小提琴，要我學鋼琴，這是有錢人的時髦玩意。我承認，我們童年那段時光是在音樂中長大的。家庭老師逼我每天彈四、五小時的鋼琴，她說不肯下工夫，就不可能有超人的成就。當時我也曾立志做一個音樂家，像巴哈、布拉姆斯、蕭邦一樣。我永遠記得那個老師

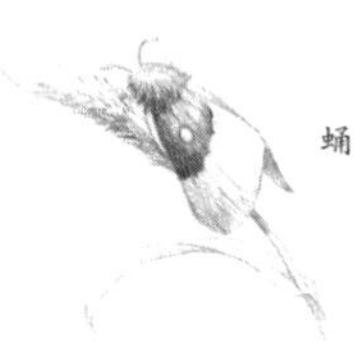

對我說，現代中國人從來就不肯創造出屬於自己的音樂，上焉者一味模仿西洋音樂，下焉者只會搞靡靡之音來損人利己。那時在我幼小的心靈中就暗暗發誓，將來有一天要替自己國家爭口氣。除了彈鋼琴外，我還喜歡歌劇，小時候我喜歡維爾第的作品，長大些又迷上了比采。我覺得他們給了我很多感受，那是自己彈鋼琴所無法領受的。

趙一風唸到這裡，的確有點驚訝，怎麼從來沒聽她談起她對音樂的偏好呢？

除了音樂，我還有一種特殊的嗜好，那就是收集昆蟲標本，這也許是我後來沒考音樂系而唸生物系的一個主要原因。我深愛造物者所創造的這些昆蟲，牠們巧奪天工的設計，讓你相信世間眞的有神的存在。爸爸知道我有這種嗜好，就不惜花了大筆的錢，在非洲、南美洲等地託朋友購買當地產的蝴蝶標本。在這方面他對我是有求必應的，也許是要彌補他平日不能陪我們的缺憾吧？那時候我有一間小房子專門用來放標本的，沒事的時候就一箱一箱搬出來欣賞，並且用塊小布小心的擦拭上面的灰塵。我喜歡它們的程度，並不亞於那架鋼琴。我生活在我這個由音樂和標本交織而成的小天地裡，外面的世界我知道很少，上課、下課都有轎車接送，使我不能和其他同學或鄰居的小孩一樣，在地上跳方格子、跳繩，從小就失去了朋友，我能不渴望友情嗎？

雖然在我童年、少年的生活中缺少了些什麼，但是我幸運地誕生在這麼富裕的家庭裡，享受比別人高級的物質享受，也許連命運之神都嫉妒了，否則爲什麼後來祂要如此捉弄我呢？

就在我高二那年，我家發生了巨變。一場莫名其妙的回祿之災，把爸爸在台南的塑膠廠燒得片瓦無存，損失慘重。其中還有許多剛剛新添進口的昂貴機器，都是貸款買來的。當時的爸爸就像破了一個大洞的皮球，氣洩光了，再也鼓不起氣來了。他曾力圖振作，可是他手下的人卻紛紛四散，那些分公司的負責人不但不肯幫忙，反而趁機與一些小廠商聯合起來打擊父親。我似乎覺得爸爸在那一剎那間老了二十歲，頭髮也全白了。母親那原來是靠雄厚財力支持的社會地位也馬上垮了下來。接著把房子賣了，四個人就租間房子住。以後的日子你可以想像，像是一場噩夢！到了我高三那年，爸爸終於熬不住這些突如其來的打擊，而病倒了，不到一星期就永遠離我們而去。媽媽在呼天搶地狂呼狂嚎了三天之後，也承受不了這一連串的驟變，服下安眠藥隨著爸爸去了。她只留下短短的幾句遺言，她要我和小強一定要努力用功，繼續求學，有一天能再重振家風！並且要我這個做姊姊的多照顧弟弟，多犧牲一點。

我想我的淚水就是那段時期哭乾的。從一個嬌生慣養的富家千金，一夕而變成天天要爲生活奔波，要仰人鼻息的女工，那不會是件容易的事。但是殘酷的現實將很輕易的把一些不可能的事變爲可能，如果你不順從它，就只有走媽媽那種向它屈服的路了。

幸而還有一些親戚朋友的濟助，我總算完成了高中學業。雖然很不想再唸下去，只一心一意想賺錢給弟弟繼續唸書，但是又忘不了媽媽的遺言——不能放棄學業，於是我只塡了這所公費大學爲志願。總算上蒼憐憫我，讓我考上了。我決定帶小強到台北，不再接受親友的幫忙。在臨走前，我賣掉了最心愛的鋼琴和所有的蝴蝶標本。過去的十幾年裡，這兩樣東西幾乎就是我生命的全部。它們曾經陪我度過無數寂寞的日子。你永遠無法想像我當時的難過和依依不捨。我一遍又一遍的撫摸著鋼琴，讓淚水浸濕了每一個琴鍵，我把標本箱抬出來，仔仔細細的看它們最後一眼。在賣掉它們以後，我一個人躲進原來堆標本的空房間裡，忍不住內心的悲慟，整整哭了一天一夜。

揩乾了眼淚，帶了那筆錢，告別了我的故居，來到台北！從我踏進大學的第一天，我告訴自己，從此不再掉一顆眼淚。開始半工半讀，讓弟弟順利完成高中學業考上一所最好的大學，將來重振家風。

爲了讓小強受到和同學相同的待遇，甚至比他的同學更好，我每天翻報紙找工作，我要賺足夠的錢來維持我們的生活費。白天我在兩個地方當家教，一個地方教鋼琴，一個地方教英、數，時間都恰好排在我沒課的時候。晚上我就在一家私人公司工作，從七點到十點。剩下的一點時間，才是我僅有的唸書時間。

當我站在那些琳瑯滿目的活動海報前面時，我能無動於衷嗎？我多渴望能參加合唱團？我又多麼渴望參加你們的烤肉、郊遊、露營？我希望自己也能和你們在球場邊一起歡笑，享受那勝利的歡愉和失敗的悲痛。我和你們同樣年輕，你們所需要的我都需要，甚至有過之而無不及。但是兒時的夢幻早已成爲泡影，我再也不敢奢望自己成爲音樂家了，我只能用這一技之長來賺些錢。我的生活好像只是爲了小強而已，眼見小強一天一天茁壯，和其他同學一樣，穿得好、吃得好，甚至還有家庭老師。我就覺得自己辛苦有了代價，一點點犧牲算得了什麼？

我不怪命運。怪命運的只是懦夫，唯有在已經成爲事實的惡劣環境下，力爭上游才是強者，我就常常以做爲一個強者來勉勵自己。這是我能說的全部了，浪費了你那麼多時間來看，但我並沒有絲毫乞憐的意思。只希望你看了，能相信我並不如你想像中那麼壞，我就很感激了。從前我不在乎任何人對我的看法，現在卻在乎你對我的看法。

祝好

吳霜

一口氣把這封長信唸完，趙一風放下了信紙，覺得自己眼眶已微微濕潤，內心有一股難

以名狀的激盪。他想不到在吳霜那麼美麗的外表下，有著這樣高潔的情操。和她比起來，趙一風覺得自己太卑微了。他忽然想到，去年替小強補習，每個月還按時領一千元報酬。天哪，趙一風，你竟然拿一個女孩子辛辛苦苦賺來的血汗錢而神色自若?他匆匆把信收在抽屜裡，披上一件衣服，衝出了房門，直奔向吳霜住的地方。

趙一風來到吳家，輕輕的敲了敲門，門「依呀」的開了。吳霜站在那裡，顯得很憔悴，他們誰也沒先開口，只是互相癡癡的對望，他們已經交換了千言萬語。

趙一風伸出手去握緊吳霜的手，那是一雙冰冷的小手。忽然一陣激動，便把她整個人攬入懷裡。用手輕輕撫著她的柔髮，好像在說著囈語：

「吳霜，讓你吃了那麼多苦，我對不起你，對不起你。」

吳霜整個人像虛脫般，兩隻腳也忽然軟了。她一下癱軟在百感交集的喜悅裡。於是她的淚水又不由自主地流了出來，把趙一風的胸前染濕了一大塊。趙一風在胸前的這片淚水中，真正體驗了愛情的歡欣，更喚起了他心中千萬種柔情。雖然他們是站在大門口，有一個鄰居婦人剛從旁邊經過，投以奇異的眼光，但是他們已經不在乎了，有什麼好在乎的呢?

8

「快，快來幫忙抬啊。」楊祖業在大門外喊著。

趙一風和秦泉正在房間裡熱烈的討論著一個問題，聽到了楊祖業的喊聲，連忙跑出去開門。

大門外，只見楊祖業扛著一幅長形巨幅的油畫，汗流浹背的喘著氣：

「馮青青送我的。」

「不錯嘛。」趙一風說著便幫他抬，秦泉也伸出援手。

三個人把這幅巨畫給抬進了客廳。楊祖業指了指正前方：

「就掛在這裡。上回馮青青來我們這裡，她說這個地方空了一大塊不好看，所以就答應送我一幅畫。」

秦泉搬了一張椅子站了上去，趙一風和楊祖業扶著畫框，七手八腳的便把它掛在牆壁上了。

「有沒有題目？」秦泉下了椅子便問楊祖業。

「有，馮青青說叫做『蛹之死』。」

「噢？」趙一風心一沉：「為什麼取這種名字？」

「是啊，怪怪的。」秦泉插腰，定定地瞪著這幅《蛹之死》。

「我本來想向她要一幅比較清新動人的水彩畫，可是她說這一幅是專門為我們上回去大屯山郊遊而畫的，所以有紀念價值。她說這是她最近一年來比較滿意的作品。」楊祖業指著這幅以黑色和藍色為主的油畫，是用分割畫面來呈現。好像有個蛹懸在不著邊際的夜空：「她說上一回的郊遊，趙一風談到蛹的問題，給了她一個靈感。後來小蘭又說蛹會死，所以她的這幅畫便有了整個構想了。她又說她的這一幅畫本身就是希望別人能體會出畫面的悲愴、荒涼、無助與矛盾。她還向我說了一大堆，說什麼真的藝術，在於挖掘人類空虛的一面、悲哀的一面，這樣才具有永恆不朽的價值。反正我不懂。我還是喜歡看輕鬆、活潑、愉快的畫。人生不如意的事十常八九，不應該再庸人自擾的來折磨自己了。」

趙一風和秦泉都沒話說，或許他們真的被這幅畫所感染了？好久，趙一風才說：

「那回大屯山之行，收穫可真不少。秦泉要寫一個中篇小說叫『蛹』，馮青青又畫了這幅畫叫『蛹之死』，看樣子我們倒真該多來幾次爬山，也好給你們多添一些靈感。」

「有的時候覺得像馮青青這樣學藝術的女孩子，太執著了，雖然執著得可愛，有時卻也讓人怕呢。」秦泉笑著對楊祖業說。

「你害怕，可是我們楊祖業卻喜歡得很哪！」趙一風說。

「我覺得不管怎麼樣，至少在這種什麼都妥協的社會裡，執著是值得讚賞的。」楊祖業很客觀的下了結論。

「對了，剛才我們討論的問題還沒結果呢。」秦泉像想起了什麼似的對趙一風說。

「什麼問題？」楊祖業不曉得他剛進來時，他們正在談什麼。

「我們參加社會服務的問題。」秦泉說。

「對啦。我們學校不也有百萬小時奉獻運動嗎?」楊祖業說。

「我們談的就是關於這方面的。」趙一風說:「因為我覺得社會服務的參與對我們大學生而言,是很重要的。至少我們開始對自己的社會盡到一點點責任了。不然只會空談而不肯真正去做,那是一種諷刺!」

「今年暑假我想參加山地服務隊。這是我唸大學最後一個暑假了,把它貢獻出來似乎是應該的。」秦泉說:「何況,我可以更接近崇山峻嶺了。」

「今年我也計畫組織一個推廣農業知識和宣傳家庭計畫的隊伍。」趙一風提到自己的計畫,便神采飛揚起來。

「好吧,到時候我一定報名就是啦。」楊祖業說:「也許我還可以把馮青青一起拖去,她順便還可以去找些靈感呢。」

提到馮青青,楊祖業的眼神盪漾著幸福與滿足。

楊祖業從學校回來,剛把手上的書放下,就發現書桌上擺了一封限時信,是馮青青的。一個星期沒見到她了。上回寫信給她,她也還沒回信,所以他好興奮,迫不及待的把信打開,讀著信上的字,忽然他的臉色開始變,急驟的變!突然變得石灰一般慘白。拿信的手開始有些顫抖,不可能的事!不可能的事!楊祖業一遍又一遍的說著。他不敢相信上面的每個字，每句話。他站了起來，穿上衣服就傻傻的往外走，好像一下子失去了所有的知覺。小蘭正在家裡，看到哥哥這副樣子，知道一定發生了一些不尋常的事，於是便跑進哥哥的書房，那信紙還緺緺的捲在桌子一角。小蘭就順手撿了起來：

祖業：

在看這封信時先請你冷靜，因爲它也許會給你帶來一些驚訝，但我深信你是個夠堅強的男孩，可以接受這一項事實的。

我最近將要和一個叫余大偉的男孩訂婚。早在三年前我就認識了他，最近因爲他要出國了，所以向我提出訂婚的要求。你一定不會相信，因爲我從來不曾在你面前提到他，現在我也眞不知要從何解釋起。不過有一點你要明白，和你交往這一年半，我不曾欺騙過你，我對你所付出的一切感情都是最眞的。但是也許就是因爲我曾眞心對你，所以我覺得我不該嫁給你。在許多地方我們都不合適，將來我們如果眞的結合是不會幸福的。請相信我的選擇，不是爲了自己，而是爲了你。

你是個很好的青年，你將是許多女性追求的對象，我先祝福你，你也別忘了祝福我和大偉。過去一切美好的回憶，從此將深埋我的心底。我希望你不要感情用事，千萬不要來找我，大偉是個十足的醋罐子，你如果來找我，我不會原諒你的。這些都是已成的事實，再來找我只有增加自己的痛苦而已。好了，希望你不要罵我是變心的女孩，天底下有許多你料想不到的事。最後謹祝永遠積極進取。

青青 草

「美麗的謊言！」小蘭看完，把信扭成一團投入字紙簍，兩頰綿延一陣抽搐：「真想不到，哥哥怎麼會這麼沒有眼光，和這種女孩子交往，唉，真傻，真傻。」

於是小蘭坐在椅子上開始回想這個女孩子。她實在無法相信，像馮青青這樣的女孩也會用情不專，見異思遷。她原以為馮青青是個很脫俗、很理想化的女孩，她不該這麼輕易就拋棄她和哥哥這段感情的：

「想不到她是個拜金主義者。眼看那個叫余大偉的男孩要出國了，就和她訂婚，難道她就來不及等哥哥畢了業？」

小蘭越想越難過，越想越替這一代年輕人把愛情當遊戲的態度感到寒心。

這時楊祖業從外面回來，衣服釦子也沒扣好，披頭散髮的。他闖了進來在門口處怔立不動，胸部一起一伏很不規律，嘴角好像痙攣般顫動著，心緒的紊亂寫在他那一張一翕的鼻孔上。他對著牆壁上那幅巨畫——《蛹之死》呆若木雞的凝視，喃喃的像說著夢囈：

「馮青青，馮青青，真沒想到，真沒想到。」

小蘭看哥哥這種失魂落魄的樣子，心裡像刀割一般難過，她安慰哥哥：「哥哥，如果事情已經是這個樣子，你難過有甚麼用？把她忘了罷，像她那種女孩子不值得你再多想的。」話還沒說完，聲音都有點喑啞了。

「我不怪她，一點也不！這種事本來就勉強不來的，要兩廂情願。只是她既然不打算和我永遠在一起，就應該早一點說，不應該在我動了真感情之後才說，這未免有點殘忍。一個人的真感情不是隨便可以撿來的！」楊祖業一手扶著門框，一手插入口袋內，他抬起頭來用佈滿血絲的眼睛看了看小蘭：「小蘭，你放心，我不會在乎的。現在她離開我既然已是事實，我就會面對現實！希望有一天，我能比余大偉更有出息！」

「這樣才對。哥哥，這才像我的哥哥。」

話說起來雖然那麼輕鬆，但是癡情的男孩，他怎能輕易忘懷他的這次刻骨銘心的初戀呢？楊祖業坐在床緣上，往日的一幕幕清晰的浮現：從在一次畫展中認識她，到後來約她去聽音樂欣賞、河濱散步、鷺鷥潭划船、青潭游泳，然後感情直線的上升，到了楊祖業有一種不能失去她的感覺為止。馮青青，這樣一個令他意醉情迷的女孩，為什麼卻有一顆善變的心呢？楊祖業把十指插入零亂蓬鬆的頭髮內，他越怕回憶，回憶之門卻偏偏敞開著。

大屯山之旅。

蛹之死。

如果我能找到一個會賺錢的丈夫。

天哪，你真的找到了。為什麼這一字一句都這樣清晰？清晰得像一架錄音機。

大屯山頂建一座青青庵。

好哇！你可不能騙我啊，我們勾勾手發個誓。

青青庵！青青庵，到底是誰騙了誰？勾手有什麼用？海誓山盟有什麼用？騙人的！騙人的！馮青青，你看著，我一定要比余大偉有出息一百倍！我也要出國，拿博士，拿超博士！

楊祖業心緒紊亂像柳絮飄散在半空中，一陣風，飄啊，飄啊。

一個星期天的中午，趙一風和秦泉都不在家。

小蘭帶了幾個同班的女孩到家裡來，一進門就嚷著：

「哥哥，快出來幫忙哪。」

楊祖業原來只穿了件汗衫在書房對著「高等微積分」發呆，聽她這一喊，連忙披上一件外衣，邊扣鈕子邊應著：

「來囉。」

大門口幾個女孩子，有的提水果，有的提大包小包的肉和菜。小蘭把手上的一條草魚在哥哥面前晃了一下：

「今天我們要自己下廚，弄幾道菜，好好享受一番。」
「好哇，這下我可有口福了。」楊祖業說著，便要去倒茶。
「哥哥，不用客氣了，都是我的好朋友。來，我給你介紹，這是林素卿、這是王玉珍，這是李娟，諾，還有這一位是白熙鳳。」

她們都笑著和楊祖業打招呼，從她們的樣子可以看出來，都還嫩嫩的，不夠老練，一眼就讓人猜出是大一的學生。楊祖業也沒把妹妹的介紹聽進去，什麼「王」素卿、「林」玉珍的，女孩子都是這種名字，不好記。不過其中那個叫白什麼鳳的倒有點特出：削肩細腰、顧盼神飛、婀娜自然，但美而不艷，使她很自然會在同年齡的女孩中顯得說不出來的醒目。
「玉珍，你來切菜，今天讓李娟來表演她拿手的湖南名菜。」小蘭在廚房裡分配起工作來：「素卿，你來幫我包餛飩。白熙鳳，這裡沒你的事，你陪我哥哥聊聊吧。」

那個叫白熙鳳的女孩說：
「我來切肉好了，大家都做事，我總不能等吃啊！」
「不用了，廚房太小，人多反而礙手礙腳，本姑娘今天放你的假。」
楊祖業本來正要進書房，一聽小蘭說要白熙鳳和他聊天，他想了想，便又走了出來：
「白熙鳳，奉妹妹的命令，我們就來聊吧。」
白熙鳳聽他這樣一說，便笑了起來，露出兩排纖巧的玲瓏貝齒，在燈光下一閃一閃。

「哥哥，白熙鳳是我們系裡辯論隊的主將，口才好得很呢，你一定不是她的對手。」小蘭在廚房裡說。

「小蘭，你亂講。我又不是來這裡和你哥哥辯論的。」白熙鳳向廚房裡的小蘭抗議。

「對了，白熙鳳，冒昧的請教一下，你這熙鳳兩字，是不是和紅樓夢的王熙鳳一樣？」楊祖業說。

「對了，就是王熙鳳的熙鳳。」白熙鳳笑了：「不過我可不欣賞王熙鳳那種女的，那種『鳳辣子』典型，實在讓人退避三舍。」

「可是像王熙鳳這種女孩，在現實社會裡，反而是最能適應的啊。很多人想學都學不來呢。」

「話是不錯，可是後人給她的結論是：機關算盡太聰明，算盡了卿卿性命。我想，人還是別精明過分才好。」

於是他們便打開了話匣，天南地北的聊了起來。白熙鳳真不愧是辯論主將，在女孩中像她這樣滔滔不絕的，實在不多。但是她給人的印象並不絮聒，相反的，只會讓人覺得她很有思想，主觀很強。可是她卻懂得在雙方短兵相接時讓別人幾分，而不會傷害到對方。這回也不知道怎麼搞的，當他們談到留學生的問題時，竟短兵相接、各不相讓了起來。

「我將來是準備出國留學，而且我一定會回來，理由很簡單：因為我所學的正是自己國

家所需要的東西。但是我卻反對那些認為留學生一定要回國服務的論調。」楊祖業的聲音大了起來。

「我承認留學生在國外，同樣可以貢獻祖國，但是總免不了有隔靴搔癢，搔不到癢處的毛病。何況他們不回來的主要原因是他們認為一回國就表示在外面混不下去，有失面子。」白熙鳳說：「我哥哥在美國拿到學位後，起初也曾考慮回國，但是國內卻沒有適合的工作讓他做．所以只好留在美國了，像這種情況也是不得已。」

「這就對了。這就是我們要討論的問題。要他們回國，必須造成一種環境來容納他們。只一昧的用道德觀念來教訓他們，卻又沒地方讓他們容身，那就是留學生都回國了，也只是一種浪費！」楊祖業用袖子擦了一把汗：「當前國內最需要的，便是要學術獨立，國家要培養自己社會所需要的人才，創造一個環境。留學生所學能發揮出來，他們自然樂意回來。所以不論他們將來回不回國，只要忠於自己，恪守自己的崗位，其實都可以。」

「……」白熙鳳想要再說什麼，可是腦筋已經一片空白，在辯論場中那種咄咄逼人的氣勢一下全消了，於是她忽然兩頰緋紅，笑了一下：

「楊大哥，我說不過你，我認輸。但是內心還是不服氣，下回有機會，我們再繼續好嗎？」

「好吧，我隨時奉陪。不過我認為這不是輸贏的問題，只是真理越辯越明。」楊祖業忽然哈哈一笑：「如果只談辯論技巧的話，你剛才犯了一項辯論中的大忌。」

「對了，」白熙鳳想了想：「我不該舉我哥哥不回國的理由，那反而是自動傾向你那邊了。」

「哈哈，知過能改，孺子可教！」楊祖業有些得意的笑了。

這時小蘭端出一道「辣子肉丁」說：

「先生，小姐，開飯囉！」

這一頓香噴噴的飯菜，的確可以和外面館子裡媲美。所以小蘭說：

「如果我是男孩子，我就娶李娟，每頓都有好菜吃。」

飯吃完了，小蘭又下了命令：

「哥哥，你和白熙鳳剛才沒做事，現在輪到你們去洗碗了。」

「不用啦，我一個人就夠了。」白熙鳳說著，就去收拾殘菜剩飯。

「不行，我妹妹的命令就是聖旨，不能不聽的。」楊祖業邊說就邊挽起袖子，圍上一條圍巾：

「白熙鳳，你抹肥皂粉，我沖水。」

洗完了碗，她們便拿出撲克牌來玩，先是玩拱豬，拱了一下沒意思，就開始嗑瓜子、聊天，女孩子在一起嘰嘰咕咕的一直到傍晚，她們才告別了楊家兄妹，各自回家。

小蘭一邊收拾著殘局，一邊問楊祖業：

「哥哥，你覺得白熙鳳怎麼樣？」

「很不錯。」楊祖業順手撿了一個完整的瓜子嗑了起來。

「要不要我給你穿針引線一番？」小蘭調皮的看了一眼楊祖業。

「這……算了。」楊祖業忽然覺得，今天的一幕，好像是小蘭有意安排的，於是有點不悅：「我不是那種見一個愛一個的男孩。談一次戀愛已經夠我受的了，I never fall in love again.」

「你看，全世界就只有你最癡情。人家馮青青說訂婚就訂婚，而你呢，還自以為是情聖，何苦呢？」小蘭走向了楊祖業：「白熙鳳是我最好的朋友，她的脾氣我一清二楚。當她不喜歡一個人時，你就是再獻殷勤，她也不睬你。但是一旦她喜歡上某一個人，任憑別人怎麼破壞，她就永遠不會改變自己的決心。現在追她的人少說也有半打，她都不理人家。我真希望她能和你在一起，這是我自私的想法。哥哥，聽我的話，趁她還舉棋不定時快追，否則等她有了要好男朋友，你再追就太晚了。她不是馮青青，她不會見異思遷的。」

「唉，小蘭，我知道你也是一片好心，你是看不慣我整天魂不守舍的樣子。可是有一天你不幸也像我一樣，你才會體會我此刻心情。」楊祖業又想起了往事，便不再說話，默默的走進了書房。小蘭在他背後聳聳肩、搖搖頭，她想，真的去愛一個人是這麼苦嗎？或許是吧。

9

暑假來臨了。秦泉果然參加了山地服務隊，小蘭也跟著去了。趙一風、吳霜、楊祖業三個人則策劃那支宣傳家庭計畫的隊伍，因為經費還沒著落，而且也還沒和各單位聯絡好，所以要延緩一個月後才能成行。於是這一個月，楊祖業就提前開始唸些留考的書，準備考托福和GRE，他打算服完兵役後就出國。而趙一風仍然埋首在他的課本內，準備先考國內的研究所。

秦泉和小蘭隨著山地服務隊到了山上之後，每隔四、五天就會寫一封信回台北，報告他們的生活和感受，秦泉是寫給趙一風，而小蘭寫給她哥哥。

當秦泉第一封從山上寄下來的信到達趙一風手中時，時間已相隔了一星期。

一風：

十八日早晨，飄著雨絲，我們從齊那田開始步行入山。連續走了兩天的山路，斜坡很陡，彎路又多。一路上雖有蟬鳴、鳥語、蝴蝶飛舞和潺潺流水聲，但是揹上自己的大包袱，外加小蘭的大包袱，似乎已把我所有的閒情逸致都給壓光了。剛開始時小蘭一路上還唱著歌，唱到第二天她連說句話都沒力氣了。到達目的地，她整個人倒了下

去。這不能怪她，連我都吃不消了。

休息一天之後，我們立刻展開工作。早上教書，下午家庭訪問。山上溫度很低，缺乏蔬菜，每天只有黃瓜、地瓜、小米、玉米，並盛產跳蚤和蚊子，一般生活水準較平地低很多，非親眼所見不敢相信，在如此文明的世界裡，他們似乎是被人遺忘的一群。我能利用這個暑假和他們生活在一起，覺得是我大學生活裡最有意義的一件事。我會好好把握這短暫的一個多月時間，盡量的做，也許根本不能改善他們的生活，但是我們在努力的做了，又何必計較成果呢？

原以爲會有一點空閒的時間，可以記下一些感想之類。可是上山之後，因爲工作繁多，例如農業發展、醫療巡迴、環境衛生、體育、美術等。凡是有關社區發展的問題都在我們工作之內，所以不但午睡取消，晚上的工作檢討和計畫會議也常常到十二點，連寫封信的時間都不易抽出，所以想在山上寫點東西的計畫也成泡影了。不過這樣的生活也的確夠充實了，我很滿足。好了，我還是多把握在山上的日子，其他許多的感想留到以後下山再慢慢談吧。

祝好

秦泉

（代我問候梅庭過小姐）

楊祖業把小蘭寄來的第三封信拆開，裡面掉出來好多東西，有兩隻木葉蝶、幾片樹葉和幾顆變了色的豆子：

哥哥大人：

這些日子我過得好快樂。從早晨起來到夜裡躺在床上，所有的一切都是那樣新鮮、那樣吸引人。我在這裡成了好神氣的老師。小朋友們本來髒兮兮的手、臉，替他們洗乾淨之後，以後每天他們見到我，立刻把兩隻小手伸出來，乾乾淨淨的，在那一刻，心裡滿滿的、感動得幾乎哭出來。

上星期六帶他們到山谷的溪水中玩，看他們活蹦跳躍的像小松鼠，而我卻因爲站不穩，差點跌進溪裡，那些小松鼠們就來牽我的手說：老師，我牽著你走，不要摔跤！我眞羨慕那些山地姑娘，一身玫瑰的衣褲，縱身一跳，便悠哉遊哉的在溪裡面游泳，我盡情的和小松鼠們打水戰、盡情的吼、盡情的笑，忘了自己是老師，哥哥，我快變瘋子了。累了、倦了，就躺在一塊大岩石上唱歌，小松鼠們會遞給我一個他們剛拔來的黃瓜說：「老師，很好吃。」

一天早晨，特地起了個早，獨自一人走向山中的小徑，一股不知那來的興奮感，放足奔跑於無人的山路，累了，隨地坐下，眼前熟悉的山巒蒙在濃濃的白紗中，想摘一

朵紫色的石竹，卻驚醒了睡夢中的小粉蝶。遠處山胞的吆喝，打破了這寧靜的早晨。我向他們微笑，他們便對我說：Lo Ka Su（你好嗎？），這裡的山胞純眞、坦然流露的情感，使人樂於親近。

我看到一位山胞捉了兩隻木葉蝶，好漂亮。眞是像極了枯葉，想到趙大哥一定會喜歡，所以我就找小朋友替我翻譯，我抽空自己編織了一條圍巾和他交換，現在就夾在信裡一起寄來。我還順便摘了一些樹葉和小豆子，據他們說只有高山才有，平地少見。請你代我轉給吳姊姊，讓她也能分享一點這裡的深山氣味。

山地朋友還帶我去砍柴、爬樹，爬上一屋高的樹，遠觀群山環抱，耳聞谷底溪水，腳下蒼翠叢叢，我毫無顧忌的開懷大喊。遠處的小朋友與我相對吆喝，好開心！好開心！雖然到這裡是來服務的，但是我卻覺得自己收穫更大、更多，多得講不完，我現在一定有點不知所云，因爲我太興奮了。

我眞不敢想像，當我要離開這山地時，我會哭成什麼樣子，因爲我太喜歡這地方了。現在挨家每户我都可以喊得出名字，雖然此地貧窮、髒亂，但在我眼底，卻是人間仙境。哥哥，你眞該和我們一起來的。

好了，秦大哥又在催我去開檢討會了，下次再談。Sa Ka Ya Da La（再見）。

小蘭敬上

從秦泉和小蘭的來信中，可以看得出他們在山上的日子是辛苦而滿足的，他們付出了相當大的代價，卻也獲取了許許多多寶貴的經驗，尤其是那份精神上的慰藉。

一個月後，有一個中度颱風過境，趙一風和楊祖業很耽心小蘭他們在山上是否無恙？算算日子，他們也快下山了。

颱風過後的某天早晨，趙一風信手翻開報紙，想找找有沒有山地服務團的新聞，忽然有一則簡短消息吸引住他的視線。他屏住呼吸，一個字一個字的看著：

本報訊：屏東縣某村山地服務團員秦泉，於此次颱風過境後，爲搶救一名被困於洪水中的山地兒童，不幸慘遭滅頂。其屍體被洪水沖走，現警方人員正傾全力找尋其屍體……

天旋地轉，白茫茫的一片。像被人重重的敲了一鐵錘，趙一風拿報紙的手一軟，整個人跌坐在沙發椅上。這是一場噩夢吧？不會是事實的。不會是事實的。不可能，不可能，不可能。趙一風狠狠的咬了一下嘴唇，一絲絲血從唇畔汩汩滲出——是真的，不是夢，不是夢。秦泉為了救一個山地兒童，自己犧牲了。可是為什麼他要犧牲得如此壯烈？連屍骨都不存？太不公平了！老天，如果你有眼的話，為什麼讓秦泉這樣死法，為什麼？難道你不知道還有很多很多的事在等他下山後來做？我們還有很多很多的計畫未實現！他是不能死的，不能死

的。

趙一風呆坐在椅子上，外面的太陽突然萎縮了。不曉得什麼時候下起了傾盆大雨。趙一風無法宣洩心中的悲傷，他衝到門外，牽了車子，讓自己整個人投入暴雨中，投入老天爺後悔的眼淚中。

雨無情的下著，交織成一片密不透風的網，一把把傘就在這片網中迷迷茫茫的滴著淚。趙一風的衣服早已濕透了，冰冷的緊貼在身上。雨點像針一般大把大把的灑在他的臉上、刺進他眼睛裡，他從口袋裡掏出一條手帕，用力的擦拭眼睛，但不久，眼前又是迷濛一片。他的腳毫無知覺的踩著，踩著，車輪便滑在積水的路面上，濺起一排白色的水花，像是掛在殯儀館門口的那種白花。雨水聲和車聲一直在他耳畔響著。洪水的聲音是不是這個樣子？他的腦子裡空茫茫的，卻又像塞滿了東西。煞車早已不靈了，趙一風明知很危險，但是一雙腳卻不聽指揮，狠命的踏著！迎面一輛烏黑烏黑的轎車駛來，趙一風一慌，用力去扣煞車，顯然已經失效，眼看自己就要成輪下鬼了。

那輛車一百八十度的緊急大轉彎，車身跳了兩下，司機探出頭來惡狠狠的啐了一口：

「媽的，該死！」

趙一風的汗珠便和著雨水從臉上往下滑，腳還是麻木的踩著踩著，剛才轎車如果不轉彎，他就和秦泉一樣了。該死——該死，是誰該死？秦泉嗎？不，他不該死的，他沒有資格死，是誰讓他死的？趙一風突然覺得臉頰上熱燙燙的，是汗？是雨？都不是，是淚。趙一風的視野模糊了，淚水漫了眼前的一切，他再也無法往下踩，於是便倚在一根電線桿邊喘著氣。掏出手帕，手帕也早濕透了，於是他想用袖子去揩臉上的雨水、汗水和淚水，但是袖子也濕透了。下吧！雨，淋吧！雨，痛快的下！痛快的淋！像洪水沖走秦泉那樣，沖吧！沖吧！

下山之後的小蘭，已經瘦得不成人樣了，兩個眼眶紅腫，精神恍惚，一語不發。楊祖業真怕她會一病不起，只管買些補品給她吃，卻又不敢問起她關於秦泉的事，怕一提起秦泉，又會惹她痛哭。有關秦泉的事，還是從其他隊員那邊得來的消息。他們說，颱風過境那天，山上風雨交加，大家都躲在屋子裡不敢出去，不久就聽到山洪暴發的聲音，然後就聽到喊救命的聲音。當時秦泉連忙披上雨衣衝了出去，小蘭和其他隊員都攔阻他，因為外面太危險了，出去不但救不到人，自己一條命也會丟掉。可是秦泉說他不能見死不救！出去之後就沒見他回來。後來才知道，他被洪水沖走了。他們又說小蘭在得知秦泉被沖走的消息後，不知昏厥了多少次，飯也沒吃，覺也沒睡，整個人像瘋子一樣，整天以淚洗面，他們都不知道如何是好。

趙一風、楊祖業忍著內心的悲痛，一直安慰小蘭，勸她。楊祖業搖著小蘭的肩膀說：

「小蘭，堅強起來。秦大哥終於為了救人而犧牲，我們該為他的犧牲感到驕傲才對。他曾經說過，青年人可愛之處，就是他肯為一個高貴的原則去死，現在他就死在他自己的一個高貴原則下，他會含笑九泉的。我們要為他感到驕傲，不要整天以淚洗面，這樣秦大哥會生氣的。」

小蘭聽了這些話，激動的又痛哭了起來，整個人伏在楊祖業的肩膀上，楊祖業輕輕的拍著她，讓她盡情的哭：

「哭吧，小蘭，哭完就好了。」

小蘭抬起滿是淚水的臉，終於開口了：

「哥哥，為什麼老天爺要讓秦大哥這種人死？為什麼？那次他為了主持正義被打傷，我就有很不吉祥的預兆，我知道有一天他會得到更不公平的待遇！」

「小蘭，老天爺是公平的，他為了要讓秦泉的這種犧牲，喚起無數墮落的靈魂，震醒醉生夢死的芸芸眾生，所以才給他安排這樣的下場。」趙一風把視線移到了牆上的那幅畫：「小蘭，記不記得你曾經說過，蛹會死掉？這張畫也許就暗示了這一點。蛹之死若能喚起無數的蛹之生，那麼蛹之死就更有價值了。」

趙一風的話使小蘭立刻跌入回憶的深淵，那一次大屯山的算命。

——你在心裡先想好一個你最喜歡的男孩子，然後我可以算出來你們將來是否成功。

——你很喜歡他，他也很喜歡你。不過，是你先追他的。

——亂說。亂說。

——但是，你們並沒成功。

——為什麼？為什麼？

——我也不知道。我也不知道。

——為什麼？為什麼？秦大哥，我們女孩子的心理，你們男孩子永遠不會懂的。

呵，呵，現在就是告訴你，大聲的告訴你，你也永遠不會知道的…………

趙一風從秦泉抽屜裡拿出一疊稿紙，是秦泉尚未完成的那個中篇小說——〈蛹〉，趙一風交給了小蘭：

「小蘭，將來希望你能將它繼續完成，以了秦大哥的一樁心願。」

「我能嗎？」小蘭打斷了自己的思緒，接過了那疊稿紙，用迷惑的眼光看著趙一風。

「你行的。你可以寫得很出色。別忘了，」趙一風把頭低了下來，輕輕的說：「你是他這一輩子唯一的私人秘書。」

10

大四這年過得很快。趙一風和楊祖業都忙著準備考預備軍官，小蘭呢，自從秦泉死後，

她除了唸書外，就參加社會服務的團體，像愛愛會、少藍、安老院、育幼院、盲校等，把所剩精力都放在上面。因為只有在不停工作下，才能使自己忘懷過去，使自己覺得對得起秦泉。小強自從上了大學後也兼了一份家教，他堅持要姊姊辭掉晚上的工作，他說他已經夠大了，不應該再讓姊姊吃那麼多苦。吳霜想志願到金門實習，在那裡教書，小強很鼓勵她去，他說他應該一個人練習獨立，不然會讓別人笑他整天靠姊姊服侍。

楊祖業和白熙鳳戀愛了。雖然當初楊祖業曾經一再感到矛盾和躊躇，但是越在寂靜的夜晚，他越想起白熙鳳那兩排雪白的貝齒，在漆黑的夜空中閃啊閃的，把他的意志都閃得動搖了。加上小蘭從旁加些「催化劑」，他們便開始約會了。白熙鳳有許多馮青青所不及的地方，但是馮青青的許多特色白熙鳳卻沒有。

預官放榜，楊祖業和趙一風都考上了，也都鬆了一口氣。這一天，趙一風沒事，想自己再過幾天就要畢業，忽然想到圖書館的草坪去坐坐。好久沒這樣享受了。從前的忙碌生活使他幾乎忘了這些可愛的草坪和暖和的陽光。

他找到了第四棵椰子樹，拍拍屁股便坐了下去。他一向喜歡坐在第四棵椰子樹底下，只因為他曾和吳霜並肩坐在這裡作過無數次的夢幻，曬過無數次冬天的陽光，他也曾在這裡噙著眼淚看教官和同學激昂的討論國家大事，這棵樹下有過他大學四年的足跡。夕陽映著那幢巍峨的建築物，把圖書館三個字映得閃閃發亮。不知道有多少個晚上，他曾埋首於那幢建築物裡，啃著那些厚厚的洋裝書。如今圖書館依舊、屋簷底下的燕子依舊，可是館內的莘莘學子可將又換上一批新人。

不遠處，有二十來個女孩子圍成一個圓圈，中間放了一架唱機，一個鍋子、一些水果、餅干，沒有半個男孩子，該是家政系吧？她們偶爾站起來跳幾支土風舞，「沙漠之歌」、「東倒西歪」，跳累了又坐下去唱起歌來。那種歌聲是無憂無慮的天使之聲，低年級總有低年級的那種味道。

趙一風從口袋裡掏出一包花生米，一粒一粒的往口裡丟，然後慢慢的咀嚼，像是咀嚼著這忙碌的四年。四年來，大家都說他是一個大忙人，他到底忙出了什麼結果？他靜靜的欣賞這些舞步輕盈的女孩子，覺得是一種享受。許多事情只要這樣就夠了，一旦你也下去和她們共舞時，那一份距離的美感就會被破壞。他想起了吳霜，四年來，吳霜大概不曾有過這種愉快的經驗吧？公平嗎？趙一風聳聳肩。

這時從工業大樓湧出了一大批男孩子，他們手上抱著書或拿著丁字尺，紛紛往草坪這兒走。當然，他們立刻發現了草地上這群快樂的女孩子。於是趙一風可以從這些男孩子的臉上找到那種「蠢蠢欲動」的衝勁，他看到他們正推來推去，想找出一個口才好的代表去和女孩子們「交涉」。

趙一風笑了，把最後一粒花生丟進了口裡，站了起來離開了草坪。他想，這個世界現在要交給你們了，盡情的玩吧。年輕人，只是別忘了，除了玩之外，還有很多很多的事等著你們去做。當趙一風走到大門口時，回頭看了草坪一眼，「代表」尚未產生，還在那裡推來推去。一定是大一的新生，準錯不了，趙一風搖搖頭很有信心的笑了。

當他走到青田街時，迎面有個穿紫紅色洋裝的女孩子向他打招呼，他覺得很面熟，仔細一想，這不是馮青青嗎？好久都沒見到她了：

「嗨，馮青青，怎麼那麼久都沒見到你？上回訂婚了，我還沒向你道賀呢。」

「訂婚？喔，你是說我和余大偉訂婚的事？」她的神情有幾分落寞。

「是啊！我覺得事情都過去了，楊祖業也不會怪你的。他現在也有很要好的女朋友了。」

「是嗎？那真該恭喜他啦。」馮青青雖然笑著說，但是卻掩飾不了臉上突然閃現的一道陰影。雖然一閃即逝，趙一風卻看得出來。

「我請你到『青鳥』去喝杯咖啡，我們聊聊。我就要畢業了，將來恐怕沒這個機會呢。」趙一風說。

「……也好。」馮青青猶豫了一下，便答應了。

於是他們便朝著「青鳥」走去。忽然，趙一風覺得有些不對勁，馮青青走路有點奇怪，好像左腿有些跛。趙一風想了想，還是問了：

「馮青青，你的腿怎麼啦？」

「噢，」她低頭看了一下：「上回在新生南路被車撞到的。」

「喔。」趙一風沒再說話。不過他卻有一個奇怪的念頭，會不會是上帝給她見異思遷的「懲罰」呢？想到這裡，他忽然覺得自己也未免太小氣，這種事有什麼好「懲罰」的？

他們走進了「青鳥」。燈光不太昏暗，壁上幾幅油畫很抽象，襯著昏黃的彩色壁燈，使人分辨不出黑色與藍色。叫了咖啡，他們面對面坐著。藉著一絲燈光，趙一風覺得馮青青比以前更瘦了些，他兀自喝了一口咖啡：

「余大偉怎麼樣？什麼時候可以拿到學位？你是不是也打算出去，和他在外面結婚？」

「……」她苦笑了一下，也喝了一口咖啡，沒答腔。

「……」趙一風很納悶，難道說，又有了變卦？

「對了，楊祖業近來好嗎？你剛才說他有了要好的女朋友？」馮青青似乎有意把話題換掉。

「他很好。他那個女朋友，叫白熙鳳，非常漂亮，也很能幹，和小蘭同班。」趙一風好像故意誇大些。

馮青青提到了秦泉，她說上回看到了報紙上的消息，而且她也曾到殯儀館去燒了一些冥幣，只是蒙了紗巾沒被認出來。馮青青也談到小強和小蘭，她的記性真好，這些過去的事，她可以如數家珍的背出來，不像一般人所說學藝術的人浪漫、健忘。她似乎很緬懷過去的那段日子……

「楊祖業的留考和托福準備得怎樣了？」

「還好，大概沒問題。他準備唸完碩士就回國。」趙一風覺得很奇怪，馮青青老談這些往事，怎麼不談談她自己，不談談余大偉？

「上回那封信，我真抱歉，不過……」馮青青似乎想說什麼。

「算了，別提了。事情都過去那麼久了。」趙一風揮揮手，又喝了一口咖啡。

「你是否也覺得是我的錯嗎？」馮青青把頭略略一揚。

「這……誰也沒錯。感情的事本來就這樣。」趙一風攤了攤手。

「現在既然楊祖業已經有了很要好的女朋友了，我想，有件事我也不想再隱瞞，隱瞞太久了，心裡更難受，究竟我不是聖人。」馮青青忽然眼光裡閃著淚珠，神情略為激動。

「什麼事？」趙一風睜大了眼睛。不知道馮青青的葫蘆裡要賣什麼藥？

「唉！」馮青青幽幽的長嘆了一聲，兩眼瞪著壁上的油畫：「這件事該從我發生車禍講起。這件車禍不是最近發生的，它就是發生在我寫信給楊祖業的前四天。當時醫生告訴我說，雖然我的腿不會殘廢，但是一輩子走路都將會有缺陷時，我絕望的哭了。我倒不是哭自己心裡那份完美被破壞，也不是哭自己以後走在路上會有自卑感，而是哭我以後不能和楊祖業在一起了。我知道楊祖業對我的感情很深、很真，就算是我斷了一條腿，也許他也不在乎的。」

「是啊！我相信楊祖業這種人……。那你……」趙一風開始感到內疚和慚愧。

「但是，我也深愛著他，我不希望他因為和我走在一起，讓別人笑他有個跛腿的女朋友，甚至跛腿的妻子。也許他不在乎，但是對他來說是不公平的！我不願意讓他以後多了這麼一樣無法彌補的缺陷，所以我才下定決心和他分手。」馮青青兩眼平視著桌上的咖啡杯：「因此我假造了一個余大偉，假造和他訂婚，我知道楊祖業什麼都可以容忍，只有我變心這點他一定不能原諒。當然，這是最不得已的辦法，但是想到楊祖業能因為我的變心，而換取真正完全的幸福，我就毫不後悔的做了。」

「但是，這對你自己卻是不公平的。何況跛了腿又有什麼關係？我相信你們在一起仍然會很幸福的。至少我敢保證比現在他和白熙鳳幸福！」趙一風幾乎是用喊出來的。

「……」馮青青苦笑了一下，不再說話，用手輕旋著咖啡杯。

「不，不行。這樣太不公平。你這種犧牲未免太任性了。那你以後怎麼辦呢？我……我要去找楊祖業，告訴他。」趙一風猛的站了起來，差點兒把桌上的咖啡杯踢翻。

「你坐下！」馮青青指著趙一風：「我肯把這件事告訴你，就是相信你能瞭解，不然我就永遠不要說，讓這個秘密永遠藏在心底。現在讓你知道了，至少我內心的痛苦減少了一大半，這原是很自私的想法——讓你也為我分擔一點兒痛苦。答應我，不要告訴任何人，如果你現在告訴楊祖業，就同時增加了他和白熙鳳的痛苦。你是明白人，你不會傻到去告訴他和別人的。如果說我是犧牲，那也是因為犧牲使我心安理得。愛，說穿了很簡單，只求心安理得而已。我想走了，謝謝你的咖啡。」

馮青青站了站來，趙一風想說什麼，可是馮青青已經一跛一跛的走出了地下室，從頭到尾她沒有掉下一滴眼淚，只是讓模糊的黑影在昏黃的燈光下拉曳得好長好長。趙一風目送著她離去，獨自一個人又跌坐在椅子上，把最後的咖啡猛然的一口喝掉！

「為什麼要讓我知道這種事？為什麼？為什麼知道了又不能講？」

這時錄音帶正播著一首歌，一個很柔很柔的女聲，配著吉他伴奏，在趙一風耳畔輕輕的唱著：

Love me tender
Love me dear
Tell me you are mine.

是一首電影主題曲，他想不起來那電影的名字。他略一抬頭，在昏暗中看見一對年輕情侶正互相倚偎廝磨著，靠得那麼緊，他們的手緊握著，好像都怕在那一剎那之間會失去了對方。誰不渴望自己心愛的人永遠屬於自己？

I'll be yours through all the years

Till the end of time.

趙一風把手一揮：

「Waiter!」

一個侍者笑著走過來。

「再來一杯咖啡。」

11

冬天的早晨。

趙一風從信箱取出一封限時信和一封平信。限時信是吳霜從金門寄來的，這現在已成為他每星期最重要的精神支柱了。

一風：

這幾天好嗎？還會不會心情煩躁唸不下書。別忘了，我始終在你身邊，答應我，不要煩躁，好嗎？

畢業典禮彷彿才是昨天的事，想不到一晃又是四個多月了。想起當初自己的選擇，到金門來教書，至今仍感到難以形容的滿足，我已喜歡上這裡的一草、一木，還有那

種難以名狀的戰鬥氣息。

在這裡上課，我仍然堅持自己當初的理想，採用啓發式的教學法。從小自己就受夠了塡鴨式的教育，深受其苦，總覺得如果一代一代因襲下去，我們二十年的教育工作將向歷史繳出一張白卷！我們的學生，並不是不會思考，而是沒有人教他們思考！昨天我要他們一個人設計一個實驗，想不到他們思想的周密遠遠超出了我的估計。一風，你知道我在看那些設計時有多興奮嗎！我幾乎忘了自己的睡眠時間。

小強好嗎？這回我到金門來，最耽心的還是他，平常我照顧他慣了，不曉得現在他是否過得很快樂？他堅持要自己賺學費，我也答應了他。他很好強，像我一樣，就讓他照自己的意思去做吧。都已經大三了，大概不用我來操心了。

楊祖業在桃園服兵役，有沒有常給你來信？你告訴他，如果他調到金門來時，一定要告訴我一聲，我要盡盡地主之誼。他和白熙鳳的情形如何了？白熙鳳是個很難得的女孩，我很欣賞她，楊祖業眞有眼光。對了，那個叫馮青青的女孩有沒有消息，是不是和余大偉結了婚，雖然心裡有些怪她，但我還是會祝福他們。

小蘭好嗎？上回她從山上寄給我的樹葉和豆子，至今我仍完完整整的保存著，看到這些東西，使我想起了秦泉，也想起了小蘭。小蘭那篇〈蛹〉是否快完工了，我期待著那一天，因爲相信它將帶給我許多的回憶。

好了，還有一批作業簿沒改完，下次再談，我會記得你的叮嚀，好好保重身子的。

霜

趙一風把吳霜的信擱在桌上，用杯子壓著，撕開另一封平信，是楊祖業從桃園某部隊寄來的：

一風：

我來到軍中也有好一段時間了，感覺到自己蛻變了許多，便有一種一吐爲快的衝動。

這兒，已經見不到五光十色的霓虹燈，這兒，一閃一閃的，只有椰子樹末稍的星子；平日再也嗅不到一絲絲蜜絲佛陀的香味，有的只是濃濁的汗酸味；耳畔不再有令人想入非非的流行歌曲，有的是隊伍行進時雄壯嘹亮的唱歌答數，或者靶場的槍聲。在戰鬥氣氛中，我生活得很平靜。出操之餘，就唸些自己的專業課程。另外，我已經展開一系列的閱讀「共黨問題研究叢書」；過去在大學時代爲了應付繁忙的課業考試，對於這方面的書籍涉獵極有限，一直到那一回釣魚台事件發生，記得嗎？秦泉問我有關共產主義的知識，那一刻，才頓然覺悟到一個別人心目中的高級知識分子的無知與幼稚！我記得那時我羞愧得不知如何是好。

目前，我已經唸完了索耶里夫的《眾神無言》、喬治歐威爾的《萬牲園》、孟軻薇芝的《冤獄》、巴斯特納克的《齊瓦哥醫生》、索忍尼辛的《癌症病房》、《地獄第一層》，以及像《共產主義的理論與實踐》等一系列的厚書。現在我滿腦子盛的，就是這種大問題。另外我也大量吸取有關哲學方面的書，我感到自己肩膀逐漸沉重起來，也瞭解到一句話：世界性的危機，總有一天要變成每一個人的責任。我認爲，這不是杞人憂天，而是事實。

當初從訓練中心出來，抽籤決定自己命運時，我曾希望自己能去外島磨鍊。（也許，在這一年多的時間，我隨時有可能去一趟的。但這是機密，恕難奉告。）

記得過去有一位和我一起受訓的大學生，當他抽中了馬祖後，頓時臉色蒼白，喃喃的說：完了，這下子我在台北的股票沒人照應了！想來，這一直是件很諷刺而令人心痛的事。我當時很看不慣，便損了他兩句，他反倒奚落我一陣，說：去你的，自己抽中了好籤，就說風涼話！現在我眞渴望能在外島和他相逢，然後拍拍他肩膀說：

老弟，看吧，我也來啦！

站在外島，眺望彼岸，看滾滾白浪，是多麼令人嚮往的事？

白熙鳳上星期六來桃園看我，正好我接值星，她說我又更黑、更壯了，她說，你再黑下去，照片都不感光了。我打算服完兵役，先和她訂婚，再出去。你意下如何？小蘭倒是很少給我寫信，據白熙鳳説，她又接下一個社團負責人的職務，成了大忙人。上個月我曾寫信告訴她，別太能幹了，會把男孩子嚇跑的，爲此她還在和我賭氣中，這丫頭永遠長不大的。

每回提到小蘭，便會想到秦泉，假如他在的話——唉，不要再提了，我又會難過好久。

下一節是攻擊課程，我是教官，部隊已經出發了，下次再暢談吧。祝愉快。

一個軍官敬白

趙一風把信紙折好，放回信封套裡，這兩封信又勾起他無邊的回憶，他燃起一根菸，讓自己跌坐在黑暗裡。在黑暗中，縷縷煙圈像一個個璀璨的光環。他想起了某一年在大屯山帶回的那一個蛹，後來果然變成了一隻大蝴蝶，他忽然不忍心將牠做成標本，於是將牠放回了大自然。在繚繚繞繞的餘煙中，他似乎看見了某一年北上的火車裡，那個穿白上衣、黃卡其褲，塊頭很大但顯得有些邋遢的男孩子。

趙一風捏熄了手中的菸蒂，像捏熄了心中起伏洶湧的思潮。他從黑暗中緩緩站了起來，走到那扇窗前，窗外的九重葛已攀到屋簷頂上，正爭先恐後的把綻開笑容的小臉蛋迎向朝陽。他猛吸了一口氣，讓陽光也沁入他胸中。他仰望悠悠白雲，想起了那個跛腿而執著的女孩馮青青，她現在已經去了美國。這個堅強而不願受命運擺佈的女孩，似乎遺忘了過去的一切，勇敢的面對了現實，繼續追求她那崇高的理想；而那份永藏心底的情感，卻只有趙一風一個人知道。她一定會成功的，想著想著，趙一風血脈裡的血又沸騰了起來。

雖然有陽光，可是冷風仍然刺骨。他感到有些涼意，正想把窗門關上，門鈴突然響了。他還沒開門，就從門外傳來一串熟悉而悅耳的小鳥叫聲：

「趙大哥，你猜誰來了？」

「是小蘭。」趙一風自言自語。

門一打開，有好幾個人：小強、小蘭、白熙鳳。小強手中還捧著一大盒東西。

「來我這裡，怎麼不先通知一聲呢？」趙一風有點責怪的意思。

「給你一個意外的驚喜啊。」白熙鳳笑著說。

「我們剛好都考完了期末考，所以約好一起來看看趙大哥。」小強說著把手中的一包東西放在桌上：「姊姊從金門寄來的特產。」

「小強，怎麼樣，期末考還好吧？」

「嘿嘿——差不多啦。」小強抓抓頭皮。

趙一風忙著從冰箱裡找出果汁，小蘭在一旁幫他忙。

「趙大哥，我還是忍不住了，要向你報告一件好消息。」小蘭忽然神秘的對趙一風這樣說。

「好消息?有男朋友啦?」趙一風側頭望她。

「不是啦。」小蘭很慎重其事的宣佈：「你聽著，我的那篇〈蛹〉已經正式完工了，而且決定改名為『蛹之生』，你看好不好?」

「蛹之生?」趙一風停止了一切動作，喃喃的重複著這三個字。

「是的，蛹之生。」小強在一旁補充著：「它象徵了一種突破，充滿了無限希望和生機的突破。這是我們幾個人事先投票決定的。」

「而且，已經有一家出版社決定替小蘭出這本書。」白熙鳳好興奮的說：「小蘭快要變成名副其實的作家了。」

「很好，很好。」趙一風面對著這些比他小二、三歲的年輕人，顯然以長者自居，他無限欣慰的點著頭，忽然想起了什麼，轉身對小強說：「小強，你快把這好消息寫成四封信，快!」

「四封啊?」小強伸出四個手指答應著，然後迅速的從抽屜裡拿出紙和筆來。

「一封告訴你姊姊，一封讓楊大哥知道。」趙一風頓了一下：「第三封寄給在美國的馮青青。」

「馮青青?」小蘭、白熙鳳不約而同的喊了出來。

「是的，應該讓她知道。」趙一風表情嚴肅的說：「她有必要知道這個消息。」

「……」沒有人聽懂他的話。

「那最後一封呢？」小強抬起頭來。

「明天我們一起到秦大哥的墳前，把這一封信燒了給他，他一定會樂得跳出來。」

於是大家都靜默了。

趙一風又走到窗前，冷風從他耳畔呼嘯而過，他感到一陣冰冷而悚慄，腦袋在那一瞬間冷靜了下來。他彷彷彿彿看到了一隻五彩艷麗的大蝴蝶，正掙扎的從一個褐色的蛹中擠出來，濕濡的翅膀折疊出一環環皺紋，牠在樹上搖擺而緩慢的爬著。一剎那間，翅膀乾了、硬挺了，於是牠奮力的振動著翅膀，以雷霆萬鈞的姿態飛向那遙遠而無邊無際的穹蒼。

綠蠹魚叢書

蛹之生

作者：小野
主編：曾淑正
責任編輯：洪淑暖
封面作品：陳庭詩
照片提供：小野
美術設計：唐壽南・邱睿緻

發行人：王榮文
出版發行：遠流出版事業股份有限公司
地址：台北市南昌路二段八十一號六樓
郵撥：0189456-1
電話：（02）23926899
傳真：（02）23926658

著作權顧問：蕭雄淋律師
二〇〇五年十一月十六日　三版一刷
二〇一八年七月十六日　三版十一刷

售價：新台幣二五〇元
缺頁或破損的書，請寄回更換

ISBN 957-32-5653-3（平裝）
遠流博識網 http://www.ylib.com
E-mail: ylib@ylib.com

國家圖書館出版品預行編目資料

蛹之生／小野作. -- 三版
-- 臺北市：遠流, 2005〔民 94〕
面；　公分
ISBN 957-32-5653-3（平裝）

857.63　　94017698